意林

公元787年，唐封疆大吏马总集诸子精华，编著成《意林》一书6卷，流传至今

意林：始于公元787年，距今1200余年

意林®轻文库

轻小说 青春最美，梦想出发

中国式优质轻小说第一品牌

凤九卿（五）

元宝儿 著

吉林摄影出版社
·长春·

意林轻小说 出品

图书在版编目（CIP）数据

凤九卿. 五 / 元宝儿著. -- 长春 : 吉林摄影出版社, 2016.7
（意林·轻文库. 绘梦古风系列 ; 017号）
ISBN 978-7-5498-2646-9
Ⅰ. ①凤… Ⅱ. ①元… Ⅲ. ①长篇小说－中国－当代 Ⅳ. ①I247.5
中国版本图书馆CIP数据核字(2016)第161066号

凤九卿（五）
Feng Jiuqing（Wu）

著　　者　元宝儿
出 版 人　孙洪军
总 策 划　安　雅　张　星
责任编辑　施　岚　胡晓路
图书统筹　安小纪
特约编辑　黄佳佳
绘　　图　源　雪
书籍装帧　胡静梅
美术编辑　王　春
开　　本　700mm × 1000mm　1/16
字　　数　260千字
印　　张　15
版　　次　2016年7月第1版
印　　次　2016年7月第1次印刷

出　　版　吉林摄影出版社
发　　行　吉林摄影出版社
地　　址　长春市泰来街1825号
　　　　　　邮编：130062
电　　话　总编办：0431-86012616
　　　　　　发行科：0431-86012602
网　　址　www.jlsycbs.net
经　　销　全国各地新华书店
印　　刷　北京嘉业印刷厂

书　　号　ISBN 978-7-5498-2646-9　　**定价**：24.80元

目录

CONTENTS

第五十章 妙玉阁智擒叛徒

玉坊擒敌

妙玉阁一楼宽敞华丽的大厅里，一个头戴面纱、身材颀长的白衣公子，以一个十分漂亮的回旋踢，将一剑挥向自己的灰衣男人一脚踢飞。

男人落地的瞬间，白衣公子动作迅速地用脚踩在他的脸上。

男人气得在地上直扑腾，忍不住破口大骂："你这人到底懂不懂规矩，那块石料明明是我先看上的，你强抢也就算了，怎么还随便打人？放开，再不放开，我可要报官了。"

脸戴面纱的白衣公子听了这话，脚下的力道更狠了。

"好，既然你跟我提规矩，咱们今儿就好好说说这个规矩！"

说罢，他一把将男人从地上提了起来，右腿利落地勾过一张椅子，"啪"地一下将男人甩在了椅子上。

没等男人搞明白怎么回事，白衣公子用鞋尖挑起摔落在地上的长剑，手起剑落，直直逼向他的咽喉。

所有的动作几乎一气呵成，让两旁围观的众人看得目不暇接。

白衣公子将对方逼得完全不能动弹后，才慢条斯理道："人人都知道妙玉阁在京城的名气非比寻常，这里是翡翠原石的贩卖场所，慕名而来的客人自是数不胜数。我不否认当我看到那块青皮原石时，你也慧眼独具，想要与我争夺同一个物件，可是这位大哥，自古以来规矩不可破，既然是我先拿出五百两银票买下这块青皮原石，你便没资格再同我争。"

说到这里，白衣公子看向旁边看热闹的众人："各位，你们说是不是这么个理儿？"

众人虽然不知道这位来历不明的白衣公子姓甚名谁，他说的话，却得到了大家的认同。

“然而……”白衣公子又道，“当这块原石被切割出来，露出珍贵无比的帝王绿时，这位便起了贪心，非说这块石头应该归他所有。我不允，便企图用蛮力与我争抢到底。我不过是对他的突然袭击做出了适当的防守，如今他武功不如人，却要血口喷人，说我不懂规矩。那么……”说着，白衣公子又将目光落在男人的脸上，“你倒是说说，究竟是谁不懂规矩？”

男人被白衣公子一番话骂得抬不起头。

他刚刚确实看上了那块青皮原石，可惜出门时银票没有带够，这才让白衣公子给抢了先。

没被切割之前他并不觉得有什么惋惜。切割之后见了绿，他的眼睛也跟着变绿了。

那么晶莹剔透的一块帝王绿翡翠，差一点儿就成为他的囊中之物。如今却与自己失之交臂，这事儿搁谁身上恐怕都不会甘心，所以他才起了歹念，试图用武力来解决这个麻烦。

没想到这头戴面纱的白衣公子，表面一副温和无害的模样，打起人来，却快、准、狠，几个招式便将自己一脚踢飞，下场那叫一个惨。

围观的人群中有人主持公道：“杜三公子，这件事的确是你不对。一行有一行的规矩，既然这块石料是这位白衣公子先买去割出来的极品，自然也归白衣公子所有，你用武力强抢，这可是坏了行内的规矩。”

杜三公子就是被白衣公子按坐在椅子上的倒霉蛋。

“行，我承认我输了，还不把你的剑拿开，难道你还想杀了我不成？”

白衣公子动作潇洒地将长剑丢至一边，冲他做了一个“你可以滚了”的手势。

杜三公子气极败坏地瞪他一眼，跌跌撞撞地转身走了。

杜三公子一走，白衣公子又恢复了之前的儒雅模样。

这时，一个又矮又瘦的小老头颠颠儿地从人群中挤了过来：“公子，您刚刚割了一半的那块原石，还继续割吗？”

白衣公子这才想起自己花五百两银子买的翡翠原石才割了一半，于是对小老头儿道：“继续割！”

帝王绿翡翠最是名贵少见，要不然刚刚那位杜三公子也不会在情急之下不讲道义。

随着原石的另一半被慢慢切了下去，就见一块碗口大小的帝王绿翡翠横空出世。

在场围观的众人无不连连赞叹。

这白衣公子的运气是不是太好了点儿？五百两银子买下的这块原石，竟然开出这么一大块晶莹剔透、水头极好的帝王绿翡翠。

就冲这块翡翠的成色，少说也能值个十几二十万两，简直就是瞬间发家致富啊！

“不知这位公子可否割爱，将这块翡翠以十五万两银子卖给我？”

很快便有人开出了价钱。

其他人听了这话，一个个也争相出价：“我愿意出十五万五千两。”

又有人跟风：“十六万！”

“十六万五！”

“十七万！”

直到价钱被炒到了二十万以上，白衣公子才淡定自若道：“抱歉啊各位，这块玉石，我不会卖。”

白衣公子刚说完，一个二十岁出头的妙龄女子便从人群中走了出来，只见她身穿浅紫色轻纱罗裙，头戴珠饰，五官样貌生得雍容精致，无论从哪个角度看，都令人觉得赏心悦目。

这女子一出场，就有人低声惊呼：“连妙玉阁的老板都惊动了，这位白衣公子倒真有几分本事。”

无视旁人在一旁叽叽喳喳，紫衣女子优雅从容地走到白衣公子面前盈盈一拜：“小女子乃妙玉阁老板楚红袖，不知这位公子当如何称呼？”

白衣公子饶有兴味地看了她一眼，笑道：“自古英雄莫问出处，虽然我并不是什么英雄，却也不愿轻易向人透露我的名姓。不过念在楚姑娘人比花娇，貌似天仙的分儿上，我可以告诉你我的姓氏。我姓秦，叫我一声秦公子便好。”

楚红袖眉梢一扬，眼中绽出盈盈笑意：“听秦公子口音应该是京城人士，脸上戴着面纱，说明你不愿意以真面目示人。既然这样，我就直接说明此番来意，不知秦公子可否割爱，将您刚刚开出来的这块翡翠以二十万两白银的价格卖给我？”

“哦？莫非楚姑娘想要这块翡翠？”

“作为妙玉阁的老板，自经营妙玉阁以来，还是头一次看到有人在我的店里开出水头这样好的帝王绿翡翠。秦公子许是不知，我对收藏各类玉石兴趣颇丰，因此，想拿二十万两，买下公子这块玉石。”

白衣公子恍然大悟道：“原来是这样啊！”说着，他上上下下看了楚红袖一眼，复又笑道：“既然楚姑娘对这块玉石如此执着，我秦某人今天就在这里卖你一个面子。价钱什么的都在其次，只要楚姑娘肯与我同席而坐，陪秦某人喝上两杯，这块玉石，就是你的了。”

此言一出，不但围观的众人震惊了，就连楚红袖也不敢相信自己的耳朵。

陪这个人吃一顿饭，就可以免费得到一块价值二十万两雪花银的极品翡翠，这么划算的买卖，除非是傻瓜才会拒绝。

可楚红袖并不是三岁娃娃，虽然条件听起来不错，她却并没有被冲昏头脑。

“二十万两并非小数目，仅用一顿酒菜来换，秦公子莫不是在与小女子开玩笑吧？”

白衣公子“啪”地一下展开手中的折扇，动作优雅地摇了两下：“难道楚姑娘觉得秦某会言而无信不成？”

“好，既然秦公子不介意做这笔吃亏的买卖，小女子自会吩咐人大摆宴席，亲自陪楚公子喝上两杯。”

“大摆宴席倒是不必，只着人做些清淡小菜，备两壶陈年老酒，抬一张二人小桌，其他的，自不必大费周章。”

虽然不知道这白衣公子葫芦里卖的到底是什么药，但楚红袖对那块上好的翡翠却十分眼馋，心心念念想要将它拿到手。

于是赶紧吩咐身边的婢女，去厨房做菜备酒。

很快，一桌清淡而又不失隆重的酒席便摆上桌面。

两个人同席而坐时，楚红袖亲自给白衣公子倒了杯酒：“可不可以问秦公子一个问题？”

“问！”

楚红袖隔着面纱看了眼前这位风度翩翩的白衣公子一眼：“用价值二十万两银子的物件，换小女子一顿酒宴，秦公子真不觉得这笔买卖很不划算吗？”

白衣公子低声一笑：“不管它在市面上值多少钱，在我眼里，那不过就是一块不起眼的石头。之所以愿意用它来换楚姑娘一顿酒席，只是想趁这个机会交一个朋友。”

说着，他拿起酒杯，轻轻掀开面纱的一角，动作优雅地将杯中的液体一饮而尽。

楚红袖忽然对眼前这个白衣男子生出了几分兴趣，忍不住又问：“既然秦公子真心想与小女子交个朋友，何不取下面纱，以诚相待？”

早在这个白衣公子踏进妙玉阁的那一刻，身为老板的楚红袖就已经注意到此人的存在。

没办法不注意，他脸上的面纱太惹眼了，在人群中显得那么格格不入，面纱是半透明的，越是若隐若现，便越是让人好奇面纱后面的人究竟生得什么模样。

此时两个人近在咫尺，见他举止优雅，气度不凡，举手投足间尽显贵族公子之态。

饶是楚红袖见多识广，并非是简单的小女人，也忍不住对这个男人生出了几分好奇心。

“楚姑娘，你真的想看看我面纱背后的长相？”

楚红袖轻轻点头：“除非秦公子不是真心想与我交朋友。”

闻言，白衣公子轻声一笑："好吧，既然楚姑娘好奇我的长相，揭下面纱让你看上一眼又如何！"

说罢，白衣公子轻轻扯去脸上的面纱。

当一张俊美得足以令人窒息的面孔出现在楚红袖面前时，她几乎控制不住自己心跳的节奏。

世间怎么会有这样俊美无俦，仿若神仙的男子？

那眉，那眼，那鼻，那唇，就像上天最杰出的一部作品，多一笔嫌多，少一笔嫌少。

这张脸，仿佛充满了无限的魅力，仅仅让人就这么看着，也能沉醉其中，无法从那种巨大的震撼之中回过神儿来。

"楚姑娘……"

白衣公子那俊美得不像真人的面孔忽然向楚红袖这边压了过来，他将唇瓣勾出一个足以令人脸红心跳的弧度，轻声在目光呆滞的楚红袖耳边道："不知秦某这张面孔，可让楚姑娘觉得满意？"

由于他的动作过于突然，完全没有心理准备的楚红袖下意识地向后躲了一下。

没想到这一躲，她整个人都向后仰去。

白衣公子手臂一伸，动作轻盈而又不失潇洒，将差点儿就摔倒在地的楚红袖拦腰抱了个满怀。

然后，他继续用魅惑人的语气道："楚姑娘这腰可真是软得令人心旷神怡啊。"说着，手指还在她腰间掐了一把。

楚红袖没想到这白衣公子居然会调戏自己，虽然理智告诉自己应该推开对方，可他的脸太有诱惑力了。有生以来，第一次看到生得这么俊美的男人的楚红袖，完全忘了反抗，傻傻地沉沦在白衣公子的调戏之中。

就在这时，门外突然传来一阵骚乱，随着那杂乱的脚步声由远及近，门外忽然闯进一大群人。

为首的男子身穿青色长袍，一进门，便对白衣公子怒吼："连朱将军的女人都敢染指，来人啊，还不将这胆大妄为的小子给我抓进大牢，听候发落！"

楚红袖这才回过神儿来，急忙从白衣公子的臂弯中跳至一边。

虽然她仍旧无法忘记白衣公子刚刚曾给予她的那片刻柔情，可她到底没忘了自己的身份，于是急忙对下达命令的男人道："是这个姓秦的刚刚想要轻薄于我，幸亏你们来得及时，不然我这一世清白，可就要毁在此人手里了。大刘，你怎么会带这么多人过来？"

被称作大刘的男人看了楚红袖一眼，面无表情道："有人向我汇报，说妙玉阁里来了一个不正经的恶痞，不但在妙玉阁闹事，更是对楚姑娘心存非分之想。"

听到这话，白衣公子神色淡然地问他："那个向你打小报告的人是不是姓杜，人称杜三公子？"

男人用力"哼"了一声："你甭管那个人姓甚名谁，告诉你，你胆敢碰朱将军的女人，已经犯了杀头的死罪。"

白衣公子笑得更加明快了："哦！那我倒是要看看，今儿你们究竟有没有这个本事，把我的脑袋从我的脖子上拿下去。"

像是为了故意气人，说完这句话，他还端起酒壶，不紧不慢地给自己倒了一杯酒，并当着众人的面，像品尝琼浆玉液一般，一小口、一小口地喝了下去。

这可真把那男人给气得够呛，当下大怒："来人，将此人给我拿下！"

话音未落，就听外面再次传来一阵凌乱的脚步声。

"我倒是要看看，今天谁敢在我面前碰她一根头发。"随着这道声音传进众人耳中，就见一个身材高大挺拔、身穿黑色锦袍的年轻男子，带着一群训练有素的随从从外面闯了进来。

仔细一看，这男人生得龙姿凤眸，年轻俊美，浑身上下充满了上位者的倨傲和淡漠。

就算他并没有道明自己的身份，凭他的阵势与气场，还是将之前那群耀武扬威的人给震得不轻。

大刘见此人面生得紧，色厉内荏地问："你……你是什么人？"

男人看都懒得看他一眼，直接将目光落在不肯下桌的白衣公子脸上："玩够了吗？"

他的出现，让白衣公子的嘴巴微微嘟高了几分，小声抱怨了一句："真是阴魂不散。"

虽然这话说得声音极小，却还是被对方给听了个真真切切。

黑衣男子的脸瞬间冷了下去，却不愿意在这么多外人面前当众训斥，只冷冷吐出两个字："回去！"

白衣公子不正经地笑了一声："饭还没吃完呢，不回！"

话落，继续坐下来埋头吃吃喝喝，完全不把眼前这一堆乱子放在心上。

黑衣男子终于被对方玩世不恭的态度惹怒了，刚要对两旁随从下令，白衣公子便摆了摆手。

"好了好了，回就回嘛，干吗摆出这副凶巴巴的样子，真是一点儿都不可爱。"

说完，不情不愿地从椅子上站了起来，迈着优雅的小方步踱到黑衣男子面前："事先声明，我可不是偷溜出来的哟。”

说话的工夫，指尖突然多了一把钥匙。

完全没搞清楚状况的楚红袖看到那把钥匙的时候，脸色骤然一变，急忙伸手去摸自己的腰间，才发现原本该挂在她身上的钥匙，不知何时竟落到了白衣公子的手里。

“你……”

楚红袖刚要开口说话，就被白衣公子打断。他笑眯眯地晃了晃手中的钥匙：“楚姑娘，你该不会天真地以为，我真的舍得用一块价值二十万两白银的极品帝王绿翡翠，换你一顿饭吃吧？”

说完，他将钥匙抛向黑衣男子旁边的一个随从手里，痞气十足地命令：“三楼左转第四个房间，靠西侧的书柜上有一只龙纹花瓶，向左扭三下，向右扭七下，再向后推半尺，机关打开之后会出现一道密室，这钥匙，可以打开那间密室，里面有你们要寻找的东西。”

无视楚红袖等人越来越难看的脸色，随从一把接住钥匙，很快奉命去三楼寻找。

大概过了一炷香的时间，就见他捧着一块用明黄色绸子包裹的盒子三步并作两步跑了回来，对黑衣男子道：“皇……”

话刚开口，马上又改口道：“主子，是不久前宫里遗失的玉玺。”

说罢，当着众人的面揭掉黄绸，打开锦盒，里面赫然躺着一块方方正正的玉玺，正是帝王的专属大印。

被下属尊称一声主子的男人，正是黑阙王朝一代帝王，轩辕容锦。

他面无表情地看了一眼盒中的玉玺，随即对两旁侍卫道：“查封妙玉阁，凡有关人等，一律关押刑部，等候发落。”

说完，再次将目光落在白衣“男子”的脸上，眯着眼说：“九卿，玩够了，就同朕回宫吧！”

此言一出，楚红袖等人皆惊。

九卿？

凤九卿？

黑阙王朝的当朝国母，那个让黑阙帝王甘愿为了她放弃整个后宫的奇女子？

刚刚调戏了自己半天的男子居然是当今皇后，这……这怎么可能？

候在龙御宫外面的宫女、太监们此时人人自危，一个个被吓得噤若寒蝉，大气都不敢出一口。

因为，寝宫里的帝后二人，此时正展开一场激烈的争吵。

“我错了？我究竟哪里错了？轩辕容锦，做人要讲讲道理，我明明帮你立了大功一件，你黑头黑脸地派人把我抓回宫不说，还在我脑袋上扣一顶行为不检的帽子。你知道什么叫欲加之罪，何患无辞吗？”

凤九卿觉得自己真是倒了八辈子的霉，稀里糊涂嫁给这么一个霸道的男人也就罢了，每天还要像囚犯一样被他管得死死的，稍有一点儿动作，就会被冠上各种罪名，这日子真是没法过了。

黑阙朝英姿飒飒的荣祯皇帝此时真要被他的皇后给气到肺炸。

“凤九卿，未经朕允许便私自离宫，此罪其一；背着朕与别人卿卿我我，此罪其二；直呼朕姓名大不敬，此罪其三。你算算，你里里外外究竟犯了几条大罪，该不该接受朕的惩罚？”

凤九卿被气得直接奓了毛，一蹦三尺高道：“罪名一我反对，我出宫并非玩乐，而是去查案。罪名二我反对，妙玉阁老板楚红袖身为女子，就算被我摸摸小手，搂搂小腰，大家同为女性，我也没犯下任何过错。罪名三我反对……”她不客气地指着轩辕容锦的鼻子，“你姓轩辕，名叫容锦，我就是直呼你的名字了，看我不爽，你下旨宰了我呀！”

被她指着鼻尖的轩辕容锦慢慢将她修长细嫩的手指移向一边，面无表情道：“罪名之一，查案可以，但在朕没有允许的情况下私自出宫，按照皇家律法，就是犯下了滔天大罪。罪名之二，无论男女，只要你摸了人家的小手，搂了人家的小腰，就是对朕在身体上的一种背叛，没理可讲。至于这罪名之三……”

轩辕容锦一把将同自己大眼瞪小眼的凤九卿拉到怀里，满眼戏谑道：“拉上帐帘，不管你叫朕夫君、相公、阿锦，还是心肝宝贝肉，朕都可以欣然接受。但是现在不行。”他略带惩罚地在她漂亮的脸蛋上捏了一把：“朕现在在同你谈论正经事情，给朕严肃一些，不准撒娇打滚耍臭无赖。”

凤九卿被他气得牙根直发痒：“我什么时候叫过你心肝宝贝肉了？”

轩辕容锦一本正经道：“你现在不是在叫吗？”

“轩辕容锦，我发现你这个人真是越来越无赖了。身为黑阙的皇帝，你怎么可以这么幼稚？”

“哦？朕哪里幼稚了？你倒是说来听听。”

“好，那咱们就理顺一下整件事情的经过。就拿我私自出宫去妙玉阁帮你寻找玉玺这件事来说，你仔细回忆一下，当初是不是答应过我，只要我能破获玉玺失窃一案，就会放我出宫去玩一个月？”

这才是凤九卿真正关心的重点。

自从三个月前她风风光光地嫁给轩辕容锦当皇后，苦难的日子便正式来临了。

皇后这个身份，听着光鲜耀眼，其实真是痛苦到了极点。不但不能随随便便踩着熟练的轻功溜出宫玩，还要学习各种宫规礼仪。

见了朝中的大臣，还得端起皇后的架子与那些大小狐狸们虚与委蛇。

总之，对她凤九卿来说，黑阙皇后就是一份人嫌狗又弃的差事，要不是轩辕容锦当年要死要活地求她“任职”，她死都不乐意坐上这个位置。

但事已至此，总不能当个任性的甩手掌柜。

于是，她好声好气地跟容锦商量，可不可以放她出宫玩上几天。

那段时间正赶上宫里发生了失窃案，玉玺在某一个夜里不翼而飞。

容锦便对她说，只要她能找到丢失的玉玺，便会圆了她的心愿。

面对凤九卿的厉声质问，轩辕容锦面不改色地点头道：“没错，朕是说过这样的话。”

“既然你承认当初确实给过我承诺，那现在又是怎么回事？”

她指了指桌子上摆放的那只包着明黄色绸子的锦盒：“玉玺就在盒子里，妙玉阁一干人等现在也全部落入法网。人赃并获，你还有什么好说？”

轩辕容锦淡淡一笑：“你真觉得自己已经帮朕找回了丢失的玉玺，破了这起失窃大案？”

凤九卿振振有词道：“证据就在这里放着，难道你还想抵赖？”

为了追查玉玺的下落，她暗中可是使出了不少力气。通过多方追查，好不容易被她查到玉玺之所以会丢失，与妙玉阁的人关系匪浅。

不然，她也不会女扮男装，去勾搭妙玉阁的老板楚红袖了。不过……

看着不远处那块她花了五百两银子切割出来的帝王绿翡翠，凤九卿又觉得自己此行非虚。除了抓获行窃者，找到赃物之外，还得到这么一块价值连城的翡翠。

“九卿，虽然朕不想打击你的自信心，但你究竟有没有看清楚，锦盒里的那块玉玺，你确定是真的吗？”

闻言，凤九卿微微一惊：“你这话是什么意思？”

轩辕容锦没有理会她的疑问，只是朝桌上的锦盒抬了抬下巴：“自己去看。”

凤九卿“嗖”地一下蹿到桌前，动作利落地掀开锦盒，从里面捧出那块又重又大的玉玺。

上上下下、左左右右、来来回回看了个遍，她终于发现了不对劲。

“这……这玉玺是假的？”

第五十一章 帝与后争辩是非

帝后争执

容锦微微勾起唇角，笑得有些不怀好意："哦，假在哪里？"

凤九卿没理会他的挑衅，一本正经道："我记得你御案上用的墨汁是松香烟墨，按理说，玉玺上应该散发出淡淡的松枝兼麝香的味道，可这块玉玺散发出来的味道非常生涩。不，用'生涩'来形容有些不太恰当……"说着，凤九卿又认认真真在玉玺上研究了半晌，最后确定："这玉玺，是一块仿得非常逼真的赝品。"

轩辕容锦不知该称赞她观察细微，还是该唾弃她后知后觉，最后只送给她不咸不淡的一句话："嗯，鼻子很灵，你应该属狗。"

凤九卿可没心情跟他开玩笑，她一把将假玉玺放回盒子里，回头瞪向轩辕容锦："你早就知道这块玉玺是假的？"

见他一脸"就算我早知道，你又能奈我何"的表情，凤九卿气得直跳脚："你不要告诉我，真的玉玺现在还在你手里。"说完，猛然间又想到一件事："你也不要告诉我，这所有的一切，都是你精心设下的一个局。"

见凤九卿终于一副恍然大悟的模样，轩辕容锦不客气地"哼"了一声："所以到了现在，你还坚持说自己并没有犯错吗？"

他指了指桌上的锦盒："首先，玉玺是假的。"接着又指了指她的额头："其次是你未经允许私自出宫。"

凤九卿一把推开他的手，气呼呼道："谁知道你会故意设局？"

轩辕容锦不客气地笑了一声："谁让你这么笨，从头到尾并没有看出这所有的一切都是朕亲手布下的局？"

“合着我被你给耍了，你还有理了？”

“九卿，朕现在只问你一个问题，在你我之间的这场赌局中，你究竟是输是赢？”

凤九卿不吱声了。她不但输了，而且输得非常彻底。

早就该知道轩辕容锦不可能会那么好说话，她居然还自作聪明地四处帮他寻找玉玺。

这下好了，不但玉玺没找到，反而稀里糊涂掉进了他设下的陷阱之中，这简直就是一场突如其来的无妄之灾。

轩辕容锦嘴角勾出一抹阴森的笑，哑着声音在她耳边道：“你还没回答朕刚刚问的问题。怎么，朕的九卿，什么时候变得这么敢作不敢当了？你要是不敢承认自己输，朕可以念在你是朕媳妇的分儿上不跟你计较，男人嘛，让着女人这是天性……”

“谁说我不敢承认了？”

凤九卿瞪他一眼：“对！我承认我是输了！”

“那朕刚刚指出你那三条罪状……”

“认！认！认！我都认！这总行了吧？”

她就知道轩辕容锦是一只得道上千年的臭狐狸，既奸诈又狡猾，真是稍微一个疏忽就会不小心跳进他设下的圈套。而轩辕容锦等的就是她这句话，他一把将嘴巴嘟得都可以挂油瓶的凤九卿圈进自己怀里：“愿赌就要服输，那么，从这一刻起，要是没有朕的允许，你再敢私自出宫，再敢随便碰别人的小手，搂别人的小腰，朕可就要对你家法伺候了。”

最后几个字，他说得极为蛊惑，仿佛带着一股说不出来的魔性。

凤九卿被他威胁得双颊直发烫，忍不住小声辩解：“其实我就是想去行宫看看尔白两口子。”

自从尔白和被陆小六当作结婚礼物送进宫的那只白虎“成亲”之后，两只老虎就被送到森林找专人抚养。

毕竟是森林中的野兽，就算它们通人性，轻易不会咬人，可宫里来来往往那么多人，万一不小心闹出什么事故，容锦这位堂堂帝王难免要被冠上一个养虎为患的罪名。

尔白一走，凤九卿总觉得身边空落落的，这才生出离宫的念头，想要去行宫看看尔白夫妻。听她这么一说，轩辕容锦总算给了她几分好脸色，柔声劝道：“等朕处理完手边的事情，与你一起去行宫走上一趟。你以为就你思念尔白啊？”

争吵的两夫妻总算达成协议，暂时休战，这让伺候在龙御宫外面的宫女太监们也跟着长长舒了一口气。

主子们安然太平，当奴才的就有好日子过。

一旦主子们出了状况，第一个倒霉的就是他们这些伺候人的倒霉蛋。

事后，凤九卿才从轩辕容锦口中得知，那块以假乱真的玉玺，是他专门让玉雕师按照玉玺的模样仿制出来的高级赝品。

之所以会这么做，主要有两个出发点。

其一，他怀疑朝中有人对他的皇位图谋不轨，于是设下这个陷阱，故意引对方进宫行窃，以便顺着这个线索一路追查下去，让对方露出马脚。

至于其二，自然是为了绑住凤九卿离宫的脚步。

这女人从嫁进皇宫的那天起，每天一蹦三尺高地嚷嚷着要出宫游玩。这种大逆不道的要求，除非轩辕容锦疯了才会答应。

可直接拒绝又怕会引起她的叛逆心。因此，才借玉玺之名，设下这层层圈套，等着一群傻瓜呼啦啦往里面跳。

很不幸地，一向自诩自己聪明绝顶的凤九卿，也成了这群傻瓜中的一个。

得知事情来龙去脉的凤九卿强忍住一脚把轩辕容锦踹飞的冲动，虚心向他求教："那皇上可曾查到，躲在背后试图对您那皇位图谋不轨的，究竟是何方神圣？"

没等轩辕容锦给出答案，小福子便跌跌撞撞从外面闯了进来："皇上，皇后，大事不好，刚刚刑部那边派人传来消息，昨天被关进天牢里的那些囚犯，今儿一早全部出现口吐白沫、身中剧毒的状况。"

这消息还真把两个人吓了一跳。

凤九卿急忙问："昨天关起来的那些犯人全都死了？"

小福子摇了摇头："已经安排御医前去救治，是否还有活口，目前还不知道。"

九卿回头看了容锦一眼，两个人的面色都变得凝重起来。

妙玉阁刚被查封，以楚红袖为首的一众犯人便被人投毒，看来，那个躲在背后策划这一切的凶手，肯定对朝堂之事了若指掌。

很快，黑阙朝最年轻的丞相贺明睿就被轩辕容锦急急召进御书房。从贺明睿凝重的表情来看，他也听说了刑部囚犯集体中毒的事情。

"明睿，这件事你怎么看？"

在政事上，轩辕容锦对贺明睿有着难以言表的信任，也愿意将丞相这么重要的位置交给他。

贺明睿眉头紧蹙，表情十分凝重："臣总觉得，自改朝换代以来，一直有一股来历不明的势力在暗中作祟。他们似乎在图谋着什么，可每次行事所留下的痕迹又微乎其微，难以查找。这次玉玺失窃，紧接着妙玉阁被全部查封，所有相关人等还没等刑讯审问，就有人暗中下手，在刑部天牢的囚犯伙食里下毒。很明显，这个躲在暗处的人，在朝中的势力应该不小。”

不远处跷着二郎腿，正慢慢剥着橘子吃的凤九卿听了这话，直接问：“明睿，你不如直接用你那个厉害的罗盘给容锦卜一卦，看看他这颗紫微星究竟是不是货真价实。别是他抢了人家的位置，所以才遭到别人的报复吧？”

贺明睿嘴角一抽，直接望天，假装什么话他都没听到。

轩辕容锦面无表情地剜了凤九卿一眼，沉声道：“九卿，橘子不能吃太多，容易上火。”

凤九卿心里还在不满他算计自己的事情，故意当着他的面将剥好的橘子整个塞到自己的嘴巴里。

她的双颊被橘子撑得鼓鼓的，从嘴角流出来的橘汁滴到了衣襟上，留下了好几串水渍。

“噗！”贺明睿一个没忍住，直接笑喷了出来。

轩辕容锦以手抵额，很想告诉贺明睿，他不认识这个丢人现眼的女人。

凤九卿这下可惨了，那么大一只橘子被强行塞到嘴巴里，吞不下，吐不出，只能鼓着双颊张牙舞爪让容锦过来救命。

为了避免黑阙朝的皇后娘娘被一只橘子给活活噎死，轩辕容锦到底是没狠下心对她置之不理，赶紧上前，用手指把她嘴里的橘子给挖了出来。橘子上沾满了她嘴巴里的唾液，轩辕容锦满脸嫌弃地将沾满她口水的橘子扔到一边，还不忘在她头上不轻不重地拍了一巴掌：“就算这里没有外人，你能不能稍微注意一下自己的形象。九卿，现在的你，已经是黑阙的皇后娘娘了。这副样子要是传扬出去，你是准备成为整个黑阙的笑柄吗？”

凤九卿赶紧拍了拍自己被撑得很痛的双颊，没好气道：“谁会把我这不雅的形象传扬出去？你吗？”说完，又看向笑得直打跌的贺明睿，“还是你？”

贺明睿赶紧摆手：“臣的眼神不好，臣什么都没看到。对了，咱们刚刚说到哪里？哦，说到刑部那些囚犯一夜之间被人下了剧毒。臣以为，刑部肯定有内鬼……”

“不！”凤九卿打断贺明睿的话，“你说的不对，咱们刚刚不是在说这个，我是让你给容锦再卜一卦，你之前不是说他是咱们黑阙的紫微星下凡吗？既然是紫微星，那就一定是帝王之才，可自从容锦坐上皇位以来，朝中好像有不少大臣不怎么愿意服从他的命令。尤其是前不久，又出了偷玉玺的事件。玉玺是什么？是一代帝王的象征，这说明有人对容锦的皇位虎视眈眈、图谋不轨。本来我还想着，妙玉阁那些人进了天牢，就可以从他们口中问出端倪，可现在又出了中毒事件，这案子变得越发扑朔迷离。所以我在想，朝廷接二连三闹出这些事端，是不是可能与紫微星出现变动有关？”

轩辕容锦瞪她一眼：“你就这么盼不得朕好，巴不得朕赶紧被赶下皇位是吧？”

凤九卿笑道：“你放心，就算你被赶下了皇位，咱不是还可以流浪江湖，做一对神仙眷侣吗？”

贺明睿道：“皇后尽管放心，臣昨夜夜观天象，发现高高悬挂在天际的那颗紫微星，依旧是属于皇上的。”

凤九卿嘴角一耷，无精打采地“哦”了一声。

轩辕容锦这个气啊：“朕还能稳稳当当在皇位上坐着，你是不是感到很失望？”

别人家的媳妇都盼着自己的夫君能够出人头地，踏出一片光明未来。他轩辕容锦的媳妇却是个异类，一天到晚盼着他赶紧被人篡位，好铺盖一卷，带着她去流浪江湖。

凤九卿没理会轩辕容锦的质问，转而又看向贺明睿：“听说小七又跑到什么不知名的山上去采药了，这一去，也有将近两个月的时间了吧？”

贺明睿点了点头：“是啊，臣三天前还接到他送来的书信，说是在山上发现了不少珍稀名贵的药材，过几日就会回京。”

“哎呀，不知他有没有找到可以返老还童的神药，他可是亲口答应过我，会帮我将容颜永远保留在二十岁。”

听到这话，轩辕容锦的脸一下子就黑了：“你还在做当老妖精的梦呢？”

凤九卿撇嘴：“爱美之心人皆有之嘛。”

“朕不准！”

“怎么？你怕我的容颜留在二十岁，将来你老了，配不上我这张娇嫩容颜？放心，无论你变得有多老，我都不会嫌弃你的。”

“凤九卿，你不把朕气到吐血，心里就不痛快是不是？”

眼看这二位又有要吵起来的架势，贺明睿赶紧轻咳了一声：“皇上，皇后，咱能谈正事吗？”

想他年轻有为、英俊儒雅的一代丞相现在还单身呢，每天却要被宣进皇宫，眼睁睁看着这两个人在他眼皮子底下打情骂俏，眉目传情。天底下还有比他们更没同情心的人吗？

凤九卿戏谑地看了咬牙切齿的贺明睿一眼：“明睿，礼部大臣家的孙小姐人还不错……”

贺明睿赶紧摆手：“皇后，咱们还是言归正传吧！”

有时候他特别佩服轩辕容锦，将这么一个聪明机灵又满肚子坏水的女人娶进家门，他真的压制得住吗？

凤九卿非但没被打击掉做媒的热情，反而兴致勃勃道：“你要是不喜欢礼部大臣家的孙小姐，不如给小七介绍介绍……”

贺明睿的嘴角忍不住抽了几下。凤九卿口中的“小七”叫轩辕赫玉，是轩辕容锦的弟弟。虽然凤九卿现在已经被轩辕容锦正式娶进后宫，成为黑阙的皇后。可轩辕赫玉那个死心眼儿的还一门心思在那里惦记哪天帝后感情失和，他好趁机插上一脚，把九卿给撬走呢。

不过这话他也只能在心里想想，当着轩辕容锦的面可不敢说半句。

满朝文武都知道黑阙朝的帝后间感情深厚，天底下也只有轩辕赫玉那个缺心眼儿的不怕他皇兄的怒火，心心念念地惦记着人家的媳妇。

贺明睿又用力咳了一声："皇后，臣觉得，眼下最重要的，还是玉玺失窃案背后的始作俑者。"

"这个始作俑者不是别人，正是威远将军朱子朗！"见凤九卿瞬间恢复一脸正经的模样，御书房里的两个男人一时之间都有些搞不清状况。

这女人前一刻还在那拉纤保媒，嚷嚷着要给别人介绍孙家的小姐，怎么一眨眼的工夫就换了一张脸，仿佛变成了另一个人？

幸亏这两个男人的思维跳跃都很迅速，轩辕容锦问："你何以得知此事是朱子朗策划？"

凤九卿嘴边勾出一记阴森森的笑容："第一，朱子朗与妙玉阁的楚红袖关系匪浅，既然假玉玺是在妙玉阁被发现的，足以说明，朱子朗逃不出被怀疑的行列。第二，朱子朗身为威远将军，手中握有朝廷三十万兵权。俗话说得好，'不想造反的将军，不是好皇帝'。"

贺明睿失笑："这比喻有些不太恰当吧。"

凤九卿没理会他的调侃，接着又说："至于第三……"

见书房里的两个男人齐齐望向自己，一副洗耳恭听的样子，她耸了耸肩，笑得有些不怀好意："至于第三，我暂时还没想到，等想出什么结果，再告诉你们。"

轩辕容锦已经懒得再向她翻白眼了："就算你之前说的两点都能成立，有什么证据证明，他就是玉玺失窃案的主谋？"

凤九卿缓缓起身，伸了一个大大的懒腰："这朝堂纷争是你们男人该操心的事情，我一个女人家，可没闲工夫在这里议论朝事。你们聊着，我回寝宫洗个美容澡，再睡个美容觉，就不在这里继续打扰了。"

说完，在轩辕容锦和贺明睿不敢置信的目光中离开了御书房。

"皇上……"过了许久，贺明睿才找到自己的声音，冷不丁问了一句，"您这婚后生活，过得真的幸福多彩吗？"

轩辕容锦捏了捏紧皱的眉心，咬牙切齿地回了他一句："朕独享其中！"

狱中真相

谁都没想到，妙玉阁的老板楚红袖，竟然在这场下毒事件中幸运地活了下来。

因为她是这起玉玺失窃案的主要人物之一，被救活之后的第一时间，就被关进了朝廷专门为特殊犯人准备的牢房严加看守。

凤九卿再看到楚红袖时，她已经失去了当日在妙玉阁初见时的光鲜亮丽。

现在的楚红袖，苍白、憔悴、瘦弱。就连往日被人觊觎的娇美容貌，现如今都已经不复存在。

“楚姑娘，再次见面，别来无恙啊。”

恢复女装的凤九卿，并不比扮成男人时的英姿减弱几分。她就是那种即使穿着最普通的粗衣布衫，站在熙熙攘攘的人群中，也能被人一眼认出的耀眼异类。

“别来无恙？”

此时的楚红袖，两只纤细的手腕被厚重的铁锁牢牢锁住。虽然这间特殊的牢房环境还算不错，可她一个身娇肉贵的弱女子被这样残酷地对待，哪里还能骄傲得起来。

凤九卿的话，就像是一道剜心的讥讽，刺激得楚红袖眼神一狠：“真没想到，为了对付我这么一个小人物，黑阙的皇后娘娘居然亲自出手，跑到我那间小小的妙玉阁，如此大费周章地将我抓来了这里……”

凤九卿笑着打断她的话：“大费周章倒是不至于，使了一些小手段却并未言过其实。当然……”像是为了刺激楚红袖，她又笑呵呵道：“也不知是不是老天怜我，破案的同时，居然还让我得到一块价值不菲的帝王绿翡翠。楚姑娘，提到那块翡翠，真是不得不向你道一声谢，你们妙玉阁里的原石质量确实非常上乘。”

不提那块翡翠还好，提起那块翡翠，新仇旧恨真是齐齐涌上楚红袖的心头。她咬了咬牙，恶狠狠地瞪向凤九卿：“既然已经落到了你们的手里，要杀要剐，给个痛快。”

凤九卿缓步走到她的身边，伸出食指，轻轻勾起她的下巴：“如此年轻的一条生命如果就这么死了，倒真让人觉得怪可惜的。”

“哼！到了这个时候，就别再说风凉话了好吗？”

“这并非是风凉话，只是有感而发而已。”说罢，凤九卿慢慢收回手指，随意拎了一张椅子，落落大方地坐在楚红袖面前，“楚姑娘，相信你已经知道，我今日来此见你的目的……”

楚红袖重哼一声：“无论你想从我口中问出什么，我劝你都不要做梦，因为我什么都不知道，什么都不会讲。”

凤九卿并没有将她的倔强放在眼中，勾着唇笑：“其实我只是想问，死过一次，你感觉怎样？”见她不理睬自己，凤九卿继续道：“无论你为谁效力，经过昨天那起下毒事件，都该看清一个事实，即便你对你的主子再怎么忠心，当你成为弃子的时候，也会被你的主子彻底抛弃。你现在肯说，或许还有活命的机会，若你什么都不肯说，只有死路一条。”

楚红袖讥讽地一笑：“你以为我怕死吗？”

“对！死的确没什么可怕。可怕的是，你明明愿意为那个人而死，那个人却生怕你没有如他所愿地尽快去死。一个见你遭难便想办法将你置于死地的主子，效忠起来，不觉得自己可怜吗？”

“我愿意！”

见楚红袖这样固执，凤九卿非但没有气馁，反而露出意味深长的笑容：“其实就算你不说我也知道，那个被你用生命来保护的主子，就是我黑阙王朝的威远大将军，朱子朗！”

听到这个名字时，楚红袖仍容色淡定：“你要是觉得朱将军形迹可疑，有偷玉玺之嫌，你可以派人抓他过来审问，这与我并没有任何关系……”

“谁说这与你没关系的？”凤九卿笑得不怀好意，“京城里谁不知道威远大将军朱子朗，与妙玉阁的老板楚红袖关系匪浅。就说那天，我不过是扮成男子与你吃了一顿饭，朱将军的下属便急不可耐地想要将我抓起来。这足以证明……”凤九卿故意拉长了声音，“你之于他，是一个非常重要的存在。而他之于你，同样也是生命中不可或缺的依靠。可惜，你楚红袖生性倔强，不愿屈居人下，宁可做朱子朗外面的红颜知己，也不愿成为他后宅子里的一个妾室。因为朱子朗早在好几年前就娶了正妻，纳了侍妾无数。他再爱你，也没办法休掉现在的妻子将你扶正。他有他的坚持，你有你的骄傲，这么多的迫不得已，听起来还真是荡气回肠，充满了悲情色彩啊。”

楚红袖实在是听不下去，破口大骂道：“凤九卿，人人都知道当今皇帝为了你可以废弃六宫，让你独享恩宠。拜托你不要在我这个失败者面前炫耀你骄傲的资本。对，我承认我没有你命好，寻不到轩辕容锦那样的男人。可是拿我一个失败的女人来反衬你的幸福，你真觉得很有成就感吗？”

“楚红袖，你这嫉妒来得是不是太明显了？炫耀？你哪只眼睛看到我是在炫耀？身为黑阙的皇后，你们妙玉阁上上下下涉嫌偷窃玉玺。作为这起案件的主要嫌疑人，难道我不该亲自过来问问情况？”

“你不要问了，因为我什么都不会告诉你的！”

“是吗？”凤九卿再次勾起她的下巴，“嘴上说着什么都不肯跟我讲，却用实际行动将所有的事实供认不讳。楚红袖，我是该谢谢你对我的知无不言，还是该为朱子朗今生能拥有你这样一个红颜知己而感到悲哀？”

楚红袖面色一白：“你……你这话是什么意思？”

凤九卿一把扯开她的衣领，露出她白皙美丽的脖颈，只见锁骨处刺着一朵盛开的彼岸花。

“我要是没有猜错，这朵彼岸花，应该是朱子朗亲手为你刺上去的吧？”

楚红袖大惊，下意识地向后退了退，试图遮挡住自己脖颈间的那朵彼岸花图案。

凤九卿却不给她逃跑的机会，一字一句道：“作为本朝颇有几分名望的威远大将军，朱子朗平日里在做人方面还算是非常成功。朝廷里的文臣武将与他关系匪浅的不在少数，而他本人又是一个风度翩翩、年轻俊朗的如玉公子。这样的男人，的确是许多女人心中的挚爱，能够被这样一个男人亲手在身上刺上一朵彼岸花，应该是许多女人梦寐以求的心愿。你是一个很幸运的女人，茫茫人海之中，竟得了朱大将军的眼缘……”

“够了！”忍无可忍的楚红袖用力打断她的话，“我从来都没否认我是朱将军红颜知己的事实，可就算我是他的红颜知己又怎样。他是一个前途不可限量的大将军，我是一个自私贪财，又想得到心爱男人独宠的女人。至于那块在妙玉阁找到的玉玺，不过是因为我识玉爱玉，花大价钱请人进宫去偷来的一件收藏品罢了。既然我现在已经犯下了不可饶恕的罪过，杀了我便是，说这些有的没的，又有什么意义？”

“意义可大了。”凤九卿用指尖在她颈间的刺青上轻轻抚摸了两下，“因为……”她轻轻在楚红袖耳边道，“这朵刺在你脖子上的彼岸花，出卖了朱子朗的真正身份。什么威远大将军，什么前途无量的青年才俊！我要是没猜错，他真正的名字，应该叫作轩辕如意！”

无视楚红袖瞬间变得难看的面色，凤九卿缓缓起身，居高临下地看着她一脸见鬼的表情。

“怎么样楚姑娘，我猜得对是不对？”

“你……”

凤九卿露出一个自负的笑容：“你是不是很奇怪，我究竟是怎么知道朱子朗的真名叫轩辕如意的？”

不给楚红袖应声的机会，她指了指对方脖子上的彼岸花花纹。

“我刚刚不是已经跟你说过了，将这个答案告诉我的人，正是你楚红袖啊。”

第五十二章 忆往昔查明真相

内有隐情

这时，牢房的大门被人从外面打开。

走进来的，正是轩辕容锦与贺明睿。

两个人身后跟着几个贴身侍卫，将牢房门口把守得严严实实。

“九卿……”

容锦径自走到她的面前，脸色阴郁道：“你刚刚所说之事，究竟是真是假？”

凤九卿没有回答他的话，而是将目光落在楚红袖的脸上：“楚姑娘，关于朱子朗与轩辕如意是否为同一个人这件事，你可有什么话说？”

楚红袖用力摇头：“不！这不可能！这世上怎么可能会有人知道这个被隐藏了二十多年的惊天大秘密。不可能！绝不可能……”

凤九卿接口道：“没看到你脖颈间的这朵彼岸花之前，我也不知道朱子朗就是黑阙王朝消失已久的前太子轩辕君昊的同母兄长。虽然这件事过去了很多年，可朝中不少大臣还是知道，已故前太子轩辕君昊上面曾经有一个年长他两岁的兄长，名叫轩辕如意。”

说到这里，她看了轩辕容锦一眼又继续说：“可惜在他五岁那年，却因为一场意外莫名消失。先帝派人寻找了许久都不曾找到轩辕如意的身影，这才将太子的位置交给了轩辕如意的同胞弟弟轩辕君昊。”

贺明睿这时插口询问：“皇后，仅凭楚红袖脖子上的这朵彼岸花，你是如何判断出朱子朗就是消失多年的轩辕如意的？”

凤九卿沉默了片刻：“不知你们是否记得，轩辕君昊的生母嫁进皇宫之前，曾是鹰族族长曹天傲膝下最小的女儿。我曾经查过鹰族的历史，他们的族花正是彼岸花。凡鹰族后人，无论男女，只要是嫡系出身，都会在身上刺上族花的标志。而楚红袖身上的这朵彼岸花，与鹰族的族花标志几乎一模一样。”

轩辕容锦蹙紧眉头：“这个女人与鹰族有什么关系？”

凤九卿微微一笑：“她与鹰族是没关系，但轩辕如意却是鹰族的后人。我曾在轩辕君昊的手臂上见过这个图案，由此不难推断，当年最有资格坐上太子之位的轩辕如意，手臂上也会被留下这样的图案。史料上记载，凡是被鹰族后代认定的终身伴侣，都会由对方亲手刺上彼岸花图案。楚红袖虽然不是朱子朗的正妻，可一旦有朝一日他夺位成功，定会许给这位楚姑娘一句每个女人都期待的承诺。”说到这里，凤九卿看向面色惨白的楚红袖，“他是不是亲口对你说过，有朝一日待他登上大宝，必封你为后，成为黑阙后宫里最尊贵的女人？”

此时的楚红袖，已经被凤九卿接二连三道出的真相给震得无言以对。

她连连摇头，不敢置信地道：“仅凭一朵被刺在我脖子上的彼岸花，你为什么会做出这样精密的推断？我不相信世间竟然会有你这般聪明的女子。我……我以为只要我死了，这个秘密就会被永远封存……”

话说到这个地步，轩辕容锦与贺明睿已经基本断定，凤九卿所言一切，全部属实。

别说楚红袖无法接受这个事实，就连一向以聪明自居的贺明睿都不敢相信，这个凤九卿还真是每时每刻都能给人带来意想不到的惊喜。

不管楚红袖能否接受这个事实，有了彼岸花文身作为依据，很快，轩辕容锦便连夜派人将自以为下毒杀光所有人就可以高枕无忧的朱子朗抓进了刑部大牢。

剥开他的衣服之后，果然在他的手臂上看到一个与轩辕君昊几乎是一模一样的文身。

另一边，贺明睿带人去查封威远将军府，在他家里发现了暗道机关，里面藏着龙袍、龙冠，以及无数试图谋反的证物和证据。

事实面前，朱子朗无从反驳，只能低头承认，他就是二十几年前意外消失的大皇子轩辕如意。

当年他之所以会意外消失，是因为被鹰族族长曹天傲下令设计绑架。

曹天傲是曹国舅的亲叔叔，膝下唯一的儿子当年因为意外不幸病逝。

为了给自己找一个合适的继承人，这位鹰族族长才在大皇子轩辕如意的头上动起了歪脑筋。

被劫走之后，轩辕如意改名为曹子朗，一直以鹰族继承人的身份被养在曹天傲膝下。

后来，曹天傲的小妾腹中有喜，他老来得子，有了自己的亲生儿子，曹子朗这个准继承人便彻底失宠。

一个偶然，曹子朗意外得知自己的身世。

那时的他，很想回京城公布自己的身份，曹天傲担心抢皇子一事败露会给鹰族带来灾难，派人欲将曹子朗秘密处死。

机缘巧合之下，曹子朗不但活了下来，还进了军队，稀里糊涂成了轩辕容锦麾下的一员。

那段时间，正逢轩辕君昊和轩辕容锦斗得你死我活。已经化名朱子朗的轩辕如意决定坐山观虎斗，待自己羽翼渐丰时，再对外宣布自己真正的身份，将黑阙王朝这大片江山据为己有。

这些年，他一步步打拼、一步步上位，凭智谋和本事爬到了威远大将军的位置。万万没想到，计划了多年的一切，竟在眨眼之间，因为一朵小小的彼岸花而毁于一旦。

朱子朗这一落网，朝中不少与他交好的大臣也跟着吃了挂落。

“你们不要怪我处事心狠。”事情发生之后，凤九卿一脸严肃地对轩辕容锦与贺明睿道，“别小看朝堂之争，这里面隐匿着千丝万缕的关系。凡是能被朱子朗收买并利用的朝臣，心中多多少少都对现任皇帝存在着些许不满。如果不趁这个时候将这些危险人物一网打尽，早晚有一天，这些人会成为帝王身边最大的隐患。”

凤九卿虽为女子，轩辕容锦却并不介意让她参与朝廷政务。

朱子朗落网之后，她命人对其严刑拷打，凡与他私交甚笃之人，一律抓捕入狱，逐步逼问。

凤九卿对这里面的弯弯绕绕了解得非常详细。

她知道如果没有其他大臣对朱子朗的大力支持，就凭他一个威远将军，并不足以在皇帝的眼皮子底下兴风作浪。

不管是轩辕容锦还是贺明睿，自然不会对凤九卿的提议有任何质疑。即便凤九卿不提出这样的要求，作为黑阙的帝王，轩辕容锦也不能容忍有心怀不轨之人在自己的眼皮子底下作祟。

由朱子朗引起的这桩玉玺失窃案，朝中至少有十八位五品以上的官员受其牵连。轩辕容锦处事果决利落，将这十八名官员全部按罪收押，监禁天牢。

此事一出，满朝哗然。

谁都没想到鼎鼎大名的威远大将军，真正的身份居然是失踪了将近二十年的大皇子轩辕如意。

更让人没想到的是，破获这起玉玺失窃案的人，不是皇上，不是相爷，而是几个月前被正式立为皇后的凤九卿。

那十八个五品以上的大臣私底下和朱子朗关系匪浅，又暗中勾结做下了不少不利于百姓，也不利于朝廷的缺德事。

在凤九卿这位黑阙皇后的干涉下，十八名官员按罪名轻重逐一论罪。重者午门斩首，轻者发配边关。

总之，一时之间由一块玉玺引发的案子，闹得满朝文武人人自危，几乎到了草木皆兵的地步。

很快，便有大臣在早朝上对凤九卿身为后宫女子，却干涉朝廷政事的事情提出严重抗议。

“老祖宗当年在建朝初期有明律规定，凡后宫女子，不得入朝参政。凤九卿虽贵为一国之母，可说到底，她也只是一个女人，如今竟打破本朝先例，随便插手朝廷之事。皇上，此事后果可大可小，还请皇上给众臣一个合理的交代。”

开口说出这番话的不是别人，正是曾任江州府台，后来又因为女儿姚雪灵而获得高升的现礼部尚书，姚天寿。

虽然姚雪灵目前被关在冷宫，一辈子没有出来的机会。但当初姚雪灵挺身救了轩辕容锦一命，这是朝廷中所有大臣都知道的事实。

为了表达对姚雪灵舍生取义的感谢，身为帝王的轩辕容锦亲自赐给她一块免死金牌。连同当年任江州府台的姚天寿，也在姚雪灵的恳求下，被调进京城，任命为礼部尚书。

半年前，姚雪灵为争帝宠，设计害得凤九卿命悬一线。

事后查明真相，轩辕容锦只将姚雪灵关进冷宫，她的家人以及亲眷却并未牵连其中。

不是轩辕容锦对姚雪灵抱有恻隐之心，而是姚天寿在行事方面十分小心。他任职于礼部期间，兢兢业业，严谨认真，几乎让人挑不出半点儿错处。

初登大宝没多久的轩辕容锦要是在没有证据的情况下，就夺走姚天寿的职位，传扬出去，难免会给自己的名声带来负面影响。

没想到就是这么一个做事小心，凡事都以大局为重的姚天寿，居然在朱子朗一事发生之后，当着满朝文武的面，对自己提出这样的刁难。

坐在龙椅上的轩辕容锦双眼微眯，语气森冷道：“我黑阙王朝的确有后宫女子不得参政的祖例。但是姚大人，你莫要忘了，当年先祖爷立下这条律法的时候，是因为前朝有贪婪的后宫女子凭借皇宠，为自己的家族谋得荣耀。此举扰乱朝堂，不利百姓。因此先祖爷推翻前朝统治，并在创立新律法的时候，才会加上这么一条。但……”

话锋一转，容锦又道：“九卿参与朝廷之事的目的与前朝那些自以为受宠的后宫女子并不相同。其一，她不求名利；其二，她父亲凤莫千凤大人早已归隐乡野，退出朝堂纷争。所以，姚大人完全没必要揪着皇后参政一事，堂而皇之地在早朝之上分说。”

姚天寿不甘心道：“皇上此言虽然没有任何不对之处，但作为掌管礼部之职的大臣，臣斗胆在这里向皇上劝谏。皇上刚刚登基没几年，便接二连三做出惊人之举。先是为了凤九卿废弃整个后宫，接着又不顾祖宗家法允许后宫轻易参政。老臣知道这番话说出口，势必会引来皇上对老臣的不满，但为了皇上的名声着想，老臣觉得，祖宗家法必不可废……”

一直作壁上观的贺明睿终于听不下去，勾着嘴角冷笑一声：“姚大人，从早朝开始直到现在，你翻来覆去当着皇上及众位大臣的面说皇后的不是。这了解内情的人明白你这是在为皇上的名声担忧，不了解内情的，还以为姚大人是不满于姚贵妃失宠，哦……我差点儿就忘了……”贺明睿故作抱歉地一笑：“现在的姚雪灵，已经被削了妃位，打入冷宫，不再是尊贵无比的贵妃娘娘了。姚大人身为姚雪灵的父亲，眼看着自己的女儿被关进冷宫，而皇上身边却宠爱着另一个女子，心中不满，也是人之常情。”

姚天寿急忙为自己解释：“贺相爷，你这番话说得可真是冤枉老臣了。老臣一心以江山社稷为重，为人处世绝不掺杂任何私情。”

贺明睿快言快语：“既然姚大人口口声声说以江山社稷为重，那本相问你，皇后凭借智慧与谋略帮我黑阙江山铲除异己，此举是否可向朝廷邀功一桩？”无视姚天寿难看的脸色，贺明睿又问：“难道仅仅因为皇后是个女子，姚大人便要否定她曾经立下的所有功绩？”

姚天寿一把年纪，却被一个二十刚出头的毛头小子当朝质问，气得跳脚道：“贺相如此咄咄逼人是为何意？老臣只是就事论事。”

“本相也是就事论事。”

眼看两个人有要吵起来的架势，旁边有大臣从中劝道：“贺相，姚大人，你们都冷静一些，且听听皇上怎么说。”

轩辕容锦姿态慵懒地看着眼前吵成一团的臣子，语气低沉道：“没错，朕的确为了九卿做了不少惊世之举，可早在朕立九卿为后时就曾向全天下人宣布，九卿是我黑阙王朝一位奇女子，她有足够的资格接受朕给她的这份承诺。”

说完，他沉吟片刻，目光冷冷地在众人脸上扫视一眼。

最后，他看向姚天寿：“姚大人，朕今日在这里只问你两个问题。”

姚天寿拱手：“皇上请问。”

“第一，朕想问你，你可曾因为姚雪灵一事，憎恨于朕？”

姚天寿赶紧摇头："老臣不敢！"

"第二……"轩辕容锦的神色凝重了几分，"朕要问你，化名为朱子朗的轩辕如意，在试图谋朝篡位证据确凿的情况下，当不当诛？"

姚天寿不敢犹豫，急忙点头："自然当诛！"

闻言，轩辕容锦微微一笑："既然如此，朕敢问众位爱卿，你们心里究竟还有什么不痛快的？"

轻描淡写的一句话，将所有的文武百官问得哑口无言。

这个时候，就算有人心里不痛快，为了自己的项上人头着想，也要憋在心里不能说。

从皇后娘娘的处事手段来看，这位就是个千年难得一遇的狠角色。

在朝为官的这些大臣，有不少人都知道凤九卿当年可是随着轩辕容锦一起攻打过北漠的奇才。

这女人能文能武，智谋过人，最要命的就是她心狠手辣。

皇上现在一门心思迷恋于凤九卿，旁人除了乖乖受着，还真是一点儿办法都没有。

见众人齐齐无语，轩辕容锦缓缓起身："既然无事启奏，便就此退朝吧。"

说完，头也不回地带着内务总管小福子转身走了。

直到踏出金銮殿好长一段距离，轩辕容锦才沉着脸，回头对小福子道："吩咐下去，今日早朝上发生的事情，不准宫内之人四处传播。要是让朕知道这件事被皇后听到了，凡在金銮殿当差的奴才，每个人重打五十大板，驱逐出宫，永不录用！"

小福子见皇上脸色沉得吓人，赶紧点头，郑重其事地承诺："奴才明白！"

宫中的内侍嘴巴被堵得紧紧的，不代表凤九卿没有其他渠道获知今日早朝的内容。

这个负责传话的不是别人，正是前几日采药回京，并专程跑进皇宫来挤对凤九卿的七王殿下，轩辕赫玉。

"你自己看看吧，这些都是皇兄御书房里的奏折，几乎每本折子里都提到你的名字。户部的李大人说你在花销上毫无节制，刑部的刘大人说你只身冒闯天牢有违法纪。尤其是这个礼部的姚大人，说你干涉朝政，蛊惑君心，嫉妒成性，容不下六宫伴于皇上左右……"

像是担心刺激得不够似的，轩辕赫玉眉飞色舞地将手中的几本奏折递到凤九卿面前："来来来，你仔细看看，你现在已经成为文武百官眼中的头号公敌。而且这几本折子只是皇兄御案上的一小部分，还有好几摞折子我都没拿，我怕拿给你看之后，你会伤心难过得去上吊自杀……"

跷着二郎腿坐在旁边吃水果的凤九卿，丝毫没把轩辕赫玉的威胁放在眼里。

她将一个半红半绿，只有小孩儿拳头大的果子塞到嘴巴里咬了两口，皱着眉道："这什么东西啊，好酸。"

桌上摆的几盘水果，都是轩辕赫玉上山采药，顺便从山上采回来的野果子。

凤九卿尝了几种，唯独这个半红半绿的果子把她酸得牙根都倒了。

轩辕赫玉见她一点儿也没把自己的恐吓放在眼中，一屁股坐在她的旁边，没好气道："你吃的这个叫红绿果，是药材中的一种，酸是酸了点儿，却可以强心健脑，对身体有不少好处。喂，我刚刚跟你说的话你究竟有没有听进去，我说……"

凤九卿将吃剩一半的红绿果又丢进果盘里，摆着手道："好了，你不用再跟我重复那些大臣对我的弹劾。就算你不说，我也知道那些人对我心怀不满。朱子朗的案子暂且放下不提，真正让他们对我有意见的是容锦当初为了立我为后，废弃整个六宫，以至于朝中不少大臣家的闺女都被送回原址，择良婿再嫁。"

轩辕赫玉撇了撇嘴："我当你没有这个自知之明呢。"

"自知之明我当然有，不过七王，你能不能解释一下，这些本来应该放在御书房里的折子，为什么会出现在你的手上？你偷这个做什么？"

轩辕赫玉气短了一下："谁说是我偷的？我只是拿，是拿！"

凤九卿笑得不怀好意："你皇兄知道吗？"

"你……你先别管皇兄是否知道。九卿，我只问你一句，每天生活在这种被弹劾、被质疑的环境中，你不觉得这样的日子根本不适合你吗？"

就在轩辕赫玉孜孜不倦地给凤九卿灌输负面情绪时，门口处忽然传来一道阴沉的声音："小福子，去唤四个身强力壮的侍卫，将七王五花大绑，直接丢回他的七王府，从今以后谁要是再敢随便放七王进宫，一干人等全部推去午门，即刻斩首。"

风风火火从外面走进来的，正是刚从早朝回来的轩辕容锦。

还没进门，就听到自己的七弟居然胆大妄为地跑来他的龙御宫，像个奸佞小人一般在九卿面前乱道是非。

他对这个弟弟真是太仁慈了，像这种欠揍的兄弟，就该将他逐出京城，未经通传永不许入宫才对。

有时候他真的很佩服轩辕赫玉的耐性。九卿都已经嫁进皇宫给他当了皇后，轩辕赫玉居然还是不肯放弃对她的执念。只要逮到机会，就会跑进皇宫，背着自己在九卿面前说三道四。

见皇兄回来了，轩辕赫玉赶紧变了脸色，讨好道："皇兄，一别数日未曾相见，怎么一见面就让小福子公公将我逐出宫啊。您瞧，我带着从深山里采来的几种野果子进宫来探望皇兄，别看这些野果子长得不起眼，营养价值可是非常之高……”

轩辕容锦根本无视他的讨好，对小福子道：“快去找人把他绑了，扔回他的七王府，看到他朕心里就烦得慌。”

轩辕赫玉一把扯住小福子的衣袖：“小福子公公，皇兄这是在跟你开玩笑呢。你先出去忙吧，容我在这里与皇兄叙个旧。”

“赫玉！”容锦冷冷开了口，“趁朕不备，偷偷闯进御书房，偷了朕好几本折子出来，这个罪名要是论起来，足以杀你的头了。”

闻言，轩辕赫玉赶紧用宽大的衣袖将那些奏折全部遮挡起来，一脸无辜道：“什么折子？皇兄，我不明白您在说啥。”

轩辕容锦沉着脸看他：“朕或许舍不得让人一刀砍了你的脑袋，将你丢出去扒了裤子打一顿板子还是舍得的……”

这句威胁不偏不倚正踩在轩辕赫玉的底线上，他赶紧一揖到底，装出一副再正经不过的样子：“如此，臣弟就不在这里打扰皇兄了。”

说完，脚底抹油转身开溜。

开溜之前，还眼带警告地看向凤九卿，用口形对她道：“好好考虑一下我刚刚与你说的话……”

在轩辕容锦的大长腿踹过来之前，轩辕赫玉一蹦三尺高，溜之大吉了。

凤九卿早就习惯这两兄弟在没外人的情况下嬉笑打闹，她继续悠闲地吃着轩辕赫玉带给她的野果子。

见轩辕容锦被自家弟弟气得脸色发青，凤九卿忍着笑意道：“有时候真的很羡慕七王，就像一个永远长不大的孩子，总是那么天真烂漫没有烦恼。人生若是活成这个样子，也挺美好的。”

轩辕容锦轻哼一声，心里则想，他这个七弟表面看着天真烂漫，心里则憋着一肚子坏水。最喜欢当着九卿的面披上小白兔的外衣装天真，装无辜，逮到机会就会在九卿面前讲自己的坏话。

就拿刚刚的事情来说，故意利用朝中大臣对九卿不满一事来影响九卿的心情。无非是诱惑九卿尽早厌倦宫中生活，好跟着他出去浪迹天涯。

自己的媳妇一天到晚被人惦记的感觉真是糟糕透顶，偏偏那个惦记他媳妇的还是他的亲弟弟。

他不是没有斩杀手足的决心，而是小七在医学上的造诣实在是非常深厚，关键时刻，有小七在身边，是可以用来救命的。

杀不得留不得，这感觉可真是纠结啊。

容锦腹诽了半晌，见九卿没心没肺地吃着东西，才想起他拼命想要掩饰的事情，已经被小七那个小王八蛋给泄露了。

“九卿，无论朝中那些大臣说了什么，你都不要往心里去。”

凤九卿投给他一记安抚的笑容：“放心吧，早在我决定插手参与朱子朗这个案子之前，就已经预料到今天的后果。什么‘后宫女子不得参政’，这都是胡话。说白了，那些人无非是害怕我的处事手段，才会这么迫不及待地想要用朝廷祖例来约束我的一举一动。”

轩辕容锦见她真的没把这件事放在心里，才暗暗松了一口气，安慰道：“你放心，类似的事情，朕保证以后绝对不会再次发生。”

有了轩辕容锦在金銮殿上的震慑，那些对皇后有意见的文武群臣，只能暂时偃旗息鼓，一个个夹起尾巴低调做人。

这天，凤九卿百无聊赖地坐在御花园的凉亭里，玩着每天无聊时都会玩上一玩的小把戏。

她手中捧着一盘黄豆，一颗一颗弹出去。

就见距凉亭不远处的一棵大杨树的树叶上，被小小的黄豆弹出了一个又一个小圆洞。

在两旁伺候的宫女拍手叫好：“皇后娘娘好厉害，您这弹黄豆的功夫真是豆无虚发，简直令奴婢大开眼界。”

其他宫女听了这样的恭维，也跟着一起叫好：“是啊是啊，皇后娘娘真是奴婢有生以来听说过的最厉害的一位皇后……”

眼看着她们还有继续说下去的架势，凤九卿无可奈何地将装有黄豆的盘子放到石桌子上。懒懒起身，步出了凉亭。

她知道这些宫女都是轩辕容锦特意派到她身边来给她解闷的。

轩辕容锦知道她向往宫外，向往自由。

可自从她坐上了这个被天下所有女人都羡慕的位置，自由什么的，就彻底与她说了再见。

为了避免她在宫中闷出个好歹，轩辕容锦耳提面命交代这些宫女一定要把她这个皇后娘娘给哄开心了。

说实话，她非但没感到开心，反而觉得十分无奈。

“娘娘，不好啦，大事不好啦……”

就在凤九卿溜溜达达准备回宫睡午觉时，一直在轩辕容锦身边伺候着的小福子跌跌撞撞向她这边跑了过来。

“娘娘，可了不得啦，皇上出事了……”

小福子气喘吁吁地跑到凤九卿面前，火急火燎地将一个糟糕的消息汇报了上来。

凤九卿脸色一变，一把扯住要给她行礼下跪的小福子：“皇上出事？出了什么事？”

小福子被她扯了一个趔趄，带着哭腔指着宫外的方向道：“皇……皇上下了早朝之后，带着江龙、江虎两个侍卫出了宫，却不想行至西山行宫时遭到刺客行刺。”

凤九卿听糊涂了，忙问：“好端端的，皇上为啥要出宫？”

小福子急道：“奴才也不知道啊，皇上临走之前说有一些私事要去西山行宫走上一趟。奴才本来是要跟着皇上一起去的，可皇上嫌奴才碍事，不让奴才跟着。就在刚刚，江龙、江虎两个人灰头土脸地回来了，他们让奴才转告皇后，皇上在西山行宫遇刺，恐怕凶多吉少……”

听到后面，凤九卿已经有些听不下去。

她一把摘去头上累赘的珠饰，利落地撕掉过长的裙摆。

眨眼之间，雍容华贵的一代皇后，俨然变成了一个打扮利落的英气女侠。

她足下轻点，纵身一跃，跳上树枝，跃过房顶，眨眼之间，整个人便消失在皇宫的御花园里。

第五十三章 燕皇帝出访黑阙

为爱设计

西山行宫位于京城西郊，快马加鞭到达那里需要半个时辰。

凤九卿当然不会傻到用双腿跑去西山行宫。她直奔皇家马厩，在里面挑了一匹千里驹，无视两旁跪地请安的小太监，骑着马，风风火火地奔着行宫的方向而去。

前行的路上，她脑子里一直分析着有可能会发生的状况。

定是朱子朗一案留下来的余孽作祟，她早就说过，斩草不除根，春风吹又生。

看吧，朱子朗及那些跟着他一起吃挂落的人刚刚被斩首没几天，就有人胆敢趁皇帝微服出巡出来刺杀。

连江龙、江虎都无能为力，看来，这些刺客的来头一定不小。

胯下的马刚刚抵达行宫入口，林中就蹿出两个手持长剑的黑衣人拦住她的去路。

凤九卿一把拉住马的缰绳，左右各挥了一鞭，将忽然跳出来的两个黑衣人扫落在地。

她以一个极其漂亮的动作翻身下马，一脚踩在黑衣人的胸口，厉声质问："谁派你们来的？皇上人在哪里？"

没等来两个人的回答，林子里忽然又冒出二十几个黑衣人。

这些人个个手持长剑，来势凶猛。

凤九卿看着渐渐向自己逼过来的蒙面黑衣人，心中担忧得要命。

放眼望去，她并没有在这里见到轩辕容锦的身影，难道说，轩辕容锦已经被他们给杀了？

想到这个可能，她后背一下子就冒出了一层冷汗。

不行，她绝对不能让轩辕容锦出现任何意外。

思及此，手无寸铁的凤九卿，只能将手中的马鞭当作武器。

她眯了眯眼，双手用力扯了扯马鞭，在第一个人飞扑过来的时候，一鞭子挥下去，将那人抽得直接在地上翻了三个滚。

很快，她与这些黑衣人便打成了一团。

漫长而又无聊的宫廷生活几乎让她快要忘了生存的本能。

这种被敌视、被追杀，随时都有可能丧失性命的日子似乎在很久以前就已经离她远去。

要不是今天遇到了这突发状况，凤九卿差一点儿就忘了，从前的她，曾是一个在刀刃上讨生存的女战神。

一想到轩辕容锦在自己完全不知道的情况下遇到了危险，她便忍不住着急上火，想要用最快的速度结束这场战斗。

她必须在打败所有人并留下活口的情况下，才能问出轩辕容锦的下落。

这场战斗在她上蹿下跳的花样对决中，很快便分出了胜负。

虽然这二十多个蒙面人来势凶猛，可他们大概做梦也没想到，一个看上去弱不禁风的小女人，在打斗之中竟然可以狠绝到这种程度。

幸亏被她握在手里的只是马鞭而不是长剑。

那些黑衣人被抽得晕的晕，倒的倒，不到一刻钟的时间里便“牺牲”了一大片。

到了最后，只剩下一个蒙面黑衣人还在继续跟凤九卿战斗。

比起刚刚被鞭子抡得哭爹喊娘的那些渣渣们，最后这位实力不容小觑。

两个人来来回回比画了几百个回合，打到最后，凤九卿渐渐觉得自己有些力不从心。

看来，她今天是遇到高手了。

不行!

她拼命在心里告诉自己，她不能败，如果她败了，别说她自己性命不保，恐怕就连轩辕容锦也会命在旦夕。

思及此，她忽然发了狠。脚尖利落地勾起不知是谁掉在地上的一把长剑，取代了马鞭，与对方又斗了几十回合。眼看对方的长剑直直向自己逼来，凤九卿脚步向左边迅速移位，堪堪躲过对方长剑的同时，一把将自己的剑架在了对方的脖子上。

她神色倨傲地看着被自己逼得退无可退的蒙面人，勾着嘴角笑道：“你输了！”

蒙面人并没有反抗，当着她的面，他将手中的长剑丢落在地，摊了摊双手，用带着些许笑意的声音道：“是，我输了！”

熟悉的声音，一下子让凤九卿提高了警惕。

怎么可能?

她丢开手中的长剑，上前一把将男人脸上的黑布扯了下来。

出现在眼前的面孔，赫然就是黑阙王朝的当今皇帝，轩辕容锦。

“你……”

凤九卿看着面前这熟悉的男人，张口结舌道：“容锦，这……这到底是怎么回事？小福子不是说，你在西山行宫遇到刺客了吗？”

被揭掉黑布的轩辕容锦一把将呆怔中的凤九卿揽进怀里，垂着俊脸对她笑道：“九卿，你的功夫不减当年，可你这颗小脑袋，可不如当年那么睿智了。你也不想想，如果朕真的出了事，怎么可能会让小福子进宫去向你求救？还有江龙、江虎，他们是朕身边的贴身侍卫。朕要是有什么三长两短，你以为他们还会活着回宫去报信？最重要的是，你居然连原因都不问，就直接闯进西山行宫。由此不难推断，九卿，你比从前变笨了。”

被挤对了一通的凤九卿此时实在无法形容她心底的窝火。

刚要发脾气骂人，就听轩辕容锦在她耳边柔声说了一句：“虽然你的行为是鲁莽了一些，做事不计后果了一些，但能亲眼看到你为了朕不顾自己性命只身跑来这里，朕还是感到非常欣慰。九卿，朕今天为你安排的这个游戏，你还喜欢吗？”

“游戏？”

凤九卿一脸不可思议地瞪着轩辕容锦。她指了指地上那些被自己用鞭子给抽得哭爹喊娘的黑衣人：“发生了这么多事，你居然告诉我，这只是一场由你亲手安排的游戏？”

轩辕容锦见她要发火，赶紧好言相劝道：“九卿，你先不要生气。之所以这样做，是因为朕看到你最近一直闷在宫里不开心，怕你憋出毛病，才让江龙、江虎从朕的暗卫中找来这些人陪你练练手。你放心，他们皮糙肉厚，挨几鞭子就像在挠痒痒。”

说着，他对那些还在“装死”的黑衣人道：“都退下吧。”

随着这道命令，哭爹喊娘中的黑衣人齐齐起身，整齐而有序地退离了现场。

凤九卿没好气地瞪着笑得一脸宠溺的轩辕容锦：“你是有多无聊，才自编了这么一出无聊的戏码？虽然他们都是你的暗卫，可万一我拿的不是马鞭而是长剑，不小心伤了他们其中的任何一个，到头来你让我怎么收场？”

轩辕容锦笑道：“朕身边的暗卫虽然功夫不及你，但关键时刻逃命的本事还是有的。九卿，咱们好久都没像刚刚那般痛痛快快地打上一场了，这种流汗的感觉，令朕十分怀念。你呢，可曾怀念咱们共同拥有的那些美好的日子？”

与那些黑衣人刚刚打过一场的凤九卿，此时已经慢慢接受了自己被捉弄的事实。

虽然被捉弄了，她心底却并不气恼。

就像轩辕容锦所说，她确实好长时间不曾像今天这样狠狠发泄过了。

打过一场，浑身上下出了一层大汗，这种畅快淋漓的感觉让她深深地享受其中。

她抬首轻笑：“虽然这个礼物表面看的确是残暴了一些，但不得不说，容锦，我很喜欢！”

这时，不远处传来一道煞风景的声音：“秀恩爱，死得快！”

不轻不重的六个字，将沉浸在幸福之中的凤九卿给吓了一跳。她赶紧从轩辕容锦的怀中跳了出去。

就见负着手，溜溜达达从台阶上走下来的，正是七王轩辕赫玉。

他身边跟着一个笑容满面的男人，也是七王的头号克星，贺明睿。

凤九卿微微诧异：“你们俩怎么也在？”

贺明睿笑着解释：“皇上说，他专门为皇后准备了一份大礼。为了不让这历史性的一幕被埋没，特意找臣和七王来做个见证。是吧，七王？”

轩辕赫玉翻了个白眼，小声咕哝：“简直无聊得要死。”

轩辕容锦根本不把七王的讥讽放在眼里，他揽着凤九卿的纤腰，轻声在她耳边道：“明睿说得没错，朕的确有一份大礼，想要当面送给你。”

凤九卿不明所以：“你刚刚不是已经送我一份大礼了吗？”

“傻瓜，刚刚只是热身，真正的大礼在后面呢。”

轩辕赫玉实在受不了两个人当着自己的面继续秀恩爱，他噘着嘴巴抱怨了一句：“不就是一堆破玉，有什么好显摆的。”

已经搂着凤九卿的腰走过去的轩辕容锦抬起长腿，在自家七弟的屁股上踹了一脚：“请你过来了吗，你就厚着脸皮跟过来？要不是看在明睿的面子上，你以为朕能容得下你？去吧，朕现在不想看到你。”

轩辕赫玉揉着被踹了一脚的屁股跳着脚道：“皇兄，你可不能有了异性就忘了人性。”

“哼！遇到你，朕还真是会在很不小心的情况下将人性给忘掉。”

说完，转而又面带笑容地看向凤九卿：“随朕去行宫看看，保证会给你一个意想不到的惊喜。”

眼看两个人手牵着手走了，轩辕赫玉急着就要追过去，却被贺明睿一把拉了回来。

“人家小两口忙着秀恩爱，你就不能消停一点儿，别心心念念总想着插上一脚！”

轩辕赫玉这才想起来要找贺明睿算账：“来，你给我解释解释，皇兄刚刚说的那句话是什么意思？什么叫要不是看在你的面子上，他根本就容不下我？敢情我之所以能活着，还多亏了贺相爷您老人家了呗？”

贺明睿狡猾地一笑：“七王能有这样的觉悟，臣深感欣慰。”

“喂，说你胖你还喘上了是不是？”

无视身后那两个人时不时传来的争吵声，轩辕容锦拉着凤九卿直接来到了行宫。

到了行宫才知道，轩辕容锦说的话一点儿都不夸张。

他送给她的礼物，的确给她带来了不小的震撼。

是一座用各种玉石专门为她打造出来的宫殿，宫殿里所有的器具，几乎全部与玉有关。

玉床，玉枕，玉桌，玉椅……

放眼望去，她觉得自己仿佛来到了一个玉的世界。

“容锦……这……这是不是太夸张了？”

轩辕容锦笑着问她：“九卿，这座专门为你打造的玉鸳宫，你喜欢吗？”

“玉鸳宫？”

凤九卿默默念着这几个字：“这个名字是谁取的？”

“自然是朕。传说玉石是天底下最有灵气的东西，不但可以养人，还能消灾避难，给拥有它的人带来福泽。鸳，是鸳鸯的意思，意指你和我。九卿，朕是这么打算的，等将来朕退了位，离开深宫大院，咱们就将家搬到这里来安度晚年。你说好不好？”

凤九卿被他畅想出来的画面说得心神一动。

安度晚年？没来由地，这么简简单单的四个字，竟给她带来一种莫名的心安。

“容锦，谢谢你，我很喜欢！”

她喜欢的并非是这些价值连城的玉石，而是他对自己付出的一番情意。

一个男人，而且还是一个坐拥江山，手握天下的男人，肯为了一个女人付出到这种境地，她只能说，那个女人，无疑是这天底下最幸福的女人。

众人难得忙里偷闲，躲到安静的西山行宫来度假。

晌午，在轩辕容锦的安排下，几个人纷纷换上骑装，骑着马来到西山行宫的后山捕猎。轩辕容锦和凤九卿都是打猎能手，小半个时辰，就猎到了好几只獐子和狍子。贺明睿的成绩也不差，虽比不上轩辕容锦和凤九卿两位打猎奇才，也是硕果累累，颇为自得。

本事最烂的当数轩辕赫玉，进了一趟山，猎物没打到几只，倒是被他采回了一筐草药，外加一只无辜又可怜的小白兔。

凤九卿乐不可支地调侃：“七王，这只兔子你准备怎么处理？是炖了？蒸了？煮了？还是炸了？”

轩辕赫玉讨好地将怀里抱着的小白兔巴巴地送到凤九卿面前：“你看这兔子可爱不可爱？我专门抓来给你当宠物养的。”

凤九卿看着被七王捧在手心里的无辜小白兔，抽着嘴角道：“你哪只眼睛看到我想要将一只兔子养在身边当宠物？”

“你们女人不是对这种小动物很有好感吗？”

“我只对尔白那种小动物有好感。”

这下，轮到七王抽嘴角了：“尔白不是小动物好吗？它是凶兽！凶兽！”

不知何时走过来的轩辕容锦，一把拎起赫玉手中小白兔的两只耳朵。

“虽然这只兔子的个头是小了一些，但烤兔子肉的味道也是十分鲜美的，剥下来的皮子，还可以给九卿做个衣领子。”

轩辕赫玉气得一把将小白兔从“虎口”又夺了回来：“你们都不要，我就抱回府自己养。警告你们，谁敢动我的兔子我就跟谁急。”

轩辕容锦冷笑：“好啊，既然你不想贡献出你的兔子，那今天的午膳，就要按劳分配了。小七，交不出猎物的笨蛋，可是要饿肚子的。”

轩辕赫玉看着不远处坐在草丛边负责烤狍子肉的贺明睿，那狍子肉肉香四溢，馋得他直流口水。他抱着小白兔狠狠瞪了皇兄一眼，慢条斯理地走到贺明睿身边，厚着脸皮道：“你不是说没有你的面子我就活不下去吗？为了验证这句话并没有在弄虚作假，本王决定给你一个表现的机会……”

贺明睿微微一笑：“难得七王来求我……”

“谁说是求？听清楚，这是本王给你一个表现的机会……”

坐在另一边的凤九卿看着七王和贺明睿说笑吵闹的样子，唇边控制不住地溢出笑容。

“容锦，我们有多久，不曾像今天这样快乐了？自从打败北漠回到京城，这样无忧无虑、无拘无束的日子，好像距我们越来越远……”

“是啊。”

轩辕容锦点了点头：“无法给你想要的自由，这是朕亏欠你的遗憾。九卿，现在朕唯一能为你做的，就是竭尽所能，将天底下最好的东西，双手奉送到你的面前。”

“不，我不要什么天底下最好的东西。容锦，只要咱们在一起能够快快乐乐地过完一辈子，就算是死，我也无憾了。”

轩辕容锦轻轻揽住她的肩膀，发誓般在她耳边说道：“好，朕答应你，无论付出多大代价，都会跟你快快乐乐过完属于咱们的一辈子。”

燕国来访

七天之后，燕国皇帝东方诚，带着皇后沈明珠，以出访黑阙进行两国交好为由，带着人马，浩浩荡荡地来到京城。

作为黑阙的邻国，燕国与黑阙这些年一直保持着和睦友好的关系。

和兵力强大的北漠相比，燕国唯一出彩的就是畜牧业特别发达。

东方诚是燕国上任皇帝的第六个儿子，大概三年前正式继承燕国帝位。

这次他带着皇后来到黑阙，主要也是想借此机会与黑阙进行友好邦交，以达到互惠互利的目的。

燕国帝后出访黑阙，作为一国之主的轩辕容锦，自然要按照礼节，带着黑阙皇后凤九卿亲自来到城门口接迎。

平日里，完全没有身为皇后意识的凤九卿，极少会注意自己的穿着和容貌。

可今时不同往日，燕国帝后带着大批人马浩浩荡荡来到京城，作为一国之母，她要是再穿得随随便便，就要被人看笑话了。

出城迎接这天，轩辕容锦和凤九卿盛装出行，两个人并排坐在龙辇里，身后是长长的皇城侍卫队，两旁围观的百姓第一次看到帝后尊容。

男的俊，女的俏，这么登对的两个人，就像上天安排在人间的一对金童玉女，真是养眼得要命。

随着龙辇慢慢接近城门口，轩辕容锦看向旁边正襟危坐的凤九卿，低声在她耳边道：“朕每次看到你出席正式场合时穿上这身凤袍，心中便忍不住生出一种奇怪的想法。”

凤九卿目不斜视地“嗯”了一声：“什么？”

“若你是个男人，必会比朕更适合坐上皇帝的位置。”

这句话，轩辕容锦并没夸张。

大多数情况下，凤九卿都是很随意的。可一旦她正经起来，浑身上下的气场便会全部打开。就像一个睥睨尘世的神祇，倨傲、冷漠而又高不可攀。

这样一个人多亏是个女子，如若是男人，必会是翻手为云覆手为雨的风云人物。

闻言，凤九卿勾唇一笑，轻声回了一句：“就算我坐上那个位置，也会成为顺我者昌、逆我者亡的一代暴君。”

“未必！其实你比朕更有悲天悯人之心。”

“那只是你的错觉。”

轩辕容锦笑了笑，没再继续与她争论。

两个人小声说话间，龙辇已经来到了城门口。

燕国帝后及随行的使臣与侍卫，已经在城外等候多时了。

轩辕容锦扶着凤九卿步出龙辇。

与此同时，燕国的皇帝也带着他的皇后从一辆豪华的马车上走了下来。

二十出头的燕国皇帝东方诚，从各方面条件来看，绝对称得上是一个世间少有的美男子。

只是比起黑阙君主轩辕容锦，在气势上，略逊了那么几筹而已。

与东方诚并肩而立的燕国皇后沈明珠，身穿一袭深紫色的燕国凤袍，头上插满了华丽的珠钗，脸上化着浓妆，远远望去，却也称得上是一个精致美丽的漂亮女人。

可人与人站在一起就怕比。

沈明珠的身份是很高贵，举手投足之间也充满了母仪天下的气势。当两国皇后站在一起由旁人来做比较时，胜负几乎是立竿见影。

和沈明珠相比，凤九卿不但气势惊人，就连那倾国倾城的容貌也直接甩出沈明珠二里地。

凤九卿打量沈明珠的同时，沈明珠也在打量着凤九卿。

真是一位风华绝代的俏佳人哪！

有那么一刻，沈明珠觉得自己被凤九卿身上所散发出的气势给震到了。世上怎么可以有那么完美的女人存在?

沈明珠瞬间有些恍惚，当东方诚刚要带着沈明珠往城门口方向走来时，她因为思虑过多，脚底不知被什么东西绊了一下，整个人以狗啃泥的姿态，狼狈地摔趴在地。

这突如其来的一幕令所有人都大惊失色。

看在老百姓眼里，倒像是燕国的皇后，给黑阙的皇后，行了一个五体投地的大礼。

很快便有人七手八脚地将沈明珠从地上扶了起来。

再一看，沈明珠的凤袍脏了，珠钗掉了，头发乱了，手臂磕在地上，还擦掉两块皮。

如此狼狈的见面方式，不但沈明珠气得一张小脸又红又白，就连东方诚也因为这小小的意外，顿时黑了俊脸。

轩辕容锦用只有凤九卿一个人听得到的声音问："她这是感到自惭形秽，才这么迫不及待地给你行五体投地的大礼吗？"

凤九卿也用只有轩辕容锦一个人听得到的声音回了一句："大概是吧！"

说完，两个人都拼命忍笑，摆出一本正经的样子迎过来："沈皇后没事吧？"

东方诚赶紧客气道："真是让皇上皇后见笑了，这些天连日赶路，许是舟车劳顿，一时乏累，才一个没站稳，在各位面前失了礼。"

已经被人扶起来的沈明珠在起身之后，正好与凤九卿那张风光得意的脸对了个正着。

女人的嫉妒，往往来得莫名其妙。

大家同样是皇后，可燕国在国力上不如黑阙，这是自古以来不争的事实。

本以为自己可以在容貌和气度上胜过黑阙皇后，却不想两方人马一见面，自己就在人前出了洋相。

再看对面的凤九卿，身穿做工精美的艳红色凤袍，衬得她那张面孔精致白皙，就像上好的羊脂白玉一般几乎找不到半点儿瑕疵。

美丽的女人分为两种。

第一种是天然美，即使不化妆，不打扮，也可以让人赏心悦目，心旷神怡。

第二种是后天美，就是本身底子不太差，但要靠精致的妆容，漂亮的珠钗，以及华丽的服饰，来将这个不太差的底子完美化。

不巧，凤九卿属于第一种，而沈明珠则属于第二种。

所以这一刻，沈明珠忽然就把凤九卿给恨上了。

没有理由，没有原因，仅仅是一个女人，对另一个女人的嫉妒而已。

她趁人不备，恶狠狠地瞪了凤九卿一眼，仿佛只有用这种方式，才能宣泄刚刚的狼狈。

结果这一眼不偏不倚，被凤九卿给接了个正着。

她微勾嘴角，眉梢轻挑，几乎一下子就将沈明珠对自己表现出来的恶意给看懂了。

有趣！已经很久不曾遇到这么有趣的事情了。

此时的凤九卿，就像一个被打了鸡血等着上战场的小恶魔，心想，她已经有多久不曾遇到好玩的事情了。

说不定东方诚和沈明珠的到来，还真是能给她百无聊赖的生活，带来一点儿新鲜和刺激。

这场尴尬的见面仪式很快就在众人启程回宫的时候，被人们刻意给淡忘了。

邻国来了客人，作为东道主，轩辕容锦自然要代表整个黑阙王朝，为燕国帝后的到来，举办一场隆重的迎接仪式。

接风宴的地点就选在皇宫的奉天殿，满朝文武受邀前来，与两国帝后一同喝酒饮宴。

两国人马坐在一起，轩辕容锦代表整个黑阙朝的文武百官，自然要站出来说一些欢迎的场面话。

言谈之间不难发现，东方诚是个八面玲珑的男人，几杯酒下肚，便与轩辕容锦称兄道弟，场面话说得滴水不漏。

随着两国皇帝之间的气氛热络起来，两国大臣也互相攀谈，互相恭维。

已经换上一身新装的沈明珠，一开始还规规矩矩坐在东方诚身边，摆出一副国母的姿态温柔婉约地对众人笑着。

直到她不经意发现黑阙皇帝一边跟东方诚畅谈国事，还一边手脚利落地帮坐在他旁边的凤九卿剥虾壳，她一下子就被这一幕给刺激到了。

从那两个人一来一往的动作中不难看出，黑阙帝后二人的感情非常不错。

可就算再不错，一个身为皇帝的男人，居然肯为了一个女人做这样的事情，还是让人觉得不可置信。

环顾了四周，她发现偌大的奉天殿，除了凤九卿这个皇后之外，并没有看到其他妃子的身影。

沈明珠按捺不住心底的好奇，忽然开口问了一句："请问黑阙皇上，今天这样的场合，文武百官都已到齐，为何不见皇上的其他妃子？莫非黑阙与我燕国规矩不同，举办宴会时，妃嫔之流没有资格被带到人前？"

这突如其来的一句话问出口后，偌大的奉天殿一下子就安静了下来。

多么富有针对性而又敏感的一个问题啊！

轩辕容锦刚要开口，凤九卿便接过话茬："敢问沈皇后，贵国在举办大型宴席的时候，后宫妃嫔应怎样安排？"

这个问题，总算让沈明珠找到了一点儿身为一国之母的自信，她笑着说："身为六宫之首，这些事情自是被我安排得妥妥当当。在一些隆重场合，皇上后宫里凡三品以上的妃嫔，都有资格出面参加这种大型宴会。至于那些品级低的，虽没有出面参加的机会，御膳房却会按照她们的品级及老祖宗定下的规矩，给她们一定的赏赐。"

凤九卿恍然大悟："听沈皇后话中的意思，贵国后宫中的妃嫔应该不少吧？"

这句话对一个女人而且还是一个深宫中的女人来说，无疑是一个巨大的打击。

就算沈明珠贵为燕国皇后，面对自己丈夫身边的其他女子，心底也不可能一点儿恨意都没有。

她强扯出一个笑容："自古以来，历任皇帝都有三宫六院，七十二妃嫔，这一点，应该是毋庸置疑的一件事吧？"

凤九卿无辜一笑："我黑阙王朝在这一点与贵国可有些不太一样，因为偌大的黑阙后宫，除了我之外，皇上身边并没有其他妃嫔。"

此言一出，沈明珠顿时傻了眼。

她不敢相信地看着一点儿都不像跟自己开玩笑的凤九卿，声音拔高道："这怎么可能？"

坐在沈明珠对面的贺明睿漫不经心地解释了一句："沈皇后远在燕国，对我黑阙的情况了解不多也是正常的。毕竟这天底下没有几个男人甘愿为了一个女人放弃整片森林，更何况那个男人还是君临天下的一代帝王。皇上用实际行动向文武众臣及天下百姓证明了一件事，就是他对皇后情深似海，甚至为了赢得她的芳心，甘愿放弃整个后宫。"

第五十四章 皇宴挑衅沈明珠

一鸣惊人

沈明珠已经彻底傻了，她实在是不能理解，区区一个凤九卿，竟然可以让掌控整个黑阙皇权的男人，为了她放弃后宫中所有的女人。

东方诚听了这话，也不由得向凤九卿的方向看了一眼。

不得不说，黑阙这位年轻的皇后，第一眼的确会给人带来无比的震撼。她就像一颗耀眼的星辰，有着强大到令人无法忽视的存在感。

虽然他也贵为一国皇帝，可面对凤九卿这样的女人，他发现自己竟然没有能力将她驾驭。

难怪黑阙皇帝为了她，而放弃整个后宫了。

东方诚举起酒杯，向帝后的方向敬了一下："初到黑阙就听闻这样一段佳话，真让小王羡慕又敬佩。来，小王在这里敬二位鹣鲽情深，百年好合。"

皇帝也分三六九等。

在轩辕容锦这种统领着强悍大国的君主面前，东方诚是没有资格自称朕的。

见东方诚举了杯，燕国其他大臣也纷纷举杯。

燕国的众人举了杯，黑阙的大臣们也跟着一起举了杯。

不管众人对皇上为了一个女人放弃整个后宫究竟有何看法，在外人面前，总不能落了自家皇帝的面子。

而这里唯一心里不痛快的，当数接二连三在凤九卿面前吃哑巴亏的沈明珠。

她实在不能理解，大家同为女人，而且是同为皇后，为什么凤九卿可以活得那么耀眼，她却要成为一个陪衬？

为了突显自己的存在感，宴会进行至一半时，沈明珠笑着道："这次出访贵国，我特意带了一件亲手给贵国帝后准备的礼物……"

说着，她轻轻拍了拍手。

很快，几个燕国小婢女捧着一只锦盒，款款从殿外走了进来。

众人齐齐向那只锦盒看了过去，盒子长约二尺，宽厚各半尺，上面的图案精致华美，显得十分高端大气。

这时，又走过来两个小婢女，轻手轻脚地打开锦盒，从里面取出一块锦缎，当着众人的面慢慢抖开。

锦缎是深紫色的，打开之后，呈现在众人眼前的，是用各种颜色的丝线绣出来的百花争艳图。

轩辕容锦虽然不懂刺绣，却也看得出来，这幅刺绣的确完美到令人眼前一亮。

他拍手道："真是一手好绣工。"

沈明珠无比得意地扬了扬下巴："皇上先莫急，真正精彩的还在后面。"说着，冲那两个婢女打了个手势。

婢女转了个身，将锦缎的另一面展现在众人面前。

这次，众人全都惊呆了。居然是一幅世间少见的双面绣！

正面是百花争艳，花团锦簇。背面用五彩线绣着几个大字：燕国敬上。

有大臣拍手称绝道："绝！实在是绝！双面绣在世间几乎已经绝迹，就算偶尔有人绣得出来，也未必能绣出这样令人惊奇的图案。沈皇后果然蕙质兰心，令老臣大开眼界。"

对沈明珠大力赞扬的不是别人，正是黑阙的礼部大臣姚天寿。

有姚天寿带头为沈明珠喝彩，其他人也纷纷应承，觉得这幅刺绣确实出彩。

轩辕容锦客气地说道："这份礼物深得朕心。小福子，快快接过收下。"

小福子赶紧步下台阶，将那幅令人惊艳的双面绣好好收进锦盒，捧了下去。

得到众人褒奖的沈明珠无比得意地看向凤九卿："凤皇后既然能得贵国皇帝独宠，想来在才艺方面也是能力非凡吧。"

凤九卿早就猜到沈明珠在显摆之后，会将矛头转向自己。

她笑着摆了摆手，实话实说："真是让沈皇后见笑了，在女红这方面，我与沈皇后怕是比之不得。"

"凤皇后不是在开玩笑吧？身为一个女子，如果连女红都不会，又有何德何能可以得到男子的宠爱呢？"

轩辕容锦笑着接口："朕的女人，不需要会那些玩意儿。只要她能与朕长厢厮守，便是对朕最好的回赠。至于女红……”说着，容锦深情地看了凤九卿一眼，复又对沈明珠道，“黑阙皇宫最不缺的就是任主子随意差遣的奴才，一道命令下去，自有人会将那些琐事做得妥妥当当。”

言下之意，女红之流，在轩辕容锦的眼里，不过就是下人们摆弄的玩意儿，登不得大雅之堂。

沈明珠的脸红了绿，绿了紫，一时之间变换了好几种颜色。

这轩辕容锦说话真是太不客气，再怎么说，她也是燕国的皇后，怎么能随随便便拿她与奴仆做比较。

就在现场的气氛因轩辕容锦一番话而陷入僵局时，凤九卿落落大方地起身：“既然沈皇后送了一份那么贵重的见面礼给我黑阙，作为黑阙的皇后，自然也要回赠一份礼物。当然，女红什么的不敢在沈皇后面前班门弄斧，不若我当着众人的面，画一幅画，送给燕国皇帝和皇后吧。”

沈明珠皮笑肉不笑道：“我燕国画师不计其数，用一幅画作为回礼，可有些不太厚道。”

“明珠，帝后面前，休要无礼！”还是东方诚比较会看人眼色，已隐隐看出轩辕容锦的眼底流露出些许不满。

燕国在实力上不如黑阙，可不能轻易得罪。

沈明珠哼了一声，没再多言。

凤九卿并没有将沈明珠的小家子气放在眼中，她拍拍手，命人递来笔墨纸砚。

很快便有人抬来画架，架上铺着一块纯白的绢丝，这种绢丝，是专门用于作画的。

凤九卿缓缓走到画架前，在众目睽睽之下提起毛笔，蘸了蘸颜料，轻轻在纯白色的画布上染上一抹浅浅的痕迹。

本以为这幅画要画上好几个时辰，结果令人意外的一幕出现了。

只见凤九卿手中的画笔随着她挥舞的动作，绢丝很快便被染上大片大片的颜料。

此时的她，就像一个天生的破坏狂，好好的一块绢布，染了各种奇怪的颜色之后，几乎变得不堪入目。

起初，沈明珠还对她故弄玄虚的样子有些忌惮。

到后来，她发现凤九卿根本不是在作画，而是像个没头苍蝇般往绢丝上泼墨。

她心想，这凤九卿也没什么了不起，不过就是仗着有几分姿容在那儿蛊惑君心罢了。

亲眼看到这一幕的大臣们也对凤九卿极为不齿。

唉！真是人比人得死，货比货得扔啊。

看看人家燕国皇后，一出手，就是世间少见的双面刺绣。

再看看黑阙皇后，对着那块无辜的画布一阵泼洒，这哪里是作画，分明就是破坏。

随着凤九卿的动作渐渐缓慢下来，她开始用笔尖细细雕琢画面上的色彩。

渐渐地，一幅美丽的百花争艳图竟隐隐出炉。

仔细一看，这幅百花争艳图，与沈明珠刚刚献上来的那幅刺绣，居然一模一样。

众人不由得震惊。

仅凭一眼，就能记住画中图案，这惊人的记忆力真是太强大、太可怕了。

眼看这幅百花争艳图全部完成，让人不敢相信的一幕再次发生了。

只见殿外不知何时飞进来几只蝴蝶，抖动着美丽的翅膀，轻盈地落在花瓣上。

仿佛画中的花朵散发着淡淡花香，吸引来蝴蝶飞舞一般。

燕国的几个使臣啧啧称奇："若非亲眼所见，臣实在无法相信世间竟会有这样绝妙的画功。凤皇后果然是一代奇女子，画出来的花朵，居然可以吸引蝴蝶。"

沈明珠不服气道："这有什么了不起？只要在调制颜料的时候加入特殊的香料，就会将蝴蝶吸引过来。"

她不否认凤九卿过目不忘的本领确实很高，可这并不代表她画的这幅可以吸引蝴蝶的画有多么神奇。

凤九卿不理会沈明珠的冷嘲热讽，让两旁的小太监将画四面转了转，尽可能让大殿里所有的人都看得真真切切。

"各位……"展示得差不多，凤九卿笑着对众人道，"更加精彩的还在后面。"

说完，她慢条斯理地从旁边的水桶里盛了一碗水，当着所有人的面，忽然将水泼向了那幅百花争艳。

"不要……"

燕国那边跳出一位大臣，满脸惋惜道："哎呀，好好的一幅画，泼上水，这不是白画了吗？"

其他人也觉得凤九卿这种行为令人不可理喻。

可就在这时，见证奇迹的一幕发生了。

只见那碗水泼下去后，原本画布上的百花争艳图渐渐消失，出现了一片混沌。

渐渐地，混沌变得越来越清晰，越来越明朗。

然后，所有人全都倒吸了一口气。

只见画布上的图案随之一变，变成了一汪清澈的小溪。溪内有红红黄黄的鱼儿摆尾游动，那鱼儿栩栩如生，就像被注入了生命一般。

燕国众大臣再次震惊，指着画布道：“动了！我好像看到鱼儿动了。天哪，世上怎么会有这样神奇的画作？有生之年能见识到这样的奇景，真是死而无憾，死而无憾啊。”

此刻，别说燕国的大臣震惊于这幅画的魅力，就连那些对凤九卿心生忌惮的黑阙大臣们也对这位新国母赞叹起来。

确实非常精彩，居然能画出这么高难度的画中画。

沈明珠此时有些气短，却还是嘴硬道：“好一幅画中画，画技果然惊人。不过，自古以来能做出画中画的能人异士不在少数。至于那些会动的鱼儿，只是利用人的视觉差，产生的幻觉罢了。”

“沈皇后先不要急，这只是开胃小菜，真正的重头戏还在后面呢！”

说罢，凤九卿再次盛起一碗水，对着画布又泼了下去。

众人已经无法形容此时的心情，什么情况？怎么又泼下去了？

随着画中小溪、鱼儿渐渐消失，取而代之的，竟是一幅辽阔无垠的地图。

凤九卿缓缓走到画布前，对眼珠子都要瞪出来的众人道：“这是我黑阙的江山图……”

她随手在地图上指了个地方：“最北方的天山山脉虽常年积雪，却是雪莲的盛产之地，引无数药商竞折腰。南有盛产丝绸的承阳，盛产水果的湖州，盛产棉絮的隶县。东边是我黑阙王朝最大的东海，每年从海底捞出来的东海珍珠销往周边各国，为老百姓带来无尽的利益。最值得一提的就是西北码头，这里是我黑阙朝最重要的航海枢纽，每年从这里经过的商贾贵胄，上缴到国库的税银，几乎可以买下一个默默无闻的小国。”

铿锵有力的一番话，说得在场的众人无不心神震撼。

远远坐在龙椅上的轩辕容锦，执着而又痴迷地看着这个永远都能给他带来惊喜和新鲜感的女人。

这样的凤九卿，美丽、骄傲、自信。身上所散发出来的光彩和热度，好像可以感染在场的每一个人。

这一刻，众人再也没办法轻视凤九卿的能力。

先不说从她口中说出的字字句句的确能达到震撼人心的效果。就凭她这幅令人惊艳的画中画，便足以看出她绝对称得上是一位惊世奇才。

此时的沈明珠，已经找不到合适的语言来形容凤九卿给她带来的打击。

明明只是一幅不起眼的画……就是一幅不起眼的画而已。

为什么会给她带来如此巨大的挫败感？

为什么会这样？

东方诚强行按捺住狂乱的心跳，起身对凤九卿道：“凤皇后的能力真是令小王无比赞叹，小王已经找不到更好的形容词来形容凤皇后的本事了。”

凤九卿微微一笑。

紧接着，又盛起一碗水，“哗”地一下，对着画布再一次泼了下去。

什么？还有？

随着黑阙江山图慢慢消失，呈现在众人面前的，是四个大字：凤九卿画！

“扑哧！”第一个喷笑出来的正是从震惊中刚刚回过神儿的轩辕赫玉。

这凤九卿可真是绝了，随时随地都能给人制造惊喜。

面对群臣频频向自己投来的诧异目光，凤九卿慢条斯理道：“各位放心，待画布干掉之后，之前所消失的图案就会恢复到原来的样子。每泼一次水，会变幻一次，每次变幻会维持一炷香的时间。”

说完，她笑容可掬地看向东方诚和沈明珠：“不知二位对我送给贵国的这份礼物，可还满意？”

为国争光

凤九卿用实际行动，为黑阙王朝上至帝王，下至臣子，在燕国帝后及使臣面前，争了好大一个面子。

仅是一场宫宴，并不足以招待邻国帝后。宫宴过后的第二天，在轩辕容锦的提议下，众人决定去西山行宫后山的猎区狩猎。

看到黑阙皇帝为了讨皇后欢心，竟精心为她打造了一座价值连城的玉鸳宫。一直看凤九卿不太顺眼的沈明珠，再一次不平静了。

看着眼前这幢富丽堂皇的玉宫殿，沈明珠酸溜溜地说：“有史以来，我还是第一次听说有人用玉石来打造宫殿。就算黑阙皇朝地大物博，想找到这么多玉石来打造宫殿也有些不太可能吧。不过……”沈明珠还是赞叹了一声：“虽然这些石头都是假的，可冷不丁看上去却与真品无异。”

轩辕赫玉闻言嘴快地解释：“沈皇后大概有所不知，皇兄当初为了给皇嫂打造这座宫殿，曾派人去民间四处收集玉石。不瞒你说，玉鸳宫里的每一块石头，都是由上好的玉石打磨而成、绝无掺假，随便拿出一块都价值连城。因为皇兄说了，玉石通灵养人，乃世间佳品。因此，才想出这么一个主意，派人打造一座玉制的宫殿，作为礼物送给了他的新婚妻子。”

轩辕赫玉的确很想将凤九卿抢到自己的手中，可在面子问题上，却不想输给其他国家。

他的话将沈明珠心底唯一一点儿希望给打击得七零八落。

她又不傻，怎么可能看不出来这些玉石都是真的。只不过想借这样的话，来奚落奚落凤九卿罢了。

沈明珠一再对九卿出言不逊的行为，令轩辕容锦对她生出了几分厌恶。

不过念在她是燕国皇后的分儿上，只能暂且咽下心中的不满，尽可能不理会这愚蠢的女人。

几次相处下来，凤九卿对沈明珠算是有了初步的了解。她并没有将沈明珠的阴阳怪气放在眼中。因为沈明珠越是不满，就越是说明一个问题，她凤九卿，是被人嫉妒的。

在西山行宫歇息了一晚，第二天天刚亮，众人便早早起床，带上装备，向猎场出发。

进猎场之前，轩辕容锦看向东方诚及其身后带来的一群武将："不知贵国在打猎方面可有什么忌讳？"

坐在马背上的东方诚笑着对轩辕容锦说："每年春秋两季，小王的国家，也会举办一些狩猎仪式。忌讳倒是没有，不过为了增加娱乐性，打猎结束的时候，会按猎物的多少分出最后的胜负！"

"哦？"轩辕容锦好奇地挑了挑眉，"胜者怎样？输者又怎样？"

换上一身骑装的沈明珠，这时骑着马缓缓走到这边，接过东方诚的话，笑着对轩辕容锦道："如果是我们燕国境内的比赛，输掉的一方要答应胜出的一方一个请求。"

随着一阵马蹄声由远及近，这次，走过来的是凤九卿。坐在马背上的她，身姿挺拔，高高地扬着下巴，就像一杆标枪，英姿飒爽地出现在众人面前。

只见她身穿一袭纯黑色骑装，浓烈刺眼的黑，将她的面孔衬得白皙如玉。

所有的人，包括轩辕容锦都震撼于凤九卿此时的气势。

拉了拉缰绳，她骑着马在众人面前停了下来，接过沈明珠的话，回了一句："既然如此，咱们也按照贵国的狩猎规矩，按猎物多少来定胜负，胜的一方，有资格向输的一方提一个条件，不知贵国皇帝和皇后意下如何？"

沈明珠被这样耀眼的凤九卿刺激得脸色直发黑。作为一个女人，她不是应该留在宫里享受别人的伺候吗？

这样的地方，她跟着来凑什么热闹？

东方诚显然也没想到凤九卿会以这样一身装扮出现在众人面前。他被凤九卿那惊人的美貌震撼了一下，稳了稳心神，才开口问："凤皇后也会骑射之术吗？"

东方诚之所以会问出这个问题，是因为在他的认知里，黑阙民风保守，女子无论成亲与否，都该留在后宅中。

抛头露面，就是犯下了大不敬之罪。重者，是可以被夫家休掉的。

凤九卿微微一笑，谦虚道："只是略懂一二，玩玩而已。"

沈明珠面露嘲讽："猎场内危险重重，凤皇后最好还是量力而行。"

轩辕容锦看不过去，接口道："沈皇后不必担心，九卿的安危，自有朕一力负责。"

沈明珠被他一句话噎得脸红脖子粗，半晌没反应过来。

无视沈明珠被气得红红白白的面孔，轩辕容锦骑着马与凤九卿并肩而立。

他对东方诚道："既然来猎场狩猎，图的就是个乐和，输赢并不重要。当然，为了表示朕对贵国帝后的尊重，在比赛的过程中，必会竭尽全力。"

东方诚点了点头："好，有皇上这句话，小王也就放心了。"

"等一下！"凤九卿忽然看向东方诚，"为了公平起见，在比试之前，咱们最好将赌约定下，不知东方皇帝对两国之间的赌约可有什么看法？"

东方诚与沈明珠四目交接了片刻，转而对轩辕容锦和凤九卿道："以本王为首外加四名武将八名侍卫为一组，及以皇上为首外加四名武将八名侍卫为另一组。午时为限，最后按猎物多少论输赢。黑阙赢，小王愿奉上良驹千匹，牛羊三千。"

凤九卿微微一笑，反问："若黑阙输呢？"

沈明珠迫不及待地接口："希望贵国皇帝可以下一道圣旨，将荆州以西周口河岸的另一半管理权让给我们燕国。"

此言一出，众人皆惊。

荆州以西的周口河岸，是连接黑阙与燕国的枢纽地带。整个周口河岸有一半在黑阙的管辖范围之内，如果燕国要去一半，等于将整条周口河尽数囊括在自己的羽翼之下。

凤九卿忽然笑了："用半个河岸来换取良驹千匹牛羊三千，这样的买卖，对咱们黑阙来说，太不公平了吧！"

沈明珠急急道："黑阙地大物博，周口河只是一条不起眼的小河，就算将另一半管理权让给我们，也算不上是什么损失吧？"

"没问题！"凤九卿应下这个条件，"想要一半周口河岸的管理权也不是不行，不过赌约咱们必须换换，如果黑阙赢了，我们不要良驹千匹，也不要牛羊三千，干脆就按贵国的条件，若你们输了，属于燕国的另一半周口河，归我们所有。"不给沈明珠说话的机会，凤九卿铿锵有力道："只有这样的赌局，才算真正的公平！"

东方诚和沈明珠见黑阙众臣齐齐望着他们这边，犹豫片刻，只能妥协道："好，就按凤皇后所说，以半条周口河岸为赌注，胜者可以得到对方国家对一半河岸的管理权！"

轩辕容锦这时开了口，对东方诚道："为了尽东道主之谊，你燕国队伍不变，依旧带着四名武将八名侍卫为一组，而朕这一组只需两个人，朕与九卿足够。"

东方诚有些不可思议："皇上，这样的赌约对你们黑阙来说不太公平吧！就算是我燕国赢了，怕也是胜之不武。"

轩辕容锦客气地笑笑："无须多想，毕竟这是我黑阙国土，你们贵为外宾，适当礼让，是我国的传统。"

话音刚落，他冲东方诚及沈明珠做了个请的手势。

"时间紧迫，咱们现在就开始吧！"

东方诚的脸色有些发黑，轩辕容锦提出这样不公平的比试，明摆着就是打他们燕国人的脸。不过，为了周口河另一半河岸的管理权，他不介意做这样的小人。

随着人马呼啦啦进入了猎场，对面的草丛中突然蹿出一头身形硕大的野猪。众人谁都没想到，刚进猎场，就遇到这么一只庞然大物。

沈明珠被那野猪的出现吓得当场就失声尖叫了起来。她的尖叫，引起野猪的注意，就见那头大黑猪疯了似的向这边冲过来。

野猪的出现，将在场的众人吓得有些措手不及。

第一个从震惊中反应过来的凤九卿，动作利落地从后背的箭囊里抽出三支羽箭。

拉弓上弦，三箭齐发。

第一箭射中了野猪的右眼，第二箭射中了野猪的头颅，第三箭在第二箭的基础上加以巩固。

眨眼之间，那头奋力向众人冲过来的野猪轰然倒地。

别说东方诚和沈明珠吓得不轻。在场的众人都被凤九卿那利落的箭法给震得无言以对。

轩辕容锦对凤九卿投去一记宠溺的眼神："九卿，看来你的箭法真是不输从前。"

凤九卿回了他一记灿烂的笑容："不若我们今天在此也比试一场可好？"

"好，输的那个人可要给赢的那个人揉肩捶背！"

凤九卿得意一笑："你就做好侍候人的准备吧！"

"鹿死谁手现在还说不定！"

话音刚落，两个人驾着胯下的马双双跑远。

东方诚见黑阙帝后已经跑远，先是狠狠瞪了刚刚尖叫不止的沈明珠一眼，才回头对自己身后的武将及侍卫道："我们也出发吧！"

已经跑出一段距离的轩辕容锦和凤九卿并驾齐驱。

随着后面的人群被他们落得越来越远，两个人才渐渐放慢速度。

"九卿……"容锦侧头看了她一眼，"可知他们以周口河岸作为赌约的目的？"

凤九卿拉住马缰，让胯下的马慢慢降下速度，与轩辕容锦保持平齐。

提到周口河，她嗤笑一声："目的很明显，他们想独霸整个周口码头。周口位于荆州，而荆州是我黑阙与燕国的交界地点，每年有大批商贾路过周口河岸，所得的过路税，对朝廷来说绝对是一笔不小的收入。”

轩辕容锦赞叹地看了她一眼：“真是什么事情都瞒不住你这双精明的眼睛。”

凤九卿戏谑地看着他：“这么简单的事情，难道你看不出来吗？”

“朕的确看得出来！”

“有什么想法？”

轩辕容锦的眼中闪过一抹狂傲：“当然是竭尽所能，将另一半赢来！”

凤九卿随之一笑：“这个想法，我们不谋而合。”

两个人默契地看了彼此一眼，这才向猎场最深处跑去。江龙、江虎及一群侍卫紧随其后暗中保护。

短短不到半天工夫，两个人射到的猎物就已经堆成了一座小山包。

这时，丛林里忽然传来一阵响动，轩辕容锦和凤九卿双双向丛林的方向望了过去。

就见一只漂亮的梅花鹿溜溜达达走了出来。

轩辕容锦刚要放箭，就被凤九卿一把拦住：“那只梅花鹿像是怀了身孕，而且它长得那么美丽，杀掉有些可惜，便留它一条性命吧！”

轩辕容锦收回弓箭，笑着点头：“好，听你的！”

话音刚落，耳边传来一阵箭风。

轩辕容锦眉头一皱，下意识地喊了一声：“九卿小心！”

说时迟那时快，话音还没有落，一支夺命的羽箭不知从什么地方射了出来。

轩辕容锦大惊，下意识就要扑过去替凤九卿挡住那支箭。

眼看那支箭无情地向自己的胸口射了过来，凤九卿反应迅速地向后一仰。

“啪！”羽箭不偏不倚，射在凤九卿身后的一棵树的树干上。

虽然凤九卿闪得及时，可轩辕容锦的脸色还是一下子就黑了下来。

他翻身下马，匆匆走到凤九卿身边，急切地问：“有没有伤到？”

凤九卿惊魂未定地摇了摇头，下马后，走到树前，用力拔下那支羽箭，来来回回仔细端详了一番。

江龙、江虎等随之而来的侍卫迅速戒备起来，江龙对手下的众人喊：“小心刺客！”

江虎带人巡视了一圈，回头来报：“皇上，周围并不见刺客的身影，也许是其他狩猎者不小心射过来的流箭！”

这样的情况在猎场上并不稀奇。可是轩辕容锦和凤九卿所在的范围已经被周围的侍卫包围起来，闲杂人等根本没资格进入。

那么，这支不知从哪里射出来的箭，就成了一道谜题。

第五十五章 狩猎场遭遇突袭

猎场变故

凤九卿将那支不明来历的箭捏在手中来来回回把玩了片刻。

“九卿……”轩辕容锦见她面沉似水，忍不住开口询问，“你是不是在这支箭上发现了什么端倪？”

凤九卿摇了摇头，别有深意地看了周围的侍卫一眼后，才对轩辕容锦回道：“也许真如江虎所说，只是一支不小心射过来的流箭罢了。”

说完，她将那支箭收在自己的箭囊之中：“已经临近午时，我们也该回去了！”

出了猎场，东方诚率领着他的武将以及侍卫也刚刚从猎场出来。

两方人马清点了一下猎物的数目。约莫过了一刻钟，负责清点的人回来汇报，按照猎物的数目来算，两国相同。

轩辕容锦看向东方诚，笑着说：“贵国真是能人辈出，短短时间里竟然猎到这么多猎物。”

东方诚赶紧客气了一句：“小王惭愧，这么多人猎得的猎物，竟然仅与黑阙平齐。”

早就出了猎场的沈明珠，这时骑着马来到这里，先是蹙着眉头看了凤九卿一眼，才开口道：“既然猎物相同，就意味着无法分出胜负，这场比试的胜负该如何评定？”

这时有大臣开口提议：“这次来猎场狩猎，至少要停留三天的时间，不如以三天为限，三天之后，按总数定输赢。”

轩辕容锦点了点头：“朕没有意见。”

东方诚应声道：“既然皇上没有意见，小王自然也没有意见。”

午餐非常丰盛，是众人猎来的猎物。

沈明珠看着凤九卿烤肉时的娴熟手法，有些诧异地问：“凤皇后对烤肉似乎颇有心得呀。”

几次相处下来，凤九卿已经看出这个沈明珠对自己敌意颇深。

不过念在她好歹是燕国皇后，还是客气地回了一句：“狩猎对黑阙皇族来说，是一件很有意义的活动，不但可以强身健体，还能享受到上好的美味。做人，要懂得享受生活。”

沈明珠撇嘴笑了笑：“我倒是觉得女人最重要的还是相夫教子。能力太强，反而会令男人觉得没有安全感，说起来……”沈明珠若有所思地看向轩辕容锦和凤九卿，“这次我们来贵国拜访，还没有看到小皇子或小皇女。是不是因为年纪过小，不方便出来见外人呢？”

突如其来的问题，令正在烤肉的凤九卿眉头一挑：“我与皇上大婚不久，膝下暂时还没有孩子！”

“什么？”沈明珠微微吃了一惊，“我要是没记错，凤皇后今年已经二十出头了吧！怎么还没有考虑孩子的问题？”说到孩子，沈明珠笑得一脸满足：“我十六岁嫁给皇上，前前后后生下两个皇子和两个皇女。半年前，皇长子被立为燕国太子，次子被封了亲王，两个皇女也先后被封为昭阳公主和昭月公主。”

轩辕容锦笑着接口：“虽然子孙满堂是一句吉利的话，可皇族不比百姓家，自古以来，为了得到那个位置的龙子龙孙们，打得头破血流、自相残杀的不在少数，朕并不希望那样的悲剧发生在朕的身边。所以，对朕来说，儿子只要一个就够了。”说完，他还深情地看了凤九卿一眼：“而且朕听人说，女人生孩子就像在过鬼门关，朕可舍不得自己心爱的女人，一次次去鬼门关受这份活罪。”

沈明珠再一次妒忌凤九卿的好命，居然能在茫茫人海之中找到轩辕容锦这样一心维护她的男人。

看了看身边的东方诚，虽然同样是一国之君，生得也是俊朗逼人，可一想到他后宫里的那些女人，心里又忍不住发堵。

大家都是女人，为什么命却差了这么多？

她下意识地向轩辕容锦身后的方向望了一眼，像是在寻找什么人，很快又收回目光。

“皇上如此维护凤皇后，的确令人心生羡慕，可对女人来说，如果不能给自己心爱的男人生下子嗣，便是一个不完整的女人。”

坐在火堆旁烤肉的凤九卿微微一笑：“如果用生不生孩子来衡量一个女人的一生究竟完不完整，我觉得这并不公平。夫妻能不能相守下去，重要的是两个人之间的感情，而不是为了传宗接代。”

沈明珠据理力争："没有孩子的婚姻本身就是一段不完整的婚姻。而且作为一个女人，如果连孩子都不能生，男人娶她来干吗？"

凤九卿被她的逻辑给气笑了："按你的说法，不能生孩子的女人，就不该来到这个世上？"

沈明珠理所当然地点了点头："至少没人愿意娶，即便娶进家门，早晚也会因为生不出来孩子而被休出家门。"

轩辕赫玉有些听不下去地插嘴："若我将来遇到自己喜欢的另一半，即便不能给我生孩子，我也愿意与她长厢厮守，共度一生。"

贺明睿也跟着点头："夫妻过日子，图的是一份心安、一份幸福，人生短短几十年，如果年年都用来生孩子，岂不是等于浪费掉了大把时间！"

沈明珠有些不服气道："那总不能一个孩子都不生吧！"

凤九卿忽然笑了："真没看出来，沈皇后竟然对我黑阙后宫之事如此关心。"

"我……"沈明珠的脸一下子就被气红了，"我就是送你一句良心的建议，身为一国之主，如果膝下没有子嗣承袭，将来是要落人话柄的。"

轩辕容锦道："朕今年才二十五，至少还有三五十年好活，你凭什么认为朕将来没有子嗣承袭？"

"我……我不是这个意思……"

"哦，那请问沈皇后究竟是什么意思？"

沈明珠被轩辕容锦那咄咄逼人的语气逼得无路可退，偏偏东方诚又不像轩辕容锦维护凤九卿那样维护自己。

下意识地，她又向轩辕容锦身后的方向看了一眼，然后才打哈哈道："是我多管闲事，还请皇上和皇后不要放在心上。"

沈明珠接二连三在黑阙帝后面前出丑，令东方诚深感不满。他狠狠瞪了沈明珠一眼，随后赔笑道："皇上莫怪，都怪小王平日里对她们疏于管教，说起话来才会这么口无遮拦。"

轩辕容锦似笑非笑道："虽然坐拥三宫六院是一种莫大的福分，可很多时候，女人太多也是麻烦。"

如此明显的抨击和诋毁，东方诚又岂会听不出来。

就连不远处亲耳听到这些话的燕国大臣们，也被沈明珠那不可理喻的说话方式气得无言以对。

到了傍晚，众人各自回到自己的住所。

作为西山行宫的主人，轩辕容锦和凤九卿自然住进了玉鸳宫。

“九卿，不管那个沈明珠说了什么难听的话，你都不要往心里去。朕已经看出，那女人处处针对你，实在是令人非常讨厌。”

若非顾忌着沈明珠的身份，这种不识好歹的女人，早被他一巴掌拍死了。

凤九卿并没有理会他的话，而是坐在一边，细细打量着一支箭头。

轩辕容锦见她没言语，好奇地坐过来：“这支箭，是不是白天差点儿误伤你的那一支？”

凤九卿点了点头：“据江龙、江虎说，这是一支不小心射过来的流箭，可我不这么认为。我们当时所在的区域并没有其他武将在场，而且据我观察，这种箭的射程都不太远，根本达不到远方射来流箭的标准。”

轩辕容锦的脸色一下子就变得凝重起来：“所以你怀疑，这支箭是有人故意对你射过来的？”

凤九卿将箭头在手中把玩了片刻，若有所思道：“当时尾随在我们身后的，除了江龙、江虎之外，共有四个侍卫。按常理推测，他们六个，都有袭击我的可能。”

轩辕容锦一脸正色道：“江龙、江虎可以排除在外。”这两个人是从小与他一起长大的心腹，绝对不会背叛自己。

凤九卿当然也相信江龙、江虎的忠诚：“那么，怀疑的目标就剩下了另外四个。”

轩辕容锦微微蹙着眉头，半晌后，他忽然笑了：“经你这么一提醒，朕心里已经有了正确答案！”

“哦？”凤九卿好奇地挑眉，“是谁？”

轩辕容锦邪气地勾了勾嘴角：“先别急，明天朕会为你安排一场好戏，到时候答案自会见分晓。”

第二天一早，凤九卿果然看到了一场令她震惊的好戏。

燕国皇后沈明珠，居然与轩辕容锦手下一个叫庄怀玉的侍卫同寝一室。

若非亲眼所见，她怎么也无法相信，堂堂燕国皇后，竟然与一个默默无闻的小侍卫扯上了关系。

事情发生之后，整个西山猎场的人全都震惊了，包括东方诚。

沈明珠做梦也没想到，她不过是趁着天黑月明，偷偷潜到庄怀玉的帐篷里跟他商量如何对付凤九卿的计策，再醒来时，就发生了这样惊天动地的变化。

亲眼看到自己的皇后跟陌生男子搅和到一起的东方诚，指着脸色被吓得惨白的沈明珠道：“你……你真是好大的胆子，居然在众目睽睽之下做出这种伤风败俗之事，简直丢尽我燕国的脸面。”

沈明珠赶紧解释："皇上，我是冤枉的，我根本就不知道究竟发生了什么事情。"她将矛头指向庄怀玉，"是这个男人觊觎我的美色，他想要占我便宜，所以……所以才会对我做出非分之举。"

东方诚看向轩辕容锦，沉着脸问："皇上，贵国的侍卫，已经胆大妄为到连我燕国国母都敢随意染指吗？"

轩辕容锦无辜地挑了挑眉，看向同样被吓得打战的庄怀玉："沈皇后所说之言，句句属实吗？"

这个叫庄怀玉的男子，是轩辕容锦身边的侍卫之一。

虽算不上心腹级别，在众多侍卫中也算是佼佼者，至少能时刻被轩辕容锦这个帝王带在身边。

眼前这突如其来的变故，已将庄怀玉给吓了个魂飞魄散。

他"扑通"一声跪倒在地，白着脸道："回皇上，属下是冤枉的，根本就不知道发生了什么事。"

东方诚厉声道："难道你想说，是我燕国皇后故意勾引你一个小侍卫，才发生了这种丑事？"

庄怀玉满面惊惧，不知该如何解释。他看向沈明珠，沈明珠也急急别过视线，假装避之不理。

轩辕容锦打圆场道："各位先不必急着发怒，既然这件事发生在我们黑阙国土，闯下祸端的又是我黑阙的臣民。为了给燕国一个满意的交代，朕现在就命人将这个庄怀玉押进天牢，大刑伺候。一旦查明他对沈皇后抱有非分之想，朕必会严惩，给燕国一个满意的交代。"

说完，冲江龙、江虎使了个眼色："带他去刑部，重刑审问。"

"等等！"江龙、江虎扑过来之前，庄怀玉声色俱厉道，"皇上，属下有事要说。"

轩辕容锦冷冷看了他一眼："说！"

庄怀玉见沈明珠一点儿都没有为自己说话的意思，豁出去道："昨天晚上，是沈皇后趁着天黑，主动约属下来见面的。"

沈明珠失声大喊："你胡说！"

"我没有胡说！"庄怀玉可不是傻等着被人当成工具来使的笨蛋，"就算朱将军曾有恩于我，昨天在猎场上我冒着生命危险向皇后射去一箭，已经还了当初欠他的人情。沈明珠，你休要再咄咄逼人，无止境地让我替你背黑锅。"

此话一出口，在场所有的人，包括凤九卿都迷糊了，她急急问："朱将军？哪个朱将军？”

贺明睿忽然接口：“庄怀玉，你说的朱将军，该不会是不久前被判斩立决的叛臣朱子朗吧？”

当朱子朗这个名字被报出来时，所有的人都傻了眼，这跟朱子朗有什么关系？

沈明珠飞扑过去，狠狠抽了庄怀玉一耳光：“你给我闭嘴，再胡说八道，本宫就诛你九族……”

凤九卿一把将沈明珠推开，问庄怀玉：“把话说清楚，究竟是怎么回事？”

庄怀玉捂着被抽痛的脸颊，胆战心惊地问：“皇后，如果属下肯交代实情，可不可以求您留属下一命？”

轩辕容锦眯了眯眼，刚要开口说什么，就听凤九卿道：“只要你如实交代，皇上不会滥杀无辜。”

庄怀玉无视沈明珠那如狼似虎的目光，忙解释道：“不久前因叛国罪被斩首的朱子朗，曾在几年前有恩于属下。属下在接受恩惠时，曾亲口承诺，有朝一日他若用得到属下，属下定当尽心竭力，决不推托。很不巧，属下欠朱子朗一个人情的事情，沈明珠知道得一清二楚。”

贺明睿不解地追问：“沈皇后是燕国国母，怎么会与朱子朗扯上关系？”

另一边，沈明珠飞也似的想要再扑过来堵庄怀玉的嘴，被东方诚一把抓住。

他还没从自己的皇后与庄怀玉之事这个打击中恢复过来，现在又冒出一个朱子朗，这让他如何容忍得了？

庄怀玉迫不及待地解释：“沈明珠在嫁到燕国之前，曾是朱子朗青梅竹马的恋人。阴差阳错，两个人最终没能在一起。属下也是在燕国帝后抵达京城时才知道，燕国皇后居然是当年与朱子朗有过婚约的沈明珠。她当时也认出了属下，知道属下曾受过朱子朗的恩惠，便威胁属下，趁皇上皇后上猎场狩猎时，想办法置皇后于死地……”

轩辕容锦眼神一冷：“所以昨日在猎场忽然射向皇后的那支流箭，其实是你暗中所射？”

庄怀玉狼狈点头：“属下知错。”

凤九卿挑了挑眉：“先不提昨日流箭一事，你与沈皇后睡在同一间房里，究竟是何原因？”

她故意加重“睡在同一间房里”这几个字的语气，等于在沈明珠的脸上狠狠抽了一巴掌。

沈明珠气极败坏道：“这是阴谋！阴谋！”

“你闭嘴！”

东方诚已经被沈明珠给自己戴的双重绿帽给气傻了，若非场合不对，他真的很想将这个女人一巴掌拍死。

庄怀玉生怕惹祸上身，赶紧解释："沈明珠认定皇后是害死朱子朗的凶手，昨天夜里，她来到属下房中，威胁属下，如果不想办法置皇后于死地，就将属下曾受恩于朱子朗一事公之于众。到时候势必会引起皇上对属下的忌惮，从而将属下视为朱子朗同党，而治属下死罪。"

东方诚急急问道："然后呢？你们为什么同寝一室？"

庄怀玉赶紧摇头："属下也不清楚，昨晚就像中了什么邪，意识完全不受自己控制。最后，稀里糊涂就睡了过去，再醒来的时候，就到了今天早上。接下来的事情，你们已经看到了。"

轩辕容锦忽然冲东方诚冷笑了一声："你们燕国还真是好本事，千里迢迢来到我黑阙，交好什么的只在其次，真正的目的，是想替沈明珠来刺杀朕和皇后吧？"

东方诚顿时傻了眼："皇上，您怎么会这么想？"

"不这么想，你倒是给朕解释解释，你们夫妻二人，为何会出访黑阙？难道你不满我黑阙的统治，想要发动战争，与我黑阙为敌吗？"

这下，东方诚是真的被吓到了。

他满脸仓皇地解释："没有！真的没有！小王之所以出访黑阙，真正的目的只不过是想得到周口河岸的管理权。是她……"东方诚一手指向沈明珠："是她游说小王，说周口河岸每年可以给朝廷带来大笔收益。如果想办法将属于黑阙的那一半管理权也夺到手，每年的税收，将会增加一倍。小王一时贪心，才着了她的道。万万不曾想，她真正的目的竟然是替奸夫报仇……"

要说惨，东方诚才是最惨的那一个。自己的妻子不但跟庄怀玉不清不白，竟然还把什么朱子朗也给扯了进来。

事情发展到这个地步，狩猎已经进行不下去。众人当天中午便赶回皇城，两国皇帝坐在一起决定想一个万全的对策来解决此事。

谁都不曾想到，沈明珠嫁给东方诚之前，竟然是朱子朗的未婚妻。

几年前，她的家族发生巨变。经过一番波折，她被燕国丞相认为义女，又因为样貌秀美，能说会道，而被选进皇宫，成了东方诚的太子妃。

即使过去了这么多年，沈明珠依然对当年深深喜欢过的朱子朗念念不忘。

不久前，朱子朗被斩首的消息传到她的耳朵里。得知凶手就是黑阙皇后凤九卿，沈明珠才游说东方诚，以两国交好为由出访黑阙，并想办法替朱子朗报仇雪恨。

得知事情始末的凤九卿真不知该替沈明珠的痴情感到同情，还是该替她的愚蠢感到无奈。

事情发展到了这个地步，东方诚是肯定没脸继续留在黑阙做客。

更何况，他的妻子还想方设法要谋害黑阙皇后，仅是这一项罪名，就足够轩辕容锦发兵，灭了他小小的燕国朝廷了。

为了平息黑阙国君的愤怒，离开京城之前，东方诚与黑阙签下了好几份不平等条约。

比如每年按附属国给黑阙进贡，五十年内对黑阙俯首称臣。

至于闯下大祸的沈明珠，出了这样的事情，燕国皇后之位势必保不住了。

不过，东方诚并没有立刻对她做出处决。他承诺轩辕容锦，回到燕国，便将沈明珠打入冷宫，终生都不会再放她出来。

轩辕容锦见东方诚表现不错，并没有对他多加为难，两国达成协议之后，便放东方诚一行人回了燕国。

东方诚一走，接下来该收拾的就是庄怀玉。

轩辕容锦并没有对他赶尽杀绝，罢了他的职务之后，将他发配到外省为奴，算是保住了他一条性命。

事后，凤九卿问轩辕容锦："那天晚上，沈明珠为什么会和庄怀玉住在同一个房间里？你究竟对那两个人做了什么？"

她总觉得，事情发生得这样蹊跷，肯定与轩辕容锦有关。

轩辕容锦也没瞒她，笑着回道："在狩猎场的第一天，朕就发现沈明珠和朕身边的几个侍卫之间多次有眼神接触。由于当时无法确定究竟是谁，所以向小七讨了一些迷药，偷偷让人放在那几个侍卫的身上。朕当时从沈明珠的眼中看出，她似乎有很重要的事情要与朕身边其中一个侍卫讲。无论那天晚上她和谁见面，一旦药效发作，两个人便会在药物的催眠下昏倒。这样一来，也就真相大白了！"

听完他的解释，凤九卿哭笑不得。

"容锦，我今天才发现，你若狠辣起来，真是神魔都挡不住。"

轩辕容锦一把将她抱进怀中，轻声在她耳边道："凡是胆敢将歪主意打到你头上的，朕决不姑息！"

大获全胜

东方诚灰头土脸地带着随行队伍离开黑阙，偌大的京城再次恢复往日的平静。

御书房里，贺明睿将前些日子受皇命调查出来的关于沈明珠的情况，事无巨细地汇报给轩辕容锦听。

“十二岁以前，沈明珠并不姓沈。她是鹰族副族长白子鹤的独生女，叫白珍珍。与朱子朗青梅竹马一起长大，感情非常亲厚，甚至还订了婚事。后来朱子朗背叛鹰族，遭族长追杀，白子鹤也被族长视为朱子朗的同伙欲杀之。白珍珍侥幸逃生，被燕国丞相沈东离救下，并认作义女，取名沈明珠。十六岁送进燕国皇宫，嫁给当时还是太子的东方诚，这才有机会成为现在的燕国皇后。”

坐在御案后的轩辕容锦神情慵懒地支着下巴，听着这些对他来说毫无意义的八卦。

他对沈明珠有着什么样的经历和际遇并无兴趣，只想知道东方诚会不会信守诺言，将这个一心想置九卿于死地的女人打入冷宫。

像是看出他眼中的疑虑，贺明睿赶紧又解释了一句：“东方诚后宫里真正受宠的并不是沈明珠，而是一位姓赵的贵妃。她先后给东方诚生下两儿一女，尤其是长子，颇得东方诚欢心。这些年，东方诚一直想废太子，改立赵贵妃膝下的长子为太子。沈明珠多次从中作梗，才让这件事一拖再拖。现在总算被东方诚找到打压沈明珠的理由，相信回燕国之后，沈明珠应该不会再有翻身的可能。”

轩辕容锦这才心满意足地点了点头：“派几个人潜进燕国仔细盯着这件事，一旦东方诚没有履行当日对朕的承诺，立刻下战书，逼他给朕一个满意的交代。”

贺明睿微微一笑：“皇上这么做，就不怕招来千古骂名？”

轩辕容锦冷笑一声："朕有何惧？"

"皇上别忘了，朝中那些老家伙们对废六宫一事一直耿耿于怀。如果皇上因为皇后受辱而下战书攻打燕国，恐怕会在皇后的头上冠上一个祸乱朝廷的罪名。"

提起朝廷中那些顽固不化的老狐狸们，轩辕容锦真说不出来是讨厌多一些，还是憎恨多一些。

贺明睿又继续劝道："皇上尽管放心，东方诚是个聪明人，知道该怎么做，才不会给燕国招来祸端。区区一个沈明珠而已，并不足以让他与咱们黑阙公然对抗。倒是七王，皇上有时间最好还是出面管一管。"

轩辕容锦的眉头一下子便挑了起来："七王？小七怎么了？"

贺明睿一点儿也没有在轩辕赫玉背后向他哥哥打小报告的自觉："不知皇上可有听说，七王最近对京城西大街新开的江春园情有独钟。"

轩辕容锦一头雾水："那是什么地方？"

"是一间颇上档次的茶楼，而真正吸引人的地方，是那间茶楼的老板花重金雇了一个戏班子，戏班子里有一位叫西凤的花旦，颇得七王欣赏。"

"哦？"轩辕容锦像听到了什么天大的新闻，兴致勃勃道，"小七终于有喜欢的姑娘了？"

贺明睿忍不住出言打击："皇上，您有所不知，那个叫西凤的姑娘，样貌和身材，与皇后娘娘有六七分相似之处……"

听到这话，轩辕容锦气得一下子就从御案前站了起来，厉声道："你说什么？此事可当真？"

贺明睿满脸无辜地摊了摊手："臣亲眼所见。"

"那个叫西凤的花旦，真的与九卿有相似之处？"

"论五官样貌，确实神似！"

"岂有此理！"

轩辕容锦怒不可遏。虽然被小七觊觎的戏子与自己的九卿并非同一个人，可这种自家媳妇时刻被人惦记的感觉，还是让轩辕容锦窝火了一下。

他坐回原位，双眼微微眯下几分。过了半晌，才沉着脸对贺明睿道："寻个理由，封了那家茶楼，立刻将那个戏班子赶出京城。"

贺明睿嘴角一抽："皇上，这样做，不太好吧。"

"好与不好不是重点，重点是朕绝不能容许有人顶着一张与九卿相似的脸，在朕的眼皮子底下随便晃悠。尤其是小七，真是胆大包天，居然敢背着朕用这种下作的方式对九卿想入非非，他真是活得不耐烦了。”

轩辕容锦觉得再不狠狠收拾他那个弟弟，对方绝对能上天！

“皇上，其实臣向您汇报这件事情的初衷，只是想提醒您，七王年纪不小了，先帝先后过世已久，唯一还称得上是他长辈的，也只有您这位兄长。弟弟的婚姻大事，今后还得请您这个当兄长的多多操劳……”

轩辕容锦瞬间恍然大悟。

他拍了拍自己的额头，露出一丝邪恶的笑容：“是啊，朕怎么就没想到这件事呢。明睿，还是你贴心，处处为朕分忧解难。你放心，小七的婚事，朕一定会隆重操办！”

第五十六章 下圣旨七王招亲

寻找替身

完全不知道自己被人给算计的轩辕赫玉，此时正在自己的王府中大发雷霆。

院子里跪了好几个人，正是在江春园茶楼唱戏的那个戏班子。

轩辕赫玉脸色阴沉地负着双手，在那些跪在地上的人面前走来走去。

还是戏班子的班主有些按捺不住，小心翼翼道："王爷，您想听什么曲儿，看什么扮相，只要您说，小的们一定尽心竭力为您做到。您什么都不肯说，小的们实在不知道咱们错在哪里啊。"

轩辕赫玉瞪了班主一眼："本王只问你们一句，西凤呢？"

班主脸色一阵阵发白："她……她家里有事，暂时离开了京城……"

而真正的情况则是，两天前，江春园茶楼的老板忽然一脸惊惧地找到自己，并往他手中塞了二百两银子，警告他，无论如何，将西凤赶出戏班子。

否则，不但戏班子里所有的人性命不保，恐怕他这间小小的茶楼也要在不日之后被正式查封。

班主虽然不知道这里面究竟有什么弯弯绕，但为了性命着想，还是忍痛将西凤送回了老家。

没想到西凤一走，竟然将一直去江春园茶楼捧场的七王千岁给得罪了，这还真是让他们这些小老百姓进退两难啊。

轩辕赫玉显然不肯接受这样的解释："为什么西凤离开京城，竟没有人来通知本王一声？"

"这……"班主被七王这个问题给问得无言以对。

他们只是一个小小的戏班子，人员出现变动再正常不过，怎么敢劳烦七王大驾？

“王爷，关于这件事……”

“好了！不用再解释，统统都给本王滚蛋吧！”

轩辕赫玉的耐性已经被这些人给彻底磨光。挥了挥手，将戏班子众人给吓得屁滚尿流，拔腿就跑。

他一个人回屋，坐在椅子上直喘粗气。心中暗想，究竟是哪个王八蛋在背后使坏，居然将他一向欣赏的西凤姑娘给赶出了京城。

他才不相信戏班子班主的说辞，西凤肯定是受到了来自外界的压力，才在不得已的情况下离开京城。

就在轩辕赫玉一个人在王府里生闷气时，额头忽然一痛。

他捂着被什么东西砸过的脑门，气极败坏地从椅子上跳了起来，大声叫嚷：“谁？谁在暗处偷袭本王？”

随着话音落定，就见房梁上忽然跳下一道白影。

在他还没反应过来的时候，那个人在他头上轻轻拍了一巴掌：“听说江春园那个叫西凤的小花旦与我有七分相似。七王，来，给我解释解释，这到底是怎么回事？”

仔细一看，莫名出现在眼前的不是别人，正是当今皇后凤九卿。

听她提起“西凤”两个字，轩辕赫玉的脸一下子就红得透透的。

“你……你怎么会出现在我的府里？还有，你为什么不走正门，偏偏要躲在房梁上偷袭本王？”

凤九卿寻了一张椅子大大咧咧坐了下来，面对轩辕赫玉的手足无措，她嘲笑道：“真没看出来，堂堂七王，竟有找替身的嗜好。”

轩辕赫玉顶着一张红透了的俊脸，大声抗议：“休要胡说八道，什么找替身，本王只是单纯觉得那个叫西凤的花旦长得漂亮，而且戏唱得也好……”说到这里，他忽然意识到什么：“你怎么知道这件事？西凤之所以被赶出京城，该不会是你的杰作吧？”

凤九卿白了他一眼：“我像这么无聊的人吗？”

“我知道了，是皇兄，一定是他！”轩辕赫玉气得直跳脚，“只有他才会这么无聊，每天像防贼一样防着我。”

见凤九卿像看白痴一样看着自己，他没好气地问：“你干吗用这种眼神看着我？”

凤九卿玩味地揉了揉下巴：“我在想，你最近究竟做了什么缺德事，连一向以好脾气著称的明睿都被你给得罪了。”

“我干什么缺德事……”轩辕赫玉刚要发飙，忽然听出对方话中的含义。“你该不会是想说，真正在背后整我的，是贺明睿那个浑蛋吧？我就奇怪，皇兄好端端的怎么会干涉我的事情，这该死的贺明睿，简直就是个奸佞小人，我不过是将一个比牛还壮的姑娘送给他当婢女，他居然跑去皇兄面前打我的小报告……”

凤九卿听得瞠目结舌：“你干吗要送一个比牛还壮的姑娘给明睿当婢女？明睿贵为我黑阙丞相，府里的使唤丫头应该不计其数吧？”

轩辕赫玉气势一短，含含糊糊道：“这……这怎么能怪我？明明是他自己嘴贱，说我再挑三拣四下去，早晚有一天，娶进门的媳妇会是一头母牛。为了表达我心中的愤慨，我直接找了‘一头母牛’当作礼物送给他……”

凤九卿无奈道：“难怪明睿要去容锦面前打你小报告。”

这轩辕赫玉是有多笨，居然连聪明绝顶的贺明睿都敢算计。也难怪贺明睿笑得一脸狐狸样，去轩辕容锦面前说赫玉的坏话了。

得知江春园的小花旦西凤之所以会消失得莫名其妙，居然是贺明睿的杰作，轩辕赫玉气得抬起腿就要走。

“站住，你去哪儿？”凤九卿一把抓住他的手腕，将人又给拎了回来。

“我要找那姓贺的算账，让他赔我的西凤小花旦！”

凤九卿在他脑袋上又补了一巴掌：“凭明睿的智慧，你去了，只有被乖乖算计的份儿，别梦想在他身上讨到公道。”

轩辕赫玉气得咬了咬牙，刚要开口还击，忽然想起一件事：“九卿，你像做贼一样来我七王府，该不会是借着出卖贺明睿整我一事，故意来奚落我的吧？”

“呃……”凤九卿俏脸一红，将他拉回原位坐好，笑得一脸不怀好意，“小七啊，其实我今天来，只是单纯地想要与你叙叙旧。”

轩辕赫玉的脸上露出一抹不敢置信的笑容：“这还真是太阳打西边出来了，你这个大忙人，居然会主动找我叙旧？不，不对！你等一下，你忽然出现在我的七王府，还来得这么神神秘秘，皇兄知道吗？”

凤九卿摇了摇头：“容锦并不知道。”

轩辕赫玉脸上露出一抹狂喜：“难道说，你终于想通我之前的提议，觉得深宫大院并不适合你的性格，所以想找我帮忙，带你远走高飞……”

“啪！”

凤九卿没好气地弹了他脑门一下：“跟自己的皇嫂开这种玩笑，你也不怕折了寿。别忘了，长嫂如母……”

轩辕赫玉翻她一个白眼：“我可没有你这么年轻的娘！”

凤九卿抽了抽嘴角："我也没有你这么笨的儿子。"

"所以你到底是来干什么的？"

"我……"凤九卿这才想起正事，她神神秘秘向外面张望了几眼，见屋里屋外并没有闲杂人等，才低声道，"小七，我知道你的医术非常高明，对各种疑难杂症，也是手到擒来。"

轩辕赫玉掀了掀眼皮："谁得绝症了？"

"谁也没得绝症，我就是想问问你，想要宝宝，大概需要什么条件？"

虽然凤九卿对迎接一条新生命的到来并没有做好心理准备，可东方诚和沈明珠两个人的到来，多多少少还是让她受到了些刺激。

就像沈明珠所说，一个无法给男人生孩子的女人，并不是一个完整的女人。

她再怎么不认同这句话，也忍不住深思，万一她一直无法给轩辕容锦生下儿女，究竟会不会影响到他们夫妻之间的感情？

轩辕赫玉张大了嘴巴，指着一脸不自然的凤九卿道："你……你该不会是……急着要给皇兄生'猴子'吧？"

凤九卿气极败坏地踹了他一脚，怒道："生什么猴子？难道你皇兄在你眼中就是一只猴子？还是说你们轩辕家的人都是猴子？"

轩辕赫玉赶紧拍了拍自己的嘴，赔笑道："一时口误！一时口误！我其实是想说，你该不会是想给皇兄生孩子吧？"

"没有！我就是随便问问。毕竟我和容锦才新婚没多久……"

"按时间来算，已经半年了！"

凤九卿白了他一眼："这并不是重点。"

"对，重点是你急着要给皇兄生猴子，啊不，是生孩子。"

凤九卿觉得再跟轩辕赫玉啰唆下去，肯定会被他气到七窍生烟。她真是吃饱了撑的没事儿干，才傻到偷偷摸摸找这个笨蛋来商量对策。

起身刚要走，衣袖就被轩辕赫玉一把抓住："九卿、九卿，你别生气。嘿嘿，我其实就是跟你开个玩笑，没有恶意，绝对没有恶意。来来来，你坐，咱们好好聊聊生孩子的事情……"

话刚说到这里，就听门口处传来一道厉喝："放肆！放开朕的女人！"

轩辕赫玉被这突如其来的声音给吓得浑身一抖。

回头一看，就见轩辕容锦在江龙、江虎两个侍卫的簇拥下出现在自家门口，他身后还跟着明显是跟过来一起看热闹的贺明睿。

“皇……皇兄……你怎么也来了？”

轩辕容锦没理会弟弟惊讶的目光，大步跨进房门，一把将凤九卿拉到自己的面前。

从他脸上的表情不难看出，黑阙这位铁血帝王，此时已经被气到了极点。

“九卿，你难道不想解释解释，在朕没有允许的情况下，你为何会偷偷出宫？又为何会出现在小七的王府？”

凤九卿觉得事情有些棘手，她明明算准了轩辕容锦最近国事繁重，每天都要忙到日落黄昏才会回到寝宫。

正因为有十足的把握，她才偷溜出宫，决定来小七的府上跟他聊聊。

结果出师不利，与小七的话题还没进入主题，轩辕容锦就像妒夫一样急吼吼地追了过来。

她不好意思实话实说，只能顾左右而言他道：“是这样的，听说小七府上养了一只会唱歌的金刚鹦鹉……”

轩辕赫玉急忙嚷道：“我府上哪有养什么会唱歌的金刚鹦鹉？”

凤九卿满脸无辜地问：“没有吗？我怎么听说，你府上的那只金刚鹦鹉不但会唱歌，还会跳舞，简直厉害得不得了！”

“这么没根没据的话，你到底是听谁说的？”

凤九卿一手指向后面看热闹的贺明睿：“当然是这位与你无话不谈的好朋友。”

贺明睿一脸茫然，急忙摆手：“皇后，话可不能乱说啊，臣从未说过这样的话。”

凤九卿振振有词地问：“你确定你没说？我记得你说过，那只金刚鹦鹉是七王从江春园茶楼老板的手中花高价买来的，名字叫什么来着，哦，对了，叫西凤！”

贺明睿一脸无奈：“江春园那个叫西凤的不是金刚鹦鹉，她只是戏班子里一个唱曲儿的花旦！”

提到西凤，轩辕赫玉的脾气瞬间涌了上来：“贺明睿，提到西凤，本王还没找你算账。你说，你为什么要去皇兄面前告我的状，还使计将人家小花旦西凤给赶出了皇城？”

“七王，你是不是误会什么了？”

“我误会个什么！别以为我是好欺负的，你这个浑蛋，亏我一心一意把你当朋友，你居然趁我不注意的时候在皇兄面前阴我……”

贺明睿无辜地向后退了几步：“说到阴，臣倒是想问问七王，那个叫宝珠的大肥妞究竟是怎么回事？”

“宝珠姑娘究竟哪里不好？容貌喜感，身材丰满。她可是本王从人牙子手里花二十两银子，专门买来送给你当婢女使唤的，而且冬天还可以当作暖炉用来取暖。”

贺明睿气得直翻白眼："七王，臣府上婢女无数，不缺宝珠一个。"

"所以你就去皇兄面前讲我坏话，害得西凤被逐出京城？"

"臣可没说过你任何坏话，只是如实向皇上汇报七王最近的动向……"

轩辕赫玉气得脸红脖子粗，恶狠狠地指向贺明睿："你承认了！你终于承认了！我早就该猜到你不安好心，却没想到你居然阴险到这种地步……"

眼看两个人越吵越凶，故意引起这场灾难的凤九卿不着痕迹地向后退了几步，转身就想偷偷离开"灾难现场"。

看了半天热闹的轩辕容锦一把揪住她的衣领，满脸阴郁地对她道："你以为利用他们转移话题，朕就不会过问你来七王府的目的？"

凤九卿满脸无辜道："我不是说了，我是来七王府看金刚鹦鹉的。"

"朕明明听你们刚刚说到生孩子的事情！"

"那一定是你听错了，我们说的是猴子！猴子！"

"好端端的，为什么会说到猴子？"

"因为七王说，他要在府上养一只猴子。"

那边正跟贺明睿吵得不可开交的轩辕赫玉大声抗议："这都什么乱七八糟的？谁说我要养猴子？"

贺明睿幸灾乐祸道："真看不出来，七王居然想要养猴子……"

轩辕赫玉已经快被这些人给气疯了："贺明睿，你休要在这里胡说八道。"

"我哪有胡说八道？难道你近日频频去江春园看小花旦西凤唱曲儿，不是因为你对她情有独钟？"

"我对她情有独钟？你到底什么眼神？"

"好了！"

轩辕容锦打断二人的争吵，沉着脸对轩辕赫玉道："小七，你年纪不小了，确实到了该娶妻生子的岁数。都怪朕之前没有对你尽到当兄长的义务，忽略了你的终身大事。等朕回宫之后就下旨，为你择一个门当户对的媳妇。"

轩辕赫玉简直要被气哭了："皇兄，我现在真的不着急娶亲……"

"不要再说了！朕心意已决，你就等着朕给你选一个漂亮媳妇，风风光光成亲吧！"

一场闹剧，在轩辕赫玉欲哭无泪之下隆重收场。

回宫之后，轩辕容锦便召来朝中几位臣子，让他们为七王保媒，看看哪家的姑娘目前还待字闺中，尽快寻一位门当户对的，为七王赐婚。

眨眼之间，七王即将娶妃的消息就在京城传扬开来。

朝中的大臣们听说七王终于要娶妻，纷纷将府中还未出阁的小姐画像送到皇上面前。

要知道，七王的手中虽然没有实权，可他却是皇上唯一的弟弟，而且是一个备受皇上“欣赏”的弟弟。

七王医术高明，这在黑阙是人人皆知的事实。

皇上仰仗他的医术，已经不是一天两天。有皇上给七王当靠山，众位大臣自是迫不及待地想要将自己府中的闺女嫁过去。

这个消息一经传出，轩辕赫玉立刻麻了爪。

为了避免皇兄逼婚，轩辕赫玉卷了包袱，连书信都没留一封，连夜逃出了京城，不知所终。

轩辕赫玉这一跑，被鼓动起来的大臣们却按捺不住心底的躁动，纷纷将目光重新落到轩辕容锦的头上。

眼看帝后大婚已经过去了半年多，深受皇上独宠的凤九卿依旧没有为皇家开枝散叶的迹象。

那些不安分的大臣们又想了新招，以“不孝有三，无后为大”为名，要求皇上重新考虑封妃事宜。

每天例行的早朝上，以礼部大臣姚天寿为首，偕朝中一众老臣，对皇上展开新一轮劝说。

“就算皇上责怪臣等多管闲事，事关朝廷颜面，臣等也不能袖手旁观。自凤九卿被册封为皇后直到现在，已经过去半载有余，每日享受皇上独宠，肚子却一直未曾传出任何喜讯。再过几个月，朝廷就要按祖例在太庙举办祭祖仪式。若皇上一直膝下无子，到了老祖宗面前，皇上怕是无法向列祖列宗交代。”

轩辕容锦万没想到，他本来想借这些大臣之手，给小七的婚事施压。结果小七连夜逃跑，大臣们非但没有偃旗息鼓的意思，反而将目标转嫁到他的头上。

“朕与皇后新婚不久，暂时还没考虑子嗣问题。”

姚天寿接口道：“皇上，子嗣问题不容忽略。而且臣刚刚已经说过，皇上和皇后从大婚之日起直到现在，已经过去了半年之久。按年纪算，皇后如今已经二十出头，应该考虑生子问题。我黑阙女子十四岁及笄之后便可以由家中长辈安排嫁人生子。皇后二十出头，距及笄之日已过多年……”

另一位大臣也跟着接口：“是啊，皇上，按照黑阙祖例，太庙每年举办祭祖仪式时，皇上如果不能携带子嗣一同出席，会被老祖宗视为不孝，有伤我黑阙的颜面。”

其他几位上了年纪的老臣子也跟着纷纷附议，并且将不孝有三，无后为大的意思分析得无比透彻。

轩辕容锦被这些人气得直想甩袖子骂人："朕怎么不知道，祭祖的时候还要带子嗣一同出席？"

姚天寿等的就是他这句话："皇上若是不信，臣可以将先祖爷当年定下的规矩拿到皇上面前给您过目……"

"够了！"轩辕容锦抬手制止，"朕对先祖爷当年究竟定下什么规矩并不感兴趣。朕在半年前立后的时候，已经对全天下发誓，今生只娶九卿一人，后宫之中将永不纳妃。你们说这些有的没的，是想让朕背弃誓言吗？"

姚天寿迅速接口："虽然皇上有旨意在先，可如果皇后一直无法给皇家生下子嗣，等于犯了七出之条，是要被打入冷宫的。"

"放肆！"轩辕容锦厉喝一声，"姚天寿，你再在朕面前胡说八道，休怪朕翻脸无情，不顾咱们君臣之谊！"

姚天寿"扑通"一声跪倒在地，不卑不亢道："就算皇上要怪罪老臣，老臣也要直言不讳。臣知道，皇上与皇后自大婚以来鹣鲽情深，恩爱如蜜。皇上可以因为爱护皇后而保住她国母之位。可为了黑阙的将来着想，臣在这里提出建议，希望皇上能够将曾经被您逐出后宫的妃子们重新招揽回来。若皇上对那些妃子已无爱慕之意，也可以从各位大臣家中的姑娘中重新做出选择……"

大臣们听了姚天寿的建议，觉得此举甚是可行。

要知道，当初被皇上扫地出宫的那些姑娘，被送回各自的娘家后，再想择一门好婆家，难上加难。就算轩辕容锦娶她们进宫的那一年里从未碰过她们，可当年皇上登基时大肆选妃，在京城可是造成了不小的影响。

那些还没娶妻的公子少爷们，潜意识里将当日被选进皇宫的姑娘们视为皇上的女人。

哪怕皇上对她们什么都没做，在这种观念根深蒂固的时代，也没人会将择妻的目光落在这些被送出宫的姑娘身上。正因为如此，大臣们才焦头烂额，希望皇上能改变主意，收回成命，给那些没人愿意娶的姑娘们一条活路。

看着金銮殿内跪了满地请求他重新纳妃的大臣，轩辕容锦觉得再争执下去，一定会触动他心中的爆点。

最后还是贺明睿为了避免事态变得越来越严重，替皇上做出决定，会慎重考虑此事，待思量之后，给众位大臣一个合理的交代。

回到御书房，轩辕容锦气得一把将御案上的文房四宝全部挥落在地。

御书房里伺候的宫女和太监们见龙颜大怒，吓得纷纷跪倒在地，大气都不敢喘一下。

尾随他进御书房的贺明睿冲众人挥了挥手，示意他们全部出去。

直到书房里只剩下君臣二人，他才耐心劝道："皇上，姚天寿这次似乎是有备而来，您要是执意与他作对到底，保不齐会给自己招来暴君的骂名。"

轩辕容锦坐在椅子上气得直喘粗气："明睿，你说说，朕自登基以来，可曾做过半点儿不利于百姓的事情？"

"当然没有。皇上英明神武，一心为民办事，绝对是千古难得一见的明君。"

"哼！"容锦忽然冷笑一声，"明君？既然朕是明君，那些大臣为什么没完没了地针对朕的婚事指手画脚？难道朕独宠中宫，只爱一人的行为还遭了天谴不成？"

贺明睿叹了口气："皇上只爱皇后一人的确没错。错就错在，您是皇上，手中握有无人能及的权势。古往今来，大臣们都喜欢用与皇家联姻的方式来扩大手中的势力。而您独宠中宫，完全不给他们上位巴结的机会，等于让一部分人失去了平步青云的机会。至于姚天寿……"提到此人，贺明睿冷笑连连，"他就是一根搅屎棍，记恨着皇上将他的女儿打入冷宫，才会无孔不入地想要给皇上下绊子。"

轩辕容锦咬了咬牙："朕真想现在就派人除掉他！"

"万万不可！"贺明睿赶紧阻止，"皇上不久前才刚刚收拾了与朱子朗有关的一众党羽，此举已经引起朝中文武官员的恐慌。如果姚天寿忽然出什么意外，几乎不用想，众人也会猜到是皇上所为。这样非但不能解决问题，反而会引得朝廷动荡，皇上最好三思而行。"

"可是明睿，现在那些人逼朕重新纳妃。这件事一旦被九卿知道，她该做何想法？"

轩辕容锦天不怕，地不怕。就怕被他辛苦追到手中的凤九卿，会扛不住这重重压力，离开宫闱，与他分道扬镳。

贺明睿皱了皱眉："如今之计，唯有找回七王，履行皇上为他赐婚的承诺。实在不行，就给七王多选几位妻子，一位正妃，两位侧妃，四名侍妾，八名夫人。有七王在前面挡着，相信那些大臣暂时不会再将歪主意打到皇上头上。"

想到落跑的小七，轩辕容锦就各种窝火。

他对贺明睿道："传朕旨意，对小七展开全城搜索，活要见人，死要见尸。一旦他被抓捕归案，立刻为他举办婚宴，逼他入洞房。"

贺明睿忍着幸灾乐祸的笑意，点头应道："臣遵旨！"

第五十七章 顾大局纳妾选妃

力献殷勤

金銮殿上发生的事情，轩辕容锦在下朝之后，命令身边所有的侍从，一定要将消息彻底封锁，切不可让此事传到九卿的耳里。

这要是让九卿知道朝中大臣逼着自己纳妾娶妃，说不定她一怒之下会自请休书，潇潇洒洒地离开皇宫，去过她真正向往的自由生活。

只要想到这个结果，轩辕容锦的后背就会渗出一层后怕的冷汗。

“皇上，时候不早了，要不要摆驾龙御宫？”眼看天边的太阳渐渐西斜，一直在御书房里伺候的小福子忍不住提醒了一声。

表面看去，轩辕容锦似是将所有的注意力全部集中在奏折上面，实际心里却乱成了一团麻，总担心凤九卿知道实情之后会跟他闹别扭。

小福子的轻声提醒，总算让他将视线从奏折上移到窗外。

看到外面夕阳西下，时候的确不早了，他慢慢合上奏折，犹豫了一会儿，对小福子道：“将赵三给朕叫来。”

赵三是他身边的御用暗卫之一，目前的任务，是专门负责保护皇后。

说是保护，其实就是一种变相的监视。

上次他之所以会知道凤九卿趁自己不备，偷偷去了七王府，就是赵三汇报给他的结果。

小福子领命。

不多时，一个穿着普通，长相精明的年轻男人出现在御书房。

轩辕容锦免了他的大礼，直接问道：“皇后那边今天可有什么动向？”

他之所以迟迟不愿回龙御宫，就是担心凤九卿会听到风言风语，质问他今日早朝之事。

赵三恭敬地回道："皇后早上留在龙御宫内看书写字，下午在宁儿的陪伴下逛了一圈御花园。太阳快下山之前，她只身去了一趟御膳房，直到现在还没有回去。"

"什么？"轩辕容锦一下子就从椅子上站了起来，"皇后去御膳房做什么？"

赵三摇了摇头："属下不清楚。皇上有言在先，为了避免被皇后发现属下的行踪，属下不敢尾随太紧。只知道皇后一整天的动向，具体做了什么，却不得而知。"

这倒不怪赵三无能，而是凤九卿太厉害，若悄悄跟踪她的暗卫功夫太差，很快就会被她抓个现行。

到时候，轩辕容锦派人监视她的事情就会败露。

为了能够将眼线完美地安插在凤九卿身边，轩辕容锦从暗卫之中找来轻功最好的赵三来执行此令。

听说凤九卿居然只身一人去了御膳房，轩辕容锦终于坐不住了，急忙起身，命小福子摆驾龙御宫。

还没踏进房门，就闻到一股熟悉又勾人食欲的香气。

轩辕容锦匆匆向房里走了几步，撩开珠帘，就见凤九卿正在桌子前忙着什么。

听到脚步声，她转过身，笑着向他迎了过来："容锦，你忙完了？"

亲切而又贴心的询问，令轩辕容锦的心没来由地跳动了一下。

这种有如民间夫妻的相处之道，既让他感到幸福，又让他觉得奢侈。

"九卿，听说你今天下午去了御膳房，怎么忽然之间……"想问的话还没问完，就被凤九卿拉到桌前，将他按在椅子上。

仔细一看，才发现桌上摆了几道简单的饭菜。真的是非常不华丽。

就是两碗热气腾腾的小馄饨，还有四小盘卖相不错的拌凉菜。

轩辕容锦诧异地挑眉，不解地问："九卿，这些……"

凤九卿微微一笑："这些都是我去御膳房亲自做的，其中有你爱吃的三鲜馅小馄饨。记得当年咱们一起出征去攻打北漠之前，你总是缠着我做馄饨给你吃。一晃多年，我已经记不得自己有多久未曾下厨了。正好今日无事，便去御膳房露一手。容锦，你尝尝，还是当年那个味道吗？"

听说桌上的饭菜是凤九卿亲手做的，轩辕容锦高兴地拿起筷子，迅速从冒着热气的汤碗中，夹出一只形状小巧的馄饨，塞到嘴巴里。

馅料十足，味鲜汤美，与御膳房每天提供的几十道膳食相比，这碗浓汤味十足的小馄饨，仿佛一下子勾起他那沉封在记忆中的种种过往。

那时的他，还是一个被先帝忌惮，被太子排挤，做人做事不得不看人脸色的四王。

第一次吃到这个味道的小馄饨，是在小七的府中。

当时他误会小七和九卿关系暧昧，为此还发了好大一通脾气。也正是从那次开始，他爱上了她的手艺，虽然清淡，却饱含情义。

许是味道太美，也有可能是勾起从前太多回忆，轩辕容锦一连夹了好几颗小馄饨，吃得酣畅淋漓，浑身舒爽。

凤九卿给他倒了茶水放在一边凉着，又顺便将另外两道他没碰过的凉菜向他面前挪了挪："再尝尝这个。"

轩辕容锦见她一脸殷勤，忽然觉得有些不太对劲。

他渐渐放慢吃东西的动作，若有所思地看着她："九卿，你是不是背着朕，做了什么令朕无法忍受的事情？"

正准备给他夹菜的凤九卿眉头一挑，满脸茫然道："我做了什么让你无法忍受的事情？"

"如果没有，你为何会对朕如此贴心？还……还亲自下厨，给朕做最爱吃的三鲜馅小馄饨？"

俗话说得好，事出反常必有妖。

像凤九卿这种胆子大到将天捅个窟窿，还能像个没事人一样继续谈笑风生的女人，若非做了什么令人无法忍受的事情，怎么可能会温柔贤惠到亲自下厨做膳食？

思及此，轩辕容锦的心一下子吊得老高，脑海中不由自主地浮现出各种这女人可能闯下弥天大祸的画面。

这哪里是什么温馨爱餐？这该不会是一场专门为他而设的鸿门宴吧？

凤九卿被他脸上不断变换的惊惧表情给气得哭笑不得："我不过是体恤你每天操劳国事，费心费力，怕你压力太大，才亲自下厨，做些可口的饭菜来缓解你近日的压力。怎么到了你眼中，我居然成了十恶不赦、专干坏事的卑鄙小人了？"

说完，一把将他面前的馄饨碗抢了过来："不吃拉倒，真是好心没好报！"

轩辕容锦像守护天下至宝一样将碗碟统统护在自己的怀里，满脸赔笑道："九卿，你别误会，朕只是随便问问，绝对没有其他意思。至于你亲手给朕做的这些饭和菜，朕不知道有多喜欢，你不准拿走，朕还没吃完呢。"

说完，像护食的小孩子一样夹起碗内的馄饨，囫囵吞枣般将剩下的小馄饨塞进自己的嘴巴里。

不得不说，九卿的厨艺非但不减当年，反而还有超越当年的意思。他的九卿一直都是聪明灵慧，无论什么东西一学即会。

今世的他，何其有幸，竟在有生之年，遇到这样一个令他如此心仪的女子。

“九卿，你说实话，真的没做令朕不开心的事情？”轩辕容锦还是有些不放心，总觉得他媳妇今天的态度有些不对劲！

凤九卿无奈皱眉：“你对我究竟是有多么不信任？”

轩辕容锦皱了皱眉：“以前朕也会因为操劳国事而倍感压力，怎么不见你亲自下厨做小馄饨，来讨朕的欢心？”

“那是因为……”犹豫了片刻，凤九卿有些难以启齿道，“我听说朝中的文武官员，因为子嗣的问题曾数次在金銮殿上为难你。容锦，虽然我还没做好迎接一条新生命的准备，可如果孩子真的来了，我会用心守护他的出现，并想尽办法给他安排一个完整的人生。”

听她提到子嗣问题，轩辕容锦的眉头一下子就皱了起来。

他俊脸一沉，目光冷冷瞪向屋子里伺候的几个太监和宫女：“是谁多嘴，将今天早朝之事传到皇后耳中的？”

以小福子为首的一群下人纷纷跪倒在地，连声告罪。

凤九卿扯了扯他的衣袖，轻声道：“与他们无关。”

“九卿……”轩辕容锦刚要说话，就被凤九卿伸出手指，轻轻掩住了嘴。

“我知道你想说什么，也知道你心中的想法。不过世上没有不透风的墙，就算瞒得了一时，也瞒不了一世。你下令让他们闭嘴，不肯在我面前说实话，到头来，也只是自欺欺人罢了。”

说完，冲跪在地上的那些人挥了挥手：“小福子，你们暂且退下吧，容我与皇上单独说几句。”

小福子不敢怠慢，赶紧起身，冲旁边几个被吓得不轻的宫女挤了挤眼。

没一会儿工夫，偌大的龙御宫内，便只剩下当今帝后二人围在桌前。

子嗣问题，似是勾起了轩辕容锦心中的不快。

他放下手中的筷子，忽然间没了食欲。

“九卿，虽然朕并不想为今天早朝之事向你解释什么。但娶妃并不在朕的计划之内，是那些不识好歹的大臣为了将家中的女儿送进皇宫，趁此机会达到他们平步青云的目的，才想出来的馊主意。而这些不识好歹的大臣之中，尤其以礼部姚天寿为最……”

凤九卿点了点头：“姚雪灵当日被你关进冷宫，终生没有恢复自由的机会。作为父亲，姚天寿对我心怀恨意，倒也属于人之常情。”

轩辕容锦眼睛微眯：“朕当日就该寻个由头，在收拾姚雪灵的时候，一起将姚天寿这个老鬼也收拾了才是。”

都怪他当初一时心软，没有及时收回姚天寿手中的权力，才导致今天作茧自缚，由对方率领一群私心极强的大臣，在金銮殿上对他发难。

“九卿，早朝之时，究竟是哪个嘴碎的浑蛋在你面前搬弄是非？”被他抓到告密之人，一定严惩不贷。

凤九卿避重就轻：“是谁说的并不重要，重要的是，你对这件事怎么看？”

轩辕容锦的语气有些急：“朕当然不可能为了传宗接代，将那些被逐出后宫的女人重新纳进宫门。当初她们被选进后宫时朕便有言在先，她们只是宫中的一个摆设，朕从来都没有与她们亲近过分毫。唯一一个被朕特殊对待的姚雪灵，只是凑巧，在当年朕遇到危险的时候挺身救了朕一命。为了报答她的恩惠，朕当着众人的面，赐了她一块免死金牌。就连当日她处心积虑谋害你，朕都没有夺了她的性命。朕觉得，做到这个地步，对她们姚家，已经是仁至义尽。”

正因为那块免死金牌，姚天寿才会在天子面前有恃无恐。

“还有一个最该被收拾的就是小七那个浑蛋！”提到自己的七弟，瞬间将轩辕容锦的新仇旧恨全部勾出，“朕这次下旨让朝中大臣将府中未出阁的姑娘介绍给小七当媳妇，结果小七连夜逃走，偌大的乱摊子全都丢给朕来收拾。真是岂有此理，他最好别被朕逮到，否则朕一定轻饶不了他。”

凤九卿忍不住失笑：“你与七王兄弟多年，他什么脾气，你怎么到现在还不了解？在你下达赐婚的旨意之前，怎么也不想想，七王是那种为了婚姻随随便便找个姑娘成亲的人吗？”

轩辕容锦没好气地“哼”了一声，刚要说什么，又生生将话全部咽回肚子里。有些话他根本无从说起。

小七就是个死心眼，在九卿还没嫁人之前便对人家心怀绮念，总梦想着有朝一日，可以将九卿从他身边抢走。

因此，除了凤九卿以外，其他女子根本入不得他的眼。

正因为这样，他才迫不及待地想要利用帝王的身份为小七赐婚。

却没想到，这臭小子居然趁他不备，卷了铺盖连夜逃走。

凤九卿见他一脸愤愤不平，忍不住问：“容锦，自你我成亲直到现在，已经过去半载有余。我腹中没有子嗣孕育，也的确是咱们必须面对的难题之一。若你我只是寻常夫妻，未必会有这么多人来干涉咱们的婚姻，可你是皇上……”

说到皇上两个字，凤九卿不知该如何形容自己此时的心情。

她爱轩辕容锦。

可一想到他至高无上的身份，又会让她产生忌惮和恐惧。

当她意外从下人的谈论中听到，朝中文武官员以皇家无嗣，皇帝必须纳妃来开枝散叶为借口，在金銮殿上逼轩辕容锦重新广纳妃嫔时，她的心无疑是压抑而又难过的。

以私心来讲，她无法接受与他人共享自己所爱之人。

可如果她一直没办法给轩辕容锦生下孩子，她不敢保证偌大的黑阙江山，能容下她这个无法生育的皇后。

轩辕容锦一下子就听出了她话中的弦外之音，急不可耐地起身道："皇上又怎么了？难道身为天子，朕便没有与自己心爱的女人在一起长厢厮守的资格？为了传宗接代，朕就要与那些完全让朕看不上眼的女人在一起？"

凤九卿劝道："容锦，你先别动怒，坐下来，冷静一些听我说……"

"九卿，朕知道你心中究竟在担忧什么。子嗣问题，的确是朕不得不面对的难题。可这并不代表朕一定要为了生儿育女，而向那些心心念念想要逼迫朕的人做出妥协。"

"可如果我一直没办法给你生下孩子……"

"不生就不生，难道没有孩子，朕便没有能力坐稳皇位，主持我黑阙的江山大局？"

"江山再好，没有子嗣传承，也会招来旁人的笑话。"

"笑话？"轩辕容锦的声音拔高了几度，"朕一心为江山社稷着想，自问从未做过任何伤天害理、残害百姓之事。仅仅因为朕没有与心爱之人生下儿女，就要泯灭朕所有的功绩，被天下人当成笑柄吗？若天下人真的如此愚昧，朕利用手中的权势将那些人打杀了又如何？朕是手握天下重权的皇帝，而不是可以被随便什么人拿来欺凌的小丑。就算穷其一生，你我二人都不会有子嗣诞生……"

说到这里，他忽然将双手搭在凤九卿的肩上，眼中露出无比真诚的目光："待朕百年之后，会将这个位置留给小七的儿子。轩辕家的江山，由轩辕家的子嗣来继承，朕就不信，那些嘴碎多事的人，还能挑出朕什么毛病。"

凤九卿已经彻底震惊了。她怎么也没想到，为了她，轩辕容锦居然可以将事情考虑得这么长远。

难道他真的不介意，被他用性命夺来的江山，因为膝下没有子嗣传承，有朝一日不得不拱手相让，送给旁人去坐吗？

"容锦……"久久之后，她才找到自己的声音，"其实，我不配让你为我付出这么多！"

轩辕容锦一把将她揽进怀里，用霸道而又不失温柔的声音对她道："你若不配，天下还有谁当得起朕如此垂爱。"

坚定不移的语气，仿佛在表明他的心意和诚意。

凤九卿不知自己是感动多一些，还是悸动多一些。她一直以为，轩辕容锦自私霸道，为了达到目的，可以不择手段。

万没想到，在轩辕容锦心中，她竟然会重要到，让他不惜与全天下为敌的地步。

“容锦……”

此时的凤九卿，心中是充满愧疚的。他为她无怨无悔，她却在这里猜忌他的认真与诚意。她慢慢偎向他的怀中，用一种连自己都不敢相信的轻柔声音道：“谢谢你给我们之间的感情加了这么一把牢固的锁。不管这把锁的期限是长是短，我会竭尽所能地让你不后悔今日对我的承诺。容锦，谢谢你！”

朝中大臣的层层施压，非但没有让轩辕容锦与凤九卿之间的关系受到影响，反而让两个人对彼此剖析心意，感情在无形之中更近了一层。

轩辕容锦与凤九卿之间的爱情越来越甜蜜，让那些一门心思想要将自己的女儿往后宫里塞的大臣们急得直跳脚。

之前为了给七王选妃，大臣们纷纷找来画师，将家中打扮得花枝招展的女儿们最完美的一面呈现在画作之中。

为的就是让七王在观看妃子候选人画像时能够对这些小姐们一见倾心，两见钟情，三见定终身。

结果七王一字不留地连夜逃跑，让这些自以为可以攀上皇门、成为皇亲国戚的大臣们空欢喜了一场。

在礼部大臣姚天寿的带领下，大臣们在下早朝之后，厚着脸皮，将事先准备好的美人画像送进御书房。

希望皇上在百忙之中能够看一眼画像，万一画中的哪位姑娘得了皇上的青眼，事情说不定就会出现转机。

轩辕容锦对这些主动来御书房给自己送画像的大臣们真是烦不胜烦。

他很想在盛怒之下给这些人一顿教训，可这些人就像事先商量好似的，送完了画像，脚底抹油立马开溜，让他想要开口骂人都找不到合适的机会。

为了避免这些画像被九卿看到，他吩咐小福子，将所有的画像拿到宫中无人之处进行统一焚烧，一张不留。

小福子不敢怠慢，急忙招来几个小太监，吩咐几人将几十卷画像全部搬走，一个不落，全部烧毁。

本以为事情发展到这个地步，大臣们往宫里送画像自荐自家女儿的行为可以就此终结。

那几个负责烧画的内侍之中有一个叫吉祥的小太监，在进行焚烧的时候，不小心看到画中的女子个个貌美如花，美丽得有些不似真人。

他灵机一动，对其他两个同伴说：“你们两个待会儿不是要去藏书阁帮张大人搬书吗，不若这样，你们先去忙，这几幅画由我来烧，保证将事情办得妥妥当当。”

那两个小太监手边确实有不少事情要忙，见吉祥将烧画的活计包揽在自己身上，连忙点头：“既然这样，咱们先走一步。你且记得，一定要将这些画全部烧毁。福公公有令，这可是皇上的心头刺，烧得不干净，咱们可是要掉脑袋的。”

吉祥连连拍胸脯保证：“我办事，你们放心，快去忙吧！”

两个小太监被心满意足地打发走，只剩下吉祥一个人时，他起了歹意，从几十幅画中挑出十几张看得极为顺眼的，卷成一团，拢在一起，准备寻个合适的日子带出宫去。

他在外面有自己的生意，经常会趁人不备，从宫中偷些值钱的玩意儿拿到宫外去贩卖。

这些画都是京中顶尖画师的良心之作，随便哪一幅拿到外面，也能卖上百十两银子。

有了钱财在眼前诱惑着，吉祥兴高采烈地将那些品相一般的画像烧毁之后，捧着精心挑选的十几只画轴，哼着小曲儿，准备折回自己的住所。

正所谓天有不测之风云，人有旦夕祸福。

就在他哼着南腔北调，刚刚拐过一条长廊之际，与迎面走来的人重重地撞到一起。

捧在怀中的画轴稀里哗啦顿时掉了满地。

吉祥刚要破口大骂，质问究竟是哪个浑蛋走路不长眼时，就见与自己撞在一起的不是别人，正是皇后娘娘身边的婢女——宁儿！

再仔细看，站在宁儿身边的，除了皇后之外还会有谁？

吉祥被吓得浑身一哆嗦，赶紧跪倒在地：“娘娘吉祥，奴才给娘娘请安。”

凤九卿还没应声，被他撞得头晕眼花的宁儿便皱眉斥骂：“你这奴才，走路怎么心不在焉？得亏刚刚被你撞到的人是我而不是皇后，这要是冲撞了皇后，可有你受的。”

吉祥不敢抗议，低眉顺眼地点头：“是是是！都是奴才的错，请娘娘责罚。”

凤九卿岂会与一个小太监斤斤计较，对宁儿道：“算了，也没出什么大事，便放过他吧。”说完，看到地上零零散散放着十几卷扎得不是很严实的画轴，好奇道：“这是什么？”

吉祥的脸一下子变得惨白不已，他差点儿就忘了，这些画像，是绝对不能让皇后娘娘看到的。

“回……回娘娘，这些都是奴才要拿去扔掉的废品，奴才这就把它们扔了，惊扰到皇后娘娘，是奴才有眼无珠，还请皇后莫要怪罪。”

说着，他急三火四便要将那十几卷画轴捞进怀中转身跑路。

结果忙中出错，几卷没被绳子系好的画轴，竟当着凤九卿的面暴露于光天化日之下。

当凤九卿看到眼前出现的一张又一张的美人图时，她原本带着几分笑意的脸，一下子变得阴沉无比。

因为画像的右下角，清清楚楚地写着几个字：妃嫔候选！

凤九卿慢慢弯下身，随手在脚边捡起一幅画像。

不得不承认的是，画像里的姑娘确实美到极致，就连她这个女人见了，都忍不住多看几眼，诚心欣赏对方那如花的美貌。

吉祥已经彻底傻掉，呆呆地跪在地上，心中暗想，完了，他一条小命即将休矣！

宁儿见主子面色阴沉不定，也猜到这些画像背后所隐藏的意义。

“娘娘，您千万不要多想，这些画，说不定只是大臣们跟皇上开的一个小玩笑……”

凤九卿没有理会宁儿的劝慰，语气平和地问吉祥：“这些画，是朝中大臣送给皇上用来选妃之用吗？”

吉祥点了点头，很快又用力摇头。

“不是！这些画都是废品，是奴才即将拿去后山进行烧毁的！”

凤九卿轻哼：“这样的美人儿，若一把火被人给烧了，岂不可惜。”

吉祥哭丧着脸道：“奴才该死！奴才该死！”

凤九卿慢慢将手中的画递到吉祥面前：“宁儿，走吧！”

吉祥做梦也没想到，皇后居然就这么把他给放了，甚至连一句责怪的话都没有。

至于这些被他用来发财的画像，经过刚刚一场惊吓，他是绝对不敢再留在手边了。

捧着那十几幅画回到后山，一幅不留地全部烧成了灰烬。

这场发生在皇宫一角的小意外，并没有引起太大骚动。

当天下午，凤九卿换上一套出宫时穿的便装，在没有惊动任何人的情况下，出现在礼部尚书府，姚天寿的书房中。

看到皇后娘娘在神不知，鬼不觉的情况下，堂而皇之地出现在自己面前，坐在书案前准备写折子逼皇上为了子嗣问题必须尽快选妃的姚天寿，被吓了一个激灵。

他匆匆起身，像看怪物一样看向负着双手出现在自己书房中的凤九卿，不敢置信道：“皇……皇后娘娘，您这是何意？”

第五十八章 心机千金黄月

冒闯敌府

对姚天寿来说，女人就该有女人的样子，像凤九卿这种生来就叛逆的女人，非但不配做黑阙的皇后，就连一个合格的女人她都不算。

虽然他心里对这个害得自己女儿终生要留在冷宫中忍受孤独的女人恨得牙根直痒痒，可现在的凤九卿到底是黑阙的皇后，作为臣子，姚天寿在弄清对方的来意之前，并不敢轻易造次。

凤九卿就像在逛自己家的后花园，随随便便在姚天寿的书房中找了一张舒服的椅子，在对方极度不可思议的目光中，落落大方地坐了下来。

“姚大人，冒昧来此打扰，还希望你不要介意。”

姚天寿眯了眯眼，用不太和善的语气反问：“皇后娘娘，用这种突兀的方式出现在老臣府上，于情于理，都有些不太合乎寻常吧？”

“哦？”

凤九卿似笑非笑地挑高眉梢：“哪里不合乎寻常？”

姚天寿急急道：“按照朝廷规矩，身为当朝国母，都不让人通传一声，便出现在老臣的家里，这是逾矩之举。万一传到旁人耳中，怕是会给娘娘的名声带来不好的影响。”

“名声？”

凤九卿的笑容中充满了讥讽之意：“在姚大人眼中，我这个皇后娘娘，还有什么好名声吗？”

她自顾自倒了杯茶，慢条斯理地喝了一口，才在姚天寿不满的目光中继续说道：“早在我使出极端手段，将朱子朗一众党羽全部抓捕归案，一个不留的时候，朝中文武官员便在我这个皇后娘娘头上扣了一顶祸乱朝堂、干预朝政的帽子吧。至于最近的罪名是什么来着……”

她眯着双眸，挑衅地看了姚天寿一眼：“哦，对，我想起来了，姚大人最近殚精竭虑地鼓动朝中文武大臣，说我这个一国之母，嫁进后宫半年有余，却始终没有传来怀孕的喜讯。在姚大人眼中，我这个唯一在宫中受宠的皇后娘娘，应该是犯了所谓的七出之条，当被皇上以无法生下子嗣为名，逐出宫门，自生自灭吧？”

一连串的质问，令姚天寿的脸色变得忽红忽白，变幻不定。

因为他心中所想，凤九卿已经一字不落地替他说了出来。

看着眼前这个嚣张跋扈的女子，姚天寿沉着脸问：“娘娘突然用这种奇怪的方式造访礼部尚书府，莫不是向老臣兴师问罪来了？”

凤九卿眉梢一挑，嘴边勾出一抹邪笑，非常不客气地反问一句：“姚大人何罪之有？”

姚天寿振振有词：“老臣一心为朝廷基业着想，就算鼓动皇上重新选妃，也是为了朝廷的将来着想，与私人恩怨并无关系。”

“说到私人恩怨……”凤九卿像是才想起此事一般，不怀好意地看向姚天寿，“我要是没记错，当初被皇上关进冷宫的姚贵妃……哦，现在已经被贬为庶民，失去贵妃之尊的姚雪灵，正是姚大人膝下最受宠的女儿。皇上当初要不是为了替我打抱不平，姚大人的女儿也未必会有今日的下场。这么说来，姚大人恨我入骨，倒也是情有可原。”

“娘娘，这样没根没据的话可不能随便乱说……”

“有没有乱说，你我心知肚明！”

“娘娘……”

“难道姚大人从来未曾因为姚雪灵被关进冷宫一事而对我生出怨恨？”

“臣心系天下，儿女私情并不会因个人恩怨而放在心中。”

凤九卿冷笑一声：“别将话说得这么漂亮，自我被封后以来，你处处针对于我。真的是心系天下，将私人恩怨放在两旁置之不理？”

姚天寿不卑不亢道：“娘娘又何必用这种方式咄咄逼人？无论臣曾经做过什么，都是站在江山社稷的角度来考虑……”

“好，既然姚大人提到了江山社稷，那我来问你，当日你因朱子朗一众党羽被诛杀一事，带头在早朝之上弹劾于我，目的为何？”

“娘娘身为后宫女子，朝廷之事，本不该由你来操心费力……”

“后宫女子难道不该心系黑阙安危？”

“臣并无此意！”

凤九卿再次冷笑："既然并无此意，我用极端手段调查与朱子朗有关的一众罪臣，究竟何错之有？"

姚天寿被她的咄咄逼问吓得连连后退，急赤白脸道："臣只是按照朝廷祖例来说事……"

"朝廷祖例难道有规定，身为女儿身，在明知道有恶人企图颠覆江山时，只能站在旁边袖手旁观，而不予理睬？"

"娘娘，您这话说得就有些过分了，臣……"

"姚大人，在你说我过分之前，我问你，朱子朗招兵买马，密谋造反，当不当诛？"

姚天寿气势一短，红着脸道："自然当诛！"

"身为黑阙国母，在有能力消灭朝廷毒瘤的情况下，当不当为朝廷尽绵薄之力，插手此事？"

"这……"

眼看姚天寿被自己逼得已经无路可退，凤九卿看他的眼神，忽然就像在看一个跳梁小丑。

"姚大人，给你一句良心的建议，在你用道德标准衡量别人的时候，最好仔细想一想，你自己有没有尽到应尽的本分。身为臣子，就该有臣子的自知，而不是利用皇上赋予你的权力为所欲为，倚老卖老！人，贵在有自知之明，如果连自知之明都没有，活着还有什么意义？"

姚天寿被气得脸红脖子粗："娘娘今日来此，就是想斥责老臣没有自知之明吗？"

"你错了！"凤九卿勾了勾嘴角，笑得一脸淡然，"我还没无聊到你想象的那个地步。至于我今日来此的目的，相信你会很感兴趣！"

说着，她从袖袋里拿出一封信，潇洒而又利落地丢到姚天寿的书案前。

姚天寿差点儿被那封信给砸了个正着，下意识地向后躲了一下，竟在不小心的情况下，一屁股跌坐在椅子上。

凤九卿像欣赏跳梁小丑一样看着姚天寿的举动。凝聚在唇边的讥讽笑意，无形之中更加扩大了几分。

好不容易坐稳当的姚天寿，面色难看地从桌案上拿起凤九卿丢给自己的信封。

这一看，姚天寿整个人都弹跳了起来："娘娘，你这是何意？"

凤九卿笑得一脸无所谓："你不是急吼吼地动员朝中文武官员给皇上选妃吗？按照我黑阙皇族的规矩，真正有资格给皇上挑女人的，是本宫这个当皇后的。没有皇后凤印的批准，谁敢越级，替皇上决定此事？既然姚大人为皇上如此尽心竭力，身为国母，我怎么能眼睁睁看着臣子难成心愿？刚刚给你的是印有本宫凤印的空白懿旨，至于懿旨上的内容，就按姚大人的意思，择日为皇上纳妃吧！”

一口气说完，凤九卿不再理会姚天寿的反应，径自起身，在对方不可思议的目光中，转身离开了姚府书房。

凤九卿偷偷出宫，去姚府见姚天寿的事情，轩辕容锦并不知晓。

自从大臣将一张又一张的画像送到他的御书房后，这段日子，他几乎是顶着巨大的压力每天与那些逼婚的大臣在早朝上商议国是。

让轩辕容锦绝对没想到的是，这天早朝，姚天寿拿着印有凤印的懿旨当众宣布，皇后已经同意亲自为皇上主持纳妃仪式，并要求众大臣尽快做好选秀准备，择良辰吉日，举行封妃大典。

当轩辕容锦亲眼看到姚天寿手中的懿旨，居然真的有盖了凤印，他整个人都惊呆了。

第一个浮现在脑海中的想法就是，凤九卿的凤印一定被人给偷了。

很快，他又打消这个念头。因为凤九卿武功卓绝，属于她的私人物品，根本不会被人轻易夺去。

那么……这份印有凤印的懿旨，难道真的是九卿所写？

从早朝开始，直到早朝结束，轩辕容锦一直紧绷着俊脸，并未对此事发表任何意见。

早朝过后，他没有像往常一样摆驾御书房。而是直接回了龙御宫，并将宫里宫外的闲杂人等全部打发到了外面，未经通传，不准入内。

屋子里，凤九卿正坐在桌案前埋首写着什么。

听到熟悉的脚步声由远及近，她抬头向黑着脸的轩辕容锦投去一记笑容：“今天回来得这么早？”

轩辕容锦面无表情地走到她面前，居高临下地问：“你可知，今天早朝，姚天寿在朕面前说了什么？”

凤九卿微微挑眉：“愿闻其详！”

她那淡定自若的样子，令轩辕容锦感到非常不舒服。

“姚天寿说，你已经同意，以皇后之尊来协助礼部，为朕纳妃。九卿，可有此事？”

凤九卿沉吟半晌，轻轻点了点头：“确有此事！”

见她承认得毫不犹豫，轩辕容锦的怒气一下子就被勾了出来。

“你是不是疯了？朕几时说过要纳妃？你凭什么不经朕的同意，便私自决定此事？还有那道印有凤印的懿旨，朕真是难以相信，居然是你亲自所下。九卿，难道你想让朕背弃当初对你发下的誓言，做个忘恩负义之人？”

凤九卿见他动了真怒，起身道："容锦，你听我说……"

轩辕容锦紧咬牙齿，面沉似水道："好！你说，朕洗耳恭听！"

凤九卿知道他此时一定很火大，于是耐心解释："最近接二连三发生了很多事，让我清楚地意识到一个事实，皇后这个位置，我做得并非那么尽如人意！"

轩辕容锦一下子就火了："你这话是什么意思？难道到了这个时候，你还是觉得宫廷生活不适合你？"

"容锦……"

"凤九卿，你可知，朕为了与你长相厮守，每天顶着巨大的压力与那些大臣斗智斗勇？你但凡有一点儿良心，也不该说出刚刚那句话……"

"你先听我解释……"

"解释？朕刚刚不是给过你解释的机会，可你是怎么说的？你居然敢在朕为了你付出这么多努力的情况下，说你并不适合现在的位置？你该不会是厌倦了宫廷生活，想要借大臣逼朕纳妃为由，与朕来个老死不相往来吧？"

只要想到这样的后果，轩辕容锦便恨得要命。

他不明白，自己在这场感情中付出了难以想象的代价，可九卿却总是在他最需要的时候打退堂鼓。

她数次说，皇后之位并不适合她来坐。或许她不介意与他谈情说爱，可一旦让她背负起身上的责任，她就会推左推右，想方设法来逃避眼前的压力与事实。

凤九卿听他越说越不像话，有心插口解释几句，却听轩辕容锦厉声道："九卿，你给朕说句掏心窝子的话，你究竟在乎朕吗？"

"当然在乎……"

"在乎？"他咬着牙齿，冷笑着反问，"既然在乎，你为什么会主动找到姚天寿，答应协助于他，为朕选妃？"

"我不想让你一个人来承受压力！"

"所以你就让朕将那些不相干的女人娶进后宫，与朕做伴，顺便再生下一儿半女，以此来堵那些大臣的嘴？"

"我……"

"九卿，朕真没想到，聪明一世的你，居然会做出这么令朕失望的事情。你可曾想过，若你与朕立场对调，朕为了顾全所谓的大局，给你找一群男人供你挑选，你可愿意接受这个安排？"

为了避免发生不必要的争执，她只能耐心说道："我知道在做出这个决定之前没与你好好商量，的确是我欠缺考虑。你现在心情不好，我说什么你都听不进去。不若我们彼此先冷静一下，等你心情平复一些，我再来与你解释。”

轩辕容锦用充满失望的目光深深看了她一眼，只字未留，便甩袖离开。

本以为轩辕容锦离开只是一时之气，等缓过劲儿，就会静下心来听自己解释。

结果他一气就是两天，这两天他一直留宿御书房，连龙御宫的大门都不曾踏进一步。

凤九卿觉得再这样冷战下去，对两个人都没有任何好处。

两天之后，她主动来到御书房，想与轩辕容锦好好谈一谈，至少将心中的想法说出来，与他分享一下。

结果还没踏进御书房的大门，就听到书房里面传来一阵刺耳的哀号。

从那哀号声不难听出，有人正在承受莫大的痛苦。

待她快步走到书房门口，才看到一个有些眼熟的小太监，正趴在地上挨板子。

仔细一看，挨板子的小太监，是不久前在后花园的回廊处和宁儿撞到一起的吉祥。

吉祥的裤子被褪了一半，已经不知挨了多少板子的屁股上青肿一片，惨不忍睹。

她迅速踏进房门，厉声对掌刑的人命令道：“住手！”

皇后的忽然出现，令御书房里的气氛一下子变得诡异起来。

两个负责掌板的太监下意识地向皇上的方向看了一眼，就见皇上神情慵懒地捧着茶杯正慢条斯理地喝着，丝毫没有因为皇后的到来而露出任何其他表情。

皇上没有下令住手，两个掌刑的人只能一板又一板地打下去。

凤九卿终于露出愠色，蹙着眉头道：“他犯了何错？为什么要在御书房内行刑？”

自古以来，御书房是帝王专门办公的地方。

即便宫里的人犯了错要受到处罚，也该将接受惩治之人押到慎刑司行刑。

在御书房这么严肃的地方动用私刑，只能说明一个问题，皇上已经怒到极致，甚至连祖宗家法都放在一边不屑一顾。

凤九卿何其聪明，不问缘由，也知道这个叫吉祥的小太监会在这里挨打，十之八九是因为画卷的事情。

她只是没想到，当初她明明没有跟这小太监计较的意思，轩辕容锦却能在这么短的时间里抓到这个罪魁祸首。

甚至不惜折损他帝王的形象，为了心中私怨，对吉祥动刑。

两个掌刑的太监一时无措，只能小心解释：“吉祥犯了错，皇上吩咐奴才责打他五十大板。”

趴在地上受刑的吉祥被打得双臀青肿，脸色惨白。

凤九卿冲几人挥了挥手：“先把人抬去太医院看看伤势，至于刚刚没打完的板子，等他的伤恢复一些再继续执行。”

有皇上在这亲眼盯着，没人敢放水。

五十板子下去，这倒霉的小吉祥保不齐就一命呜呼，当场被打死在这里。

那两个掌刑之人听了这话，刚要将出气多、进气少的吉祥从地上拉起来，就听皇上冷冷的声音在耳边响起：“朕让你们停手了吗？继续行刑！”

凤九卿从他的语气中听出了浓浓的杀气，低声问道：“不过就是选妃，非要闹出人命才开心？”

这句话正好戳中了轩辕容锦的心窝子：“不过就是选妃？九卿，这就是你给朕的答案？”

不会有人知道，这两天他过得比谁都难受。真正让他恨的不是九卿执意要给自己选妃，而是她对待两个人之间感情的态度。

他是个自私霸道又占有欲极强的男人。他容忍不了他的九卿被天底下任何一个男人惦记。

同时，他也要求他在九卿心中必须占据绝对的唯一。

无论两个人谁的身边有了第三者插足，这种绝对唯一的局面都将会被彻底打破。

九卿可以用这么轻描淡写的态度安排他纳妃，这难道不是在向他证明，她在意他，根本就没有他在意她那么纯粹吗？

想到这里，轩辕容锦心中的怒气不由得又增加了几分，对那两个掌板的太监道：“打！给朕重重地打！”

眼看无情的板子又要挥下去，凤九卿忍无可忍：“皇上非要夺他性命，我自是无话可说。就当我从未来过，皇上请便！”

“站住！”轩辕容锦见她转身要走，厉声喝住她的脚步，“朕还没有让你走，你敢离开？”

凤九卿被他的不讲理气得哭笑不得：“怎么？难道皇上还要我留在这里，眼睁睁看着这个太监在板子的肆虐下被活活打死？”

轩辕容锦看了趴在地上被打得就快断了气的小太监一眼，嘴边忽然扯出一记冷笑：“是啊，朕差一点儿就忘了，再过不久，皇后就要为朕举办选妃大典。这么喜庆的日子，朕怎么能在御书房这种地方闹出人命呢？”

说着，他冲几个太监挥了挥手：“看看这个多嘴多舌、办事不力的奴才死了没有，要是没死，带他去太医院好好诊治。等他的伤好了，再带到朕的面前，将未执行完的刑罚，当着朕的面执行完毕。”

几个小太监不敢怠慢，赶紧将被打得半死不活的吉祥给拖了出去。

凤九卿知道轩辕容锦刚刚那番话是故意说给自己听的。

她当日之所以会向姚天寿妥协，帮轩辕容锦纳妃，并非出于真心所愿。只是见容锦一次又一次被朝中大臣施压，她有些看不过眼。才想用这招缓兵之计，暂时让那些大臣偃旗息鼓，假意将纳妃之事定下。待她想到反击之策，再打那些大臣一个措手不及。

偏偏她心中所想，轩辕容锦完全听不进去。

只一味误会她不在乎两个人的感情，将所有的过错全部怪罪到她的身上。

思及此，她轻轻叹了口气：“容锦……”

“你不用说了！”

轩辕容锦抬手，冲她做了一个制止的动作：“你放心，朕不会为难你，凡是你希望朕做的，就算朕心中再怎么不甘，也不会违背你的意愿，尽可能做到让你心满意足。谁让朕当日在立你为后的时候，曾在文武百官面前有过这样的承诺呢。不就是纳妃吗？朕准了！”

当他说出“朕准了”这三个字时，清楚地从凤九卿的脸上看到一闪即逝的伤痛。

这一刻，轩辕容锦心里竟闪过一抹报复的快感。

你不是心心念念要为朕纳妃吗？朕如你所愿便是。

他朝书案上的一摞画轴抬了抬下巴：“这些画，是朕让宫里的画师按照候选名媛的样貌重新画的。九卿，既然你是后宫之主，将来势必要帮朕来管理偌大的后宫，来，陪朕一起看看，哪家的小姐贤良淑德，有资格进宫陪王伴驾，顺便再为朕生儿育女。”

见凤九卿沉着俏脸，如同一杆标枪般站在书房正中，冷冷注视着自己，轩辕容锦佯装无辜地眨了眨眼：“九卿，你在想什么？难道你不愿与朕一同分享画中的美人？要知道，画中的女子，将来可是要陪伴你我一辈子的妃嫔。说不定哪个姑娘比较幸运，有机会怀上朕的龙种，朕可是要扶持那个孩子坐上太子之位的。”

凤九卿岂会听不出他话中的讥讽。

这要是按她从前的脾气，被心爱之人用这种无理的方式狠狠刺激，早就一甩衣袖，转身离开，绝不伺候了。

可她知道，轩辕容锦现在的心情绝对不比她好上多少。就算嘴上在刻薄地讽刺，心中肯定也是难受得要命。

她慢慢走到桌案前，面无表情地看着案上被码得整整齐齐的画轴。

轩辕容锦冲她勾了勾手指，轻声道：“过来这边！”

凤九卿很听话地走到他面前，还没等她开口说话，忽觉腰间一紧，整个人被他以极大的力道揽进怀中，像小孩子一样被他抱坐在膝头。

“容锦……”

“闭嘴！朕现在还没让你开口讲话。”他修长而有力的手臂，紧紧揽着她纤细的腰肢，说出口的话，却夹杂着愤怒和冷意。

从他那恨不能一把将她勒死的手劲来看，她相信如果不是他心中对她还有感情，保不齐就将她给活活掐死了。

她像个无助的孩子，不得不以这种屈辱的方式坐在他的膝头。

轩辕容锦一条手臂越过她的肩膀，随便从码放整齐的画卷中抽出一只，当着她的面慢慢展开。

只见画中的女子十六七岁，杏眼桃腮，倾国倾城。桃花树下，画中之人举着一只紫红色的油纸伞。半空中飘着粉嫩的桃花瓣，将那女子映衬得娇嫩无比，就像桃仙下凡。

画的右上角写着女子的名字——**黄月月！**

“黄月月？”轩辕容锦语气玩味地重复了两次画中女子的名字，“朕要是没记错，这个黄月月，应该是工部侍郎黄正的女儿。九卿，你觉得这位黄小姐可还入得了你的眼？”

凤九卿看了画中女子那娇嫩如花的面孔一眼，轻轻点了点头：“还不错！”

“既然不错，朕现在就命人宣她进宫，亲自给你过目。”

凤九卿回头看了他一眼：“具体的选妃之日还未定下。”

“这并不影响朕与你一同欣赏这位黄小姐的风采。”

虽然明知道他与自己说的都是气话，凤九卿的心里还是塞塞的，非常不舒服。

“好，既然皇上这么迫不及待地想要欣赏黄小姐的风采，你请便！”说着，凤九卿便要跳下他的膝盖准备离开。

轩辕容锦紧紧环住她的腰肢，在她耳边低声问：“去哪里？”

凤九卿压着火道：“你不是要召见侍郎府的黄小姐，我留在这里，岂不是会扰了你与黄小姐沟通感情的兴致……”

“正因为黄小姐日后是要被朕选进宫当妃子的女人，你才必须留在朕的身边帮朕出谋划策。你要是走了，朕怎么知道那些女子能不能得到你的青睐。万一你不喜欢呢？小福子……”他忽然对房门唤了一声，不多时，小福子低眉顺眼地从外面走进来：“皇上，奴才来了。”

轩辕容锦面带笑容地对小福子道：“传朕旨意，召工部侍郎府黄月月小姐进宫见驾。”

“啊？”小福子的表情微微惊讶了一下，见皇上并不像在与自己开玩笑，他又迟疑地看向被皇上紧紧抱在膝头坐着的皇后一眼。

只见皇后脸色阴沉，表情不悦，像是在极力隐忍心中的怒气。

轩辕容锦见小福子迟迟未动，语气忽然就冷了下来："还愣着做什么，没听到朕的命令？"

小福子被皇上那充满杀意的语气吓得浑身一抖，再顾不得皇后的脸色，赶紧点头接旨，踉踉跄跄地跑出御书房大门。

小福子一走，凤九卿再也按捺不住心中的怒意，挣扎着要摆脱他的束缚。

轩辕容锦的双臂就像被注入了神力，紧紧将她桎梏在自己的怀中，片刻都不肯放手。

忍无可忍之下，凤九卿终于脱口而出："你到底要闹到什么时候？"

"闹？朕哪里在闹？难道不是你心心念念逼朕选妃，以充实这偌大的后宫？趁朕不注意的时候连懿旨都下了，这天底下还有什么事情是你凤九卿做不出来的。既然你这么迫不及待地想要在朕的身边安插女人，朕遂了你的心愿又有何妨？"

凤九卿被他的无理取闹气得牙根直痒痒："既然你已经吩咐小福子去请黄府的小姐，再这么用力抱着我，就不怕坏了你一国之尊的形象？"

轩辕容锦从牙缝中挤出几个字："朕的形象早已经因为某些人的存在而被破坏得一塌糊涂。事到如今，朕心中还有何畏惧。说起来，朕还得感谢你的善解人意。要不是你以皇后之尊从中调和，朕这辈子岂能有享齐人之福的机会。"

凤九卿无奈地解释："我当日之所以会答应姚天寿的提议，只是不希望你承受太大压力……"

"所以你就大度地将朕当成货物，让给别的女人来瓜分？"

"我……"

轩辕容锦突然冷笑了一声："再多的借口，也改变不了你要将朕让给别人的事实。九卿，如果这就是你对朕表达爱意的方式，朕只能说，你的爱还真是伟大得令朕不得不对你刮目相看。"

凤九卿觉得两个人再这么无休止地吵下去，非但不能解决问题，反而会让彼此的关系越发恶化。

迫不得已，她只能做出妥协，好言相劝道："再怎么说，你也是黑阙的皇帝，而我则是被天下百姓称之为国母的皇后。咱们像两个不懂事的小孩子一样在这里闹得天翻地覆，对谁都没有好处。不如这样，你先放开我……"

"朕不放！"

"容锦……"

"朕说了，朕不放！"

他的霸道与固执，气得凤九卿简直要抓狂。

就在两个人争执不休之际，小福子的声音从门口处传来："皇上，皇后，侍郎府黄小姐已经带到，眼下正在门外候着。"

轩辕容锦的嘴边勾出一记邪气的弧度："宣她进来！"

嘴上说着要见别的女人，抱在凤九卿腰上的力道却并不见减轻。

不多时，就见一位身穿粉衣，年轻貌美的漂亮姑娘，踩着轻盈的莲步，低眉顺眼地从门外走了进来。

一进御书房大门，那女子便规规矩矩地跪在地上，给轩辕容锦行了一个宫廷大礼。

行礼的时候，还捏着清脆娇美的嗓音说："臣女黄月月，见过皇上，皇上万岁万岁万万岁。"

轩辕容锦用不冷不热的声音说道："抬起头，给朕仔细看看！"

黄月月缓缓抬首，露出一张清丽脱俗的秀美容颜。

当她看到皇上居然将皇后用抱孩子的方式抱在怀中时，眼底稍稍流露出几分不解和诧异。这样的情况，黄月月并不敢多问。只是直挺挺地跪在地上，像一幅画一样，由着皇上对自己的容貌进行评头论足。

轩辕容锦端详了片刻，用深情到令人毛骨悚然的语气问："九卿，你觉得这位黄小姐怎么样？"

已经放弃挣扎的凤九卿若有若无地点了点头："很好，比画上还要美艳三分。"

"哦，也就是说，你对这位黄小姐非常满意了？"

"满意，非常满意！"

"朕若想封她为贵妃，你可有什么意见？"

当轩辕容锦说出贵妃两个字时，跪在地上的黄月月脸上霎时露出惊喜的神色。

这是真的吗？皇上只看了她一眼，便要封她为贵妃？这是不是意味着，她们黄家，从此在黑阙可以扶摇直上，平步青云？

就算明知道轩辕容锦是在故意气自己，凤九卿还是气得在他腿上用力掐了一把。

轩辕容锦大概没想到被自己紧抱在怀中的女人忽然对他下这样的狠手。

他疼得低叫一声，抱在她腰上的力道不自觉地放松了几分。

凤九卿趁机从他怀里跳了出去，皮笑肉不笑地对他道："既然皇上对这位黄小姐已经爱慕到看第一眼，就欲封对方为贵妃的地步，我也就不留在这里碍皇上和黄小姐的眼。你们慢慢聊，我先走一步。"

说完，无视轩辕容锦急欲抓她的手臂，一甩衣袖，愤然离去。

第五十九章 迫于无奈求七王

求助七王

京城西郊的一幢豪华大宅里，为了抗婚而落跑多日的轩辕赫玉，此时正躲在药房里，不厌其烦地研究着不久前从深山老林里挖来的几种新奇药材，一边捣着药一边在心里碎碎念。都怪他那位无良的皇兄，不但颁下圣旨，逼他娶妻，居然还在他落跑的时候，对他这个亲弟弟展开无情的通缉。

他可是堂堂正正的千岁爷，却在皇兄的迫害下，不得不像只过街老鼠一样每天连门都不敢出。

越想越窝火，越想越憋气。

他不由自主地加快手中捣药的动作，甚至将碗里的药想象成自家皇兄，捣烂了才好。

当然，比皇兄更可恶的还是那个遭天谴的贺明睿。

要不是这个家伙在皇兄耳边讲他坏话，皇兄怎么会忽然想到为他赐婚?

总之，不管是皇兄还是贺明睿，两个人都不是什么好东西。

就在这位傲娇的七王借用捣药的方式来发泄心中的不满时，药房的大门忽然被人从外面推开。

门声响动的那一刻，他被吓得整个人从椅子上弹跳了起来。

这可是他的私人院落。为了避免麻烦上身，偌大的宅院里，除了他之外，并没有雇用丫鬟仆从。

难道此宅来了贼?

此时的轩辕赫玉，像极了一只饱受惊吓的小兔子，紧紧将药罐子抱在怀里，就像在抱住一个可以求生的护身符。

“别害怕，是我！”推门而入的不是别人，正是换了一身便装出宫的凤九卿。

看清来人容貌，轩辕赫玉双眼顿时瞪得溜圆：“九卿，你……你怎么会知道我的住所？不，不对，你怎么会知道我在这里？”

凤九卿边往里走，边白了他一眼：“早在你卷铺盖从七王府逃走的时候，我就猜到，你肯定躲在这里。”

“这不可能！这幢宅子是我背着皇兄偷偷购置的。连皇兄都找不到，你如何找得到？”

“这足以证明，我比你皇兄的道行还要高出几个段数。”

这话倒并非是她夸张，对于轩辕赫玉的下落，她一直都有所掌握，只是没有嘴欠到在轩辕容锦面前告发他罢了。

凤九卿忽然到来，着实把轩辕赫玉给吓得不轻。

他就像一个备受欺凌的小可怜一样龟缩到墙角，用充满防备的眼神狠狠瞪她。

“如果你今日前来，是想要把我抓回皇兄面前，我劝你最好还是不要做这个美梦。小爷可杀不可辱，死都不会与皇兄安排给我的那些女人成亲……”

凤九卿径自走到他的面前，一把揪住他的衣领，咬牙切齿道：“要不是你忽然落跑，容锦也不会被朝中文武大臣逼到无路可退。你知不知道，那些大臣急着将府里的姑娘嫁进皇族，在寻不到你的情况下，再一次将逼婚的目标转向你皇兄。”

“哦？是吗？”轩辕赫玉露出一脸幸灾乐祸的笑容，“这么说，我不用再继续躲在这里，因为皇兄已经替我挡了灾？”

凤九卿非常不客气地在他头上拍了一巴掌：“想得美！”

轩辕赫玉捂着被拍过的脑袋，哭丧着脸道：“所以你今天到底是来干什么的？事先声明，如果你敢抓我回去，我……我就吞金，我就上吊，我就饮毒！”

“好，那你去啊！”

轩辕赫玉当然不会将她的挤对放在心上，如果凤九卿真的想抓他回去，根本没必要亲自出马。

直接将他的行踪告诉给皇兄，很快他的宅子就会被御林军包围。

想通了这一点，他慢慢放下心中的防备，溜到门口，向外面张望了两眼。

见门外并没有官兵出现，才嬉皮笑脸道：“九卿，你是不是跟皇兄闹矛盾，才跑来我这里诉苦？”

只要一想到皇兄与九卿的感情可能要面临考验，他便忍不住幸灾乐祸，嘴欠地说出几句风凉话。

凤九卿没将他的调侃放在眼里，拎着他的衣领将他按坐在椅子上。

“小七，我今天来，是有事拜托你帮忙。”

轩辕赫玉赶紧摆手：“想都不要想。我告诉你，如果你想让我出面去替皇兄将那些不知姓甚名谁的女人娶进家门。我宁愿去吞金，去上吊，去饮毒！”

“小七……”

她刚要说话，就被对方打断：“九卿，我知道朝中大臣将压力集中在皇兄身上肯定会让你不痛快。但我相信皇兄的能力和定力。有他在前面挡着，你完全不用担心后宫里除你之外，会有其他女人住进去。”

凤九卿哭笑不得：“从头到尾，我根本就没说过要让你代替容锦去娶媳妇。”

轩辕赫玉微微一怔：“那你今天到底是来干吗的？”

“小七，我知道你医术高明，能够治疗很多让宫中御医束手无策的疑难杂症。我这次来，是想让你帮我查一查，我的身体究竟有没有问题。”

轩辕赫玉一脸茫然：“你怎么了？”

虽然这个问题令她有些难以启齿，她还是硬着头皮说道：“我想看看，我在生育方面是不是有障碍。”

之所以会将求助的目标放在轩辕赫玉的身上，是因为她不想惊动御医，引来恐慌。

和轩辕容锦自成亲以来，她一直都没有怀孕，所以她怀疑她或者轩辕容锦的身体在生育这方面有问题。

不管是谁的身体出了状况，一旦被御医诊断，就要被当成国家大事载入史册。

因此，她才厚着脸皮找到七王，请他出面帮自己查查看。

凤九卿的提议，令轩辕赫玉倍感惊讶。惊讶过后，他调侃地大笑：“九卿，你该不会是担心生不出孩子，有朝一日被皇兄给休掉吧？”

凤九卿被他调侃得面红耳赤，气极败坏地说：“少说废话，你要是再磨磨叽叽，回头我就将你的落脚点告诉你皇兄，让他把你抓回去狠狠收拾一顿。”

轩辕赫玉嗤笑一声：“我没说不帮你的忙。只是有些不相信，嚣张跋扈的凤九卿，居然也会有担心失宠的一天。九卿啊，我以前怎么没发现，你对皇兄已经爱到了这般小心翼翼的地步？”

“轩辕赫玉……”

“好好好！”为了避免再挨凤九卿的骂，他急忙摆手，求饶道，“你别生气，来来来，先在这边坐好，我帮你查查脉象。”

说着，将凤九卿按在自己对面的椅子上，又从旁边取来一只小小的绒布枕头，将她的手腕轻轻放在绒布枕头上。

“虽然我觉得这样的诊治并没有什么意义，可如果你非要从我这个大夫口中问出一个答案，我倒是可以帮你好好地查一查。不过九卿，我觉得你在感情上这样小心翼翼，真的很没必要。你从前风流不羁，狂傲自负，别说男人，就是女人一个个也被你迷得神魂颠倒。曾经那么风光又不可一世的你，怎么能像现在一样……”

话刚说到这里，帮凤九卿把脉的轩辕赫玉忽然语气一顿。

“咦？”他眉头微微上扬了一下，脸上的表情变得有些诡异。

凤九卿心尖儿一颤，急忙问：“发生了何事？”

轩辕赫玉并没有在第一时间回答她的问题，他面色凝重地将手指轻轻搭在她的脉搏上。

随着时间的慢慢流逝，他眼底的疑虑也变得越发浓重。

“九卿，你最近有没有觉得哪里不舒服？”

凤九卿茫然地摇了摇头：“不舒服？你指哪方面？”

“比如肚子痛，头晕，出冷汗，失眠多梦。”

凤九卿仔细回想了一下：“除了每次来月事的时候肚子会痛，其他方面并没有什么异常。”

“以前会痛吗？”

“偶尔会痛，但症状不明显。”

“痛的症状大概是从什么时候开始的？”

“持续四五个月吧。我曾问过宫中的御医，御医说，女性经痛是一种正常现象，并不是大病。当时还给我开了几服药。喝了几次，症状倒是有所减轻，虽然每次也会痛上一阵，却在可以承受的范围之内。”

轩辕赫玉敛眉沉思了片刻，又问：“这件事，皇兄知道吗？”

凤九卿面色微红：“这种事，有必要跟容锦说吗？他是皇上，每天要操劳的国事不计其数。如果小小的经痛也要劳烦于他，那岂不是显得我这个做妻子的很不懂事。小七，你问这么多，还没告诉我，我的身体究竟有没有问题？”

轩辕赫玉犹豫了一会儿，还是慢慢开了口：“我接下来要说的事情，可能并不具体。不过，从你的脉象来看，你在生育方面，确实存在着障碍。”

听到这话，凤九卿的心一下子就提了起来：“也就是说，我与容锦从成亲到现在，一直无法怀孕，完全是我个人的问题，与他无关？”

“呃……”

见他一副不知该如何表达的样子，凤九卿急不可耐道：“有什么话你直说就是。”

轩辕赫玉咬了咬牙，像是怕打击到她一样，小声说：“我怀疑，你可能是中了毒。”

凤九卿已经彻底傻了眼。

中毒？这是什么见鬼的结论？

如果她真的中了毒，应该有所感觉才是。可她除了每月经期的时候肚子会出现疼痛之外，该吃吃，该喝喝，日常生活并未受到任何影响。

缓了缓心神，凤九卿问他："你可知我中的是什么毒？"

轩辕赫玉一脸纠结地摇了摇头："我研究了这么久的医术，你的症状，却闻所未闻，见所未见。至于你现在的症状究竟是不是中毒，我刚刚说了，无法给你一个确切的答案。因为从你的脉象来看，各方面情况算是比较平稳。可这种平稳之中，又像是埋藏着什么隐患。结合你一直无法怀孕这样事，我初步得出一个结论，就是你可能中了什么奇怪的毒，才导致了这样的局面。"

凤九卿并没有慌神，只是轻声问了一句："可有治疗的办法？"

"在无法确定你究竟中了何毒之前，我暂时找不到合适的治疗办法。另外，你现在的情况最好不要乱用药。很多治病的药材其实都是毒药，所谓以毒攻毒就是这个意思。我担心你胡乱用药，可能会引发更加严重的后果……"

为了避免她忧思多想，他很快又加了一句："不过你放心，我会帮你想办法，尽快找到治疗方案，帮你解毒治疗。"

见她一脸茫然，轩辕赫玉低低地咳了一声："九卿，你还好吧？"

凤九卿无比冷静地摇了摇头："我没事！"

嘴上说着没事，轩辕赫玉却从她的眼中看到了落寞与绝望。

"那个……"从来没哄过人的他，此时才意识到自己的嘴巴有多笨，"其实你也不用太担心，毕竟你现在还年轻，就算暂时要不了孩子，并不代表以后也要不了孩子。你和皇兄的日子还长，大不了咱们慢慢治。要是皇兄因为这件事嫌弃你，你不是还有我嘛。"说到这里，他用力拍了拍自己的胸脯，"你放心，无论何时，我七王府的大门都会向你敞开，随时欢迎你的投靠……"

直到凤九卿悄无声息地回到龙御宫，心情都没能从"身体有病，可能一辈子都无法怀有身孕"的打击中恢复过来。

中毒？她怎么可能会中毒？

她具有非常强烈的防备意识，就连轩辕容锦安插在她身边的那个自以为轻功绝妙的暗卫赵三，都被她洞悉得一清二楚。

之所以没有揭穿赵三的行踪，只是不想让他受到主子的刁难。并且会在她想让轩辕容锦查到她行踪的时候，适当地给赵三监视她的机会。

饶是这样，她居然还是在防不胜防的情况下中了毒，且导致了无法怀孕的下场。

凤九卿努力回想可能会造成她中毒的种种画面。

思来想去，她发现记忆中并不曾出现过任何被谋害的场景，也不曾有危险的人接近过自己。

那么，这个毒到底是谁投的？投毒的目的又是什么？

如果投毒之人能在神不知鬼不觉的情况下令她中毒，为什么不干脆一点儿，直接索走她的性命？

还没等凤九卿从中毒的震惊中恢复过来，宁儿又带回另一个让她备受打击的消息。

昨晚一夜未归的轩辕容锦，居然与被他召进宫来见驾的黄月月在一起“共度良宵”。

一直在凤九卿身边伺候的大宫女宁儿，听到这个风言风语之后，忽然变得不淡定起来。

“娘娘，这件事您可不能再继续袖手旁观。奴婢早就听说那位黄小姐是个极有手段的女人。您可能还不知道，两年前皇上广纳妃嫔，故意想要激您回京的时候，黄大人便将那个黄月月的画像送进了宫里。那时黄月月只有十四岁，皇上嫌她年纪太小，并没有将她纳入选妃之列。不过皇上的拒绝并没有让黄月月放弃进宫的念头，有一次宫中举办宫宴，奴婢亲眼看到，她花了五百两银子买通皇上身边的一个太监，让他从中帮忙周旋，看能否安排她和皇上生米煮成熟饭。要不是奴婢及时提醒了福公公，将那个受贿的太监给打杀了，说不定黄月月早在两年前就已经达成所愿，成为皇上身边的女人之一。”

宁儿对这个黄月月的印象简直深到不能再深。

要知道，当时的黄月月还只是一个年仅十四岁的小姑娘。为了进宫得到荣华富贵，竟然可以将自己的名节放到一边弃之不理。

像这种为达目的不择手段的女人，有朝一日要是真的被皇上选进后宫，势必又会掀起宫廷中的一阵腥风血雨。

从头到尾，凤九卿只是面无表情地听着宁儿的讲述。

脸上无悲无喜，无怨无恨，那态度，那神情，就像在倾听发生在别人身上的八卦。

宁儿见她无动于衷，对此事不甚在意，心急火燎道：“娘娘，您这样毫不在意，就不担心有朝一日，黄月月得到隆宠，会取代您现在的位置吗？奴婢知道这样背后说人并非是君子所为，奴婢只是不想让您受到委屈，被别人给欺负了去。”

“欺负？”总算有了些反应的凤九卿，从沉思中慢慢醒过神儿。她表情茫然地看了不停在自己耳边聒噪的宁儿一眼，问：“什么欺负？谁欺负谁？”

宁儿一脸大写的“崩溃”，恨铁不成钢道：“娘娘，合着奴婢刚刚跟您讲的那些话，您一个字都没听进去？”

“如果你想说皇上昨晚一夜未归，是与黄月月共度良宵，那么，我确实听到了。”

宁儿张口结舌地问：“娘娘难道不生气？”

生气？对于这个问题，凤九卿忽然发现她有些无从回答。气是肯定气的，可现在的她，好像根本就没有资格去生这个气。

作为一个不能给夫君传宗接代的女人，从进宫被立为皇后的那一刻起，她已经失去了最有力的筹码。

就算轩辕容锦曾为了她说出不生孩子也无所谓的豪言壮语，这样的承诺又能维持多少年？

如果朝中的大臣不停地因为这件事给轩辕容锦施压，她和他之间的矛盾就会在这些人的干扰之下被不断升级。

待矛盾升级到一发不可收拾的地步时，无须外人干涉，他们自己就会因为矛盾的衍生而导致关系彻底破裂。

思及此，她自嘲地冷笑一声：“人与人交往，交的本来就是一颗心。如果其中一方变了心，就算另一方争得头破血流，也改变不了已经发生的事实。皇上要是真的喜欢黄月月，也只能说，我与他之间的感情走到了头。多余的抱怨，除了降低自己的尊严之外，改变不了任何现状。”

“可是娘娘，那个黄月月颇有心机……”

“若皇上是那种随便什么女人使些心机就能上当的男人，那么，这样的男人，我凤九卿对他也会不屑一顾。”

如果一开始她用一份空白懿旨来让姚天寿闭嘴的初衷，是给自己留出余地找出还击方法的话，那么，在她得知自己可能这辈子都无法怀上轩辕容锦的孩子那一刻，之前的念头已经被她彻底放弃。

她有什么资格要求轩辕容锦陪她度过一个不完整的人生呢？

宁儿见她放弃得这么干脆，忧心连连道：“娘娘，您与皇上历尽磨难，好不容易才走到一起共建婚姻。若因为黄月月的出现，破坏了你们之间培养起来的感情，不觉得这样的结局太可惜了吗？奴婢看得出来，皇上心里还是在乎您的。他之所以会对您大发雷霆，无非是您亲自颁下的那道选妃懿旨，令皇上觉得他在您心里也许并不是那么重要。只要您收回成命……”

凤九卿摇了摇头，用坚定不移的语气道：“选妃继续！”

这句话，刚好被多日不曾回到龙御宫的轩辕容锦听了个正着。

看到皇上进了门，宁儿赶紧下跪行礼，低眉顺眼道：“奴婢见过皇上。”

负着双手踏进房门的容锦，冷冷看了一眼跪在地上的宁儿，又将目光落在凤九卿的脸上：“你们刚刚在说什么？”

宁儿赶紧回道：“娘娘刚刚与奴婢说到，皇上最爱吃她亲手包的小馄饨，正想着要去御膳房走上一趟，亲手做几道膳食，请皇上回龙御宫来吃……”

凤九卿打断宁儿的话，目不斜视地看了轩辕容锦一眼：“我刚刚说，选妃仪式继续！”

此话一出，轩辕容锦的脸色瞬间便沉了下来，他咬着牙，从齿缝中挤出几句话：“你放心，就算你不替朕准备选妃事宜，朕心中也有了非常合适的人选。还记得昨天被朕请进宫来的那位黄小姐吗？真是不相处不知道，一相处吓一跳。这黄小姐足智多谋，学富五车，绝对是我黑阙难得一见的才女。朕已经决定，内定她为一品皇贵妃，不知皇后可有意见？”

凤九卿面无表情道：“只要皇上喜欢，我无所谓！”

轩辕容锦的脸色又难看了几分，用阴冷到慑人的语气道：“就算你有所谓，也改变不了已经发生的事实。因为朕昨晚将黄小姐留宿在后宫之中，并且相处得非常愉快。”

“哦！那便祝皇上和黄小姐鹣鲽情深，早生贵子吧！”

跪在地上的宁儿简直要被皇后这不留情面的言论吓到半死。

皇上已经将怒气表现得那么明显，皇后就不能稍做妥协吗？

“娘娘……”她小声提醒凤九卿，劝她适可而止，千万别再惹皇上生气。

凤九卿却勾唇一笑，对脸色黑得能吓死人的轩辕容锦道：“等皇子出生的时候，我会送你们一份贵重的大礼，到时候还望皇上和黄贵妃笑纳！”

“好！既然你这般慷慨，朕便替未来的皇子，向你说句谢谢了！”

怒不可遏地说完，他甩袖离去。临走前，还不忘大声吩咐外面的小福子：“摆驾御书房，顺便再叫黄小姐过来陪王伴驾……”

直到皇上气呼呼地带着小福子走远，宁儿才哭丧着脸从地上站了起来。

“娘娘，您说您这是何必？”

凤九卿面沉似水道：“属于我的逃不走，不属于我的也留不住！宁儿，无论我与皇上最终会走到什么地步，这都是我的命，改变不了！”

寺院奇遇

凤九卿不愿意向命运妥协，因此她一直坚信，只要有恒心和毅力，她一定会改变自己的命运。

可这一次，她却觉得自己输得一败涂地。

上天明明给了她一次重新来过的机会，她却依然要向命运低头。

静安寺的大雄宝殿里，她虔诚地跪在佛祖面前用心祈祷。即使这样的做法会让她觉得很卑微，可为了她和轩辕容锦的感情，她愿意向命运妥协，请求佛祖给她一次如愿的机会。

只要能化解这场生子危机，赐给她生子的机会，她愿意在有生之年诚心礼佛，用爱来度化世人。

默默在心底向佛祖祈祷完自己的心愿，她诚心诚意向佛祖磕了三个响头。

起身之后，看到一位身穿僧袍的白胡子僧人，双手合十，向她深施了一礼。

“老衲净明，见过施主！”

凤九卿赶紧回了对方一礼：“净明大师客气了。”

她平时很少来静安寺上香，对于寺里的住持究竟是谁并不了解。

眼前这位自称法号净明的僧人，从年纪来看，有六七十岁。他身穿一袭浅黄色的僧袍，头戴一顶黑色的僧帽，帽子上用金色丝线绣着一个大大的“佛”字。

此人生得慈眉善目，给人一种不染纤尘之感。

“恕老衲冒昧，刚刚见施主在我佛面前露出一脸愁绪，似有烦心事缠身，不知老衲可否能帮忙化解一二，帮施主排忧解难。”

凤九卿有些意外地看了这个僧人一眼，客气地回道：“多谢大师关心，只是有些事情，说出来也只是徒增他人烦恼。与其令旁人担忧，还不如深埋于心。”

净明大师微微一笑：“人生八苦，世人皆尝，只要活着，便逃脱不掉这个劫数。”

凤九卿颇认同地点了点头：“大师说得极是，这八苦，确实像一个怪圈，令人深陷其中，无法摆脱。”

“从施主的面相不难看出，你拥有高不可攀的身份，以及别人奢望不来的权势，却也像凡人一样为情所扰，甚至不惜到佛前祈祷。想来，那件困扰失主的烦心事，应该不会简单。”

凤九卿心中一紧，为了避免引起不必要的慌乱，她特意将自己打扮成平民百姓的模样来到静安寺。

而且这座寺院她以前并不常来，怕的就是有人会认出她，从而引来麻烦。

没想到她已经这样低调，眼前这个老和尚居然还是一眼看出了她的身份。

见这位净明大师没有直接挑破她皇后之尊，她也就没必要自报家门。

凤九卿双手合十，冲对方作了一揖：“大师果然是世外高人，今日静安寺之行，倒不虚此行。”

“施主不必恭维，老衲也只是俗世之人，并未达到极高的境界。只是在机缘巧合之下，看到失主愁容满面，便多嘴前来问候一句罢了。”

凤九卿微微一笑：“说到底，是我自己看不破红尘，才会像今日这般庸人自扰。”

“是否是庸人自扰只在其次，老衲只想问，施主现在过得幸福吗？”

幸福？如果是一个月前，凤九卿会毫不犹豫地说她是天底下最幸福的女人。

可是现在，她发现自己竟无法回答这个问题。

曾经的她或许幸福过吧！可幸福太短，人生太长。在太多困扰和迫不得已的羁绊下，留给她的也只能是深深的无可奈何。

她的沉默不语，换来净明大师一记意味深长的笑：“你我相遇便是有缘，老衲在这里劝施主一句，留住本心，才能得到真正的快乐。你看……”他忽然将手指向大雄宝殿的佛祖金身，“佛祖其实是在笑……”

顺着他所指的方向，凤九卿抬头一看，被人们供奉的金身佛祖，嘴角果然是上扬的。

有那么一刻，她仿佛明白了净明大师话中的含义。

佛祖在用他那包容世间一切的笑容告诉世人，快乐也是一天，悲苦也是一天，人生短短几十年，又何必自寻烦恼？

“大师……”当她回过头，想要找净明大师再说些什么的时候，忽然发现，净明大师已经不见了踪影。

她心中微微一惊，又揉了揉自己的眼睛，心想，难道她刚刚所见所听，都是错觉？

这时，殿外进来一个小沙弥，凤九卿冲他招了招手。

小沙弥快步向她跑了过来，双手合十道："施主有何吩咐？"

凤九卿问："小师父，你们静安寺内，可有一位六旬左右的和尚，法号叫作净明？"

"净明？"

小沙弥皱了皱眉，随即摇头道："我五岁出家，在静安寺一晃过了十年光景，并不曾听说寺里有一位叫净明的和尚。"

凤九卿有些心惊，暗想，难道她刚刚见了神仙不成？

第六十章 御书房疾言怒斥

当场抓包

带着满腹心事离开了静安寺，刚刚准备上马回宫，就见轩辕赫玉骑着一匹枣红马，急三火四地向自己这边跑了过来。

他匆匆拉下马缰绳在凤九卿身边停下，脸上带着焦急的神色。

“九卿……”说话间，他迫不及待地翻身下马。

凤九卿微微一怔，诧异道：“小七，你怎么来了？”

她今天出宫的时候并没有通知任何人，就连在她身边贴身伺候的宁儿都不知道她的行踪，小七怎么知道她在这里？

轩辕赫玉抹了把头上的薄汗，气喘吁吁道：“你以为除了皇兄之外，我就没有眼线吗？早在你踏进静安寺之前就有人将你的行踪告诉我……”

“你居然派人监视我？”

轩辕赫玉急急辩解：“这不是监视，只是适当地了解一下你的出行情况。”

“你……”

“九卿，不管你现在是不是很想骂我，都要等我说完再骂……”轩辕赫玉的语气有些急，“你还记不记得，前几天你去我那里求我帮你看病，我曾对你说，你之所以一直无法怀上皇兄的骨肉，是因为你好像中了毒……”

凤九卿暂时按捺住心里对他的不满，问道：“你可查出我究竟中了什么毒？”

“你究竟中了什么毒我并不知道，但是，我知道有一位神医，可以帮你化解此毒。”

凤九卿有些不敢置信：“神医？难道这天底下还有比你医术厉害的人？”

轩辕赫玉无可奈何地瞪了她一眼：“你没听过‘人外有人，天外有天’这句话吗？

虽然你的恭维让我十分受用，可天底下比我厉害的人还是大有人在。”

凤九卿微微皱眉：“你怎么知道，你说的那位神医能够解我的毒？”

“我……”轩辕赫玉的脸色忽然变得不太自然起来，他打马虎眼道，“这并不是问题的重点，重点是，如果你想解毒，非此人不可。”

凤九卿见他不像在同自己开玩笑，急急问道：“你说的那个神医现在何处？叫什么名字？”

“那位神医叫什么名字我并不知道，不过他有一个外号，叫作鬼见愁，据我最新了解，这位神医目前就居住在承阳。”

“鬼见愁？怎么会有人给自己起这么奇怪的外号？”

轩辕赫玉接了一句：“我倒觉得这外号，对行医者来说再合适不过，连鬼见了都要发愁，足以证明此人医术非常高明。不瞒你说，这个叫鬼见愁的大夫，早在几年前我便有所耳闻。他的医术非常精湛，绝对在我之上。由于他行踪不定，很难被人找到，所以好几次我想与此人结交，都错过了机会。这次我是得了确切消息，他人就在承阳。九卿，你中的这个毒暂时不宜大肆宣扬，我觉得最好还是不要告诉皇兄。不若这样，我与你一同赶赴承阳，去拜会那位鬼见愁……”

就在他还想继续啰唆下去时，耳边忽然传来一阵马蹄声，只见江龙、江虎二人，率领数十御林军赶到此处。

轩辕赫玉吓得一蹦，拍着大腿道：“完了，被抓着了！”

他转身刚要跑，就被急急跳下马的江龙一把抓住：“属下奉皇上之命，请七王回宫一见！”

轩辕赫玉大声叫嚷：“你们认错人了，我不是七王，放开我，快放开我……”

江龙黑着脸说道：“属下还没糊涂到连七王的模样都认不出的地步。七王，别再抵抗，皇上已经将您现在的住所派人查封，就算属下现在放了您，您也逃不出皇上的手掌心！”

看着眼前这场闹剧，凤九卿无力扶额。

江龙看到凤九卿也在此处的时候，果然大吃了一惊，震惊之后，他急忙下跪行礼，恭敬道：“属下见过皇后娘娘。”

说完，又满脸不解地问：“可是皇后怎么也在这里？”

凤九卿无奈地冲众人摊了摊手：“闲话少问，有什么话回宫再说吧！”

当轩辕容锦得知在逃多日的弟弟竟然与自己的妻子一起被带进皇宫的那一刻，他整个人都被气奓了毛。

这到底是什么情况？为什么九卿会与赫玉在一起？还有，既然九卿知道赫玉的下落，为什么没有在第一时间告诉他？难道说，那两个人之间还有什么不可告人的秘密吗？

凤九卿一点儿也没有被当成囚犯抓回来的自觉。从她和轩辕赫玉一起被带到皇帝面前时，就表现出一副淡定自若、事不关己的模样。她身上依旧穿着平民百姓的衣裳，老神在在地坐在椅子上。面对轩辕容锦一连串的质问，她语气懒散道："最近在宫中的日子过得有些无聊，所以换上平民的衣裳，顺便溜出宫外转了一圈。"

如此轻描淡写的回答，显然并不能化解轩辕容锦心中的疑问，他语气有些严厉："没有朕的允许，你居然敢私自出宫？"

凤九卿无辜地眨了眨眼："我以为皇上最近忙着与黄小姐谈情说爱，没有空闲理会我的行踪。"

轩辕容锦忽然冷笑了一声："你这是在对朕表示不满？"

凤九卿耸耸肩："皇上多心了，我并无此意！"

"并无此意？那你究竟是何意？"

"我刚刚不是说了，最近无聊，所以想出去走走。"

"朕刚刚不是也说了，没有朕的允许，你不准随意出宫！"

"哦！"

"哦？就只是哦？"

"不然皇上还希望我说什么？"

"你……"

轩辕容锦气急败坏地指着她的鼻子想要骂什么，却发现自己根本无从骂起。

旁边被罚跪的轩辕赫玉眼看两个人有越吵越凶的架势，嘴角勾起幸灾乐祸的笑容。

眼看自家皇兄被皇嫂挤对得暴跳如雷，他火上浇油道："真没看出来，不久前还指天对地发誓，要对九卿不离不弃一辈子的皇兄，眨眼的工夫，就与什么黄小姐花前月下，谈情说爱。"

正愁火气无处撒的轩辕容锦听到这话，心底火气一下子又蹿得老高。

他大步走到轩辕赫玉面前，在对方极度惊恐的目光中，对着他的屁股狠狠地踹了一脚。

轩辕赫玉被踹了一个趔趄，揉着被踹痛的屁股不满地抗议："皇兄，你要干吗？"

轩辕容锦不解气地又踹了他一脚，怒道："你居然还敢问朕要干吗？你知不知道你闯下了弥天大祸？"

连续被踹了两脚的轩辕赫玉又气又恼，愤愤地反驳："如果你所指的弥天大祸是我故意逃婚，今儿我也不怕实话告诉你，你给我赐下的任何一桩婚事我都不会答应。现在被你抓到算我倒霉，不过丑话说在前面，就算我被你抓到了，你也休想用皇帝的身份来摆布我的人生。”

“放肆！”轩辕容锦被他那破罐子破摔的态度气得厉喝一声，“你居然敢用这种态度与朕讲话？”骂完，又要抬腿去踹。

这一次，轩辕赫玉学聪明了，猴子一般灵敏地起身，飞也似的逃向了另一边，看向旁边坐在椅子上喝茶吃点心的凤九卿，气急败坏地叫嚷：“你别光顾着看热闹，倒是帮我解解围啊！”

凤九卿慢条斯理地将最后一口小点心放到嘴巴里，用事不关己的态度说：“要不是你忽然出现，我也不会被你连累。事实上，我也很想过去踹你两脚，既然你哥哥替我踹了，我那两脚便省了吧！”

轩辕赫玉气得眼都红了：“我能落得今天这个下场，到底都是为了谁？你知不知道？为了你的事情，这几天我忙得天昏地暗，连吃饭睡觉都快要顾不上……”

轩辕容锦眉头一挑：“你们在说什么？”

轩辕赫玉和凤九卿很聪明地同时闭嘴。

轩辕容锦见两个人默契十足，心中火气更旺：“凤九卿，你还没对朕解释，你究竟为什么会去静安寺？”

凤九卿并不打算将自己去静安寺向佛祖求心愿的事情告诉他：“我刚刚不是说了，最近日子过得比较无聊，忽然想出去走走，之所以会出现在静安寺门口，只是凑巧经过那里而已。”

轩辕赫玉赶紧接口：“对，这件事我可以为九卿做证！”

“你闭嘴！”轩辕容锦和凤九卿异口同声地斥责。

轩辕赫玉简直要被这两个人给气哭了，干脆一屁股坐在椅子上没好气道：“我上辈子真是欠了你们俩，你们两个合起伙来欺负我，我招谁惹谁了？”

轩辕容锦只要看到他便没有好气，重重“哼”了一声：“休要说这些没用的废话，小七，你给朕听清楚，要是不想掉脑袋，就乖乖听从朕的安排，马上选一位合适的姑娘与你成亲！”

“我不要！”

“由不得你说要或不要，这件事朕已经决定，没得更改，你要是再叽叽歪歪，休怪朕现在就下令砍了你的脑袋！”

对于轩辕容锦与轩辕赫玉之间的争吵，凤九卿并不感兴趣。

无论轩辕容锦嘴上说着怎样的狠话，对于这个弟弟，他还是疼爱多过无情。不成亲便砍头什么的，只是作为兄长对不争气的弟弟的一种威胁。

真让轩辕容锦为了不相干的女人，将自己的亲生弟弟给活活砍死，这种丧良心的事他是说什么都做不出来的。

轩辕赫玉当然也知道这一点，所以才敢在皇上面前有恃无恐地上蹿下跳。

为了惩罚他的抗旨不遵，盛怒之下的轩辕容锦，命人将这个不争气的弟弟关进七王府禁足一个月。

至于未经允许便溜出宫的凤九卿也没得好，同样也在皇上的命令下，被关进龙御宫，未经恩赦，不准离开宫门一步。

凤九卿觉得这样的惩罚对她来说非常幼稚。凭她的本事，只要她想，天底下怎么可能会有关得住她的囚牢？

从静安寺回来后，她的心情一下变得十分复杂。先是那个叫净明的和尚说了一堆令人似懂非懂的话。接着寺里的小沙弥又告诉她，寺里根本就没有和尚叫作净明。

当然，最让她不淡定的，还是轩辕赫玉透露给她的那个消息。

承阳那位外号叫鬼见愁的神医，真的可以查明她的病因，帮她解毒？

前脚才在佛祖面前许下心愿，后脚就有人将可以改变命运的方式告诉她。难道说，这所有的一切，都是佛祖在冥冥之中给她的指引？

虽然现在还在禁足中，可如果她执意要走，负责把守龙御宫的侍卫根本没能力拦住她的去路。

不管承阳那个神医究竟能不能治好她的病，只要有一线希望，她都不愿轻易放弃。

自从轩辕容锦和她闹别扭以来，直到现在，他已经有好几天不曾回到龙御宫来住。

御书房的偏殿里有他专门的休息室，从宁儿每天不厌其烦的汇报来看，这些日子，每天早朝过后，皇上就会去御书房批折子，早午晚三顿饭几乎都在书房解决。

到了晚上，便留在书房休息，每天如此，从未间断。

凤九卿再次来到御书房，守在门口的小福子见皇后来了，脸上的表情微微一变："娘娘，您……您不是……"

他要是没记错，娘娘应该还在禁足期吧。

凤九卿并没有将小福子的诧异放在眼中，好脾气地问："皇上在里面吗？"

"回娘娘，皇上刚刚召见完礼部的姚大人，目前正在书房里看折子，要奴才进去替您通报一声吗？"

"不用！"

"可是娘娘……"

小福子开口想要阻拦，凤九卿已经越过他，径自走进了御书房。

进门之后才发现，偌大的书房里，除了轩辕容锦之外，黄月月居然也在。

她的突然出现，令三个人全部怔在当场。

轩辕容锦的脸色微微变换了几下，他看了看凤九卿，又看了看黄月月，最后，还是将目光落在九卿的脸上："你怎么来了？"

黄月月脸上的表情也有些不太自然，呆了半晌，才忽然想起对方的身份，连忙跪倒在地，行礼问安道："臣女见过皇后娘娘。"

凤九卿来来回回看了屋内的二人一眼，语带调侃道："我是不是来得有些不是时候？"

轩辕容锦并未回答这个问题，而是反问道："朕不是责令你在龙御宫思过，没有朕的允许，不准踏出宫门一步吗？凤九卿，你该不会是想要抗旨不遵，与朕公然对抗吧？"

凤九卿没理会他的质问，慢条斯理道："皇上多想了，我今天来，是有事情想要与皇上商量……"

说着，她对仍跪在地上的黄月月道："黄小姐，能不能请你暂时离开一下，容我与皇上单独聊几句？"

未等黄月月应声，轩辕容锦忽然插口道："屋子里并没外人，黄小姐，你不用离开，就坐在这里，听听皇后与朕究竟要说什么。"

他故意加重"屋子里并没外人"这句话的读音，就是想提醒凤九卿，不久的将来，黄月月就是后宫里另一个尊贵的女主人。

"既然大家都是一家人，有什么话不妨直说。"说完，轩辕容锦还亲自步出御案，将跪倒在地的黄月月扶了起来。

受此恩宠的黄月月俏脸微红，忍不住还略带得意地看了凤九卿一眼。仿佛在说，不管黑阙的帝王曾经对你有多么宠爱，现在，我黄月月才是帝王眼中的宠儿。

黄月月眼底闪烁着得意的目光，嘴上却客气道："既然皇后有事情要与皇上商量，臣女继续留在这里，怕有些不太合适。"

轩辕容锦勾起唇瓣轻笑一声："没什么不合适的，朕让你留下，你留下便是。"

说完，又面带挑衅地看向凤九卿："皇后应该不会小气到连朕身边的女人都容不下吧？"

凤九卿看着两个人在自己面前"秀恩爱"，脸上无悲无喜，无风无浪。

她耸了耸肩，无所谓道："好，既然皇上必须要黄小姐寸步不离地在这里陪着，我尊重皇上的意思。我这次来，是有一件事情通知皇上。这几日我连连做梦，几乎每晚都梦到我爹。许是分别太久，有些想念，所以想出趟远门，去太华山探望老父和师父。"

她用的是陈述事实的语气，丝毫没有征求别人意见的意思。

轩辕容锦被她那理所当然的态度气得脸色一沉，几乎是想都没想便断然拒绝：“朕不准！”

凤九卿微微一笑：“我只是过来通知一声，至于准与不准，由不得你来决定！好了，该说的话我已经说完，不打扰皇上和黄小姐谈情说爱，先走一步。”

轩辕容锦哪能让她这么轻易离去，一把抓住她的衣袖，脸色严厉道：“你是不是忘了一件很重要的事情，再过不久，你就要替朕操办选妃事宜……”

凤九卿挥开他的手臂，不冷不热道：“关于这件事，皇上不必担心，我已经将选妃大典全权交给姚大人去处理，相信姚大人和朝中的文武官员，会很高兴我做出这样的安排。”

轩辕容锦语气急促：“不行！选妃大典必须由你亲自主持……”

凤九卿轻轻甩开他的束缚，声音冰冷地送给他四个字：“我没时间！”

轩辕容锦的脸上忽然露出讥讽的笑意：“是没时间，还是不想面对？”

“随便你怎么以为。总之，明儿一早我便启程，去太华山小住些时日。皇上不必担心我的人身安全，我有足够的自保能力，不会有人胆大妄为到敢对我动歪脑筋。至于归期，等我觉得该回来的时候，自然会回到皇上面前。”

“凤九卿！”轩辕容锦怒吼一声，“你给朕听清楚，没有朕的允许，你不准出宫一步。”

凤九卿笑容疏离道：“你应该知道，凭我的本事，除非我心甘情愿留在这里，否则你根本就没有留住我的能力！”

“你……”

“皇后娘娘。”一直作壁上观的黄月月娇滴滴地开了口，“再怎么说，这也是皇宫，您面前的这位也是高高在上的皇上。打从您进门那刻起，就不曾遵守宫中的规矩，非但没有给皇上行礼问安，反而用这种以下犯上的态度跟皇上吵架，您不觉得这样做，有失国母之尊吗？”

这已经不是黄月月第一次看到凤九卿在面见轩辕容锦时的无礼表现。就算皇上曾经独宠中宫，身边只有她一个女人，可这里是皇宫，并不是寻常百姓家。即便她是皇上的妻子，也当遵守宫中礼仪，看到皇上的时候，应该行跪拜大礼。

凤九卿忍不住将目光落到黄月月的脸上，那眼神就像在看一个跳梁小丑。

她弯了弯嘴角，戏谑地反问：“我能将黄小姐刚刚那番话，当作是你对我的教训吗？”

黄月月面色一白。教训皇后？她只是一个小小的官家小姐，岂敢担下这项指控，于是赶紧解释："皇后千万别误会，臣女只是就事论事，并没有教训皇后的意思。至于臣女刚刚那番话，只是站在黑阙子民的角度上给皇后提一句忠告，并没有其他意思。"

"忠告？"

凤九卿就像听到了一则什么有趣的故事，语气中充满了嘲讽："按黄小姐的意思，我是不是得当着你的面给皇上跪下行三拜九叩大礼，才真正称得上是对皇上和朝廷的尊重？"

黄月月被凤九卿那强大的气场吓得心肝直颤："回皇后，臣女并不是这个意思！"

凤九卿咄咄逼人："那你到底是什么意思？"

黄月月下意识地向后退了两步，小声道："臣女就是想说，即使是皇家夫妻，也得讲究礼数……"

凤九卿玩味一笑："说到礼数，我倒是很想问问黄小姐。作为一个没有品阶的官家小姐，究竟是谁给你的勇气和胆量，用这种态度与黑阙的国母讲话？"

"我……"黄月月气势一短，下意识地看向轩辕容锦，像是要让他出面解围。

凤九卿根本不给黄月月求助的机会，接着又问了一句："你贸然以下犯上的事情我这个当皇后的可以不予计较。在你进宫之前，可曾将宫中的情况打听清楚。我凤九卿从十二岁起，便与黑阙的帝王轩辕容锦结识。我和这个男人从相识到现在，过去了将近十年的时间。这十年里，我帮他夺过位、杀过敌、上过战场、打过江山。从我被立为皇后的那天起，你眼前的这位黑阙帝王便对天下人宣布，我与他平起平坐，共享荣华富贵。而你现在却敢在我的面前摆出一副上位者的姿态来教训我遵守什么宫中礼仪行跪拜大礼？黄月月，我倒是要问问你，究竟是谁给你的这个胆量，让你在我面前以下犯上？"

黄月月明显被皇后那一连串责问给吓到了，她期期艾艾地看向轩辕容锦，委屈道："皇上，臣女是冤枉的，臣女并没有责怪皇后的意思。臣女只是……只是……"

她只是想在这个备受圣宠的女人面前显摆一下自己的能耐，却没想到表现不成，反而给自己招来了这样的指责。

轩辕容锦原本还想利用黄月月来气气凤九卿。此时听凤九卿声色俱厉地将两个人相识十年，共同对敌，共抢天下的往事脱口而出。一下子便戳到他心中最柔软的位置，让他钝痛不已。

是啊，他怎么就忘了，他和九卿，曾经有那么多难以忘怀的过去。就算他不满九卿为他安排选妃事宜，她肯定也有自己的苦衷。

而他却一味地责怪她，怨怼她，甚至还找来黄月月这么个女人陪自己演戏，并由着这个女人肆无忌惮地在这里指责九卿的不是。

他到底是哪根筋不对劲，怎么能容忍这些不相干的人对他的九卿肆意折辱。

思及此，他冲黄月月挥了挥手：“你先出去！”

黄月月岂能甘心，赖在原地不肯离去，漂亮的脸上还落下晶莹的泪滴，像是要博取轩辕容锦的同情，一边哭还一边委屈道：“皇上，您一定要替臣女在皇后面前说几句好话。关于皇后之前所说，臣女是真的有所不知，若有得罪之处，臣女愿以死谢罪。”说着，她跪到地上，可怜兮兮道，“要打要骂，臣女悉听尊便。只要皇后娘娘肯原谅臣女刚刚的无知，无论多大的代价臣女都愿意付出。”

她越是这么说，便越是想要让皇上看清，黑阙的皇后是一个心胸狭窄，睚眦必报的恶毒女人。而她这个无辜可怜的小姑娘，既知书达礼，又温柔似水。

皇上贵为天子，每天为了国事日理万机，身边必须有她这样的女子常年陪伴，人生才能达到真正的圆满。

凤九卿简直要被黄月月那幼稚又可笑的小心思给气笑了。

宁儿一直在她耳边说，这个黄月月是个心机女。如今看来，这哪里是什么心机，分明就是个蠢货。

若是寻常男子，或许还真会着了黄月月的道。可轩辕容锦是谁？一个曾经用尽手段，将不属于他的江山大业，用蛮横的手段夺到自己手中的帝王，如果连黄月月这种不成熟的小把戏都看不出来，那么，这样的男人，还真是没资格配她凤九卿。

黄月月这么一闹，轩辕容锦的耐性也被彻底磨光。他眯了眯眼，尽可能用冷静的语气对黄月月丢出两个字：“出去！”

黄月月怎么也没想到，之前一直对她还算礼遇的皇上，竟然因为皇后的几句挑唆冷下面孔，甚至命令她出去。

她心中不甘，忍不住又使出计谋，继续装可怜道：“若无法将这个误会解除，将来皇后娘娘再看到臣女的时候，岂不会导致我们彼此的误会更加深厚……”

轩辕容锦被黄月月气得终于怒了，厉声喝道：“给朕滚出去！”

黄月月被吓得浑身一抖，脸色一下子就白了。

凤九卿冷笑一声：“放心吧，黄小姐，皇上这么疼你护你，怎么可能会真的让你滚。就算他心里有气，那也是冲我而发，与你没有任何关系。其实他真正希望从这里滚出去的那个人是我而不是你。皇上，你看黄小姐哭得梨花带雨，好不可怜，真是看着都让人怪心疼的。快将她护在怀里好好哄哄，免得伤心过度，再伤了身体……”

说完，她留下一抹讥讽的笑，转身就要离开。

轩辕容锦被她挤对得牙根直痒痒：“凤九卿，你给朕站住……”

第六十一章 为求子远走他乡

当庭对峙

凤九卿是什么脾气，岂能如了对方所愿。还没等轩辕容锦的手抓过来，她已经灵敏地躲开。

轩辕容锦当然也不是吃素的，两个人若认真比试起来，凤九卿的功夫绝对是在他之下。

在黄月月极度不可思议的目光中，就见年轻俊美的皇帝，和英姿飒爽的皇后，居然你来我往，在御书房里动起手来。

说是动手，他们互相拆招的动作行云流水，简直令人目不暇接。

也不知这两个人你来我往究竟打了多久，凤九卿一个失手，竟被轩辕容锦一眼识破。

他见招拆招，轻而易举将她按在墙壁上，牢牢束缚在自己的怀里。

轩辕容锦连头都没回，冲跪在地上的黄月月做了一个马上滚蛋的手势。

此时的黄月月，哪里还敢继续强留，她连滚带爬地离开御书房，心中愤愤地想，外人都以为她运气好，一连数日被留在皇宫，不知得到了皇上多少宠爱，只有她自己明白，皇上命她进宫，只是一个幌子。

想她好歹也是侍郎府的小姐，留在宫中的日子，却过得连一个婢女都不如。皇上每天除了早朝，便在御书房里操劳公事，只有在皇后出现的时候才会将她拉出来演一场戏，皇后不在的时候，她连近身的机会都没有。

饶是这样，她还是不想放弃进宫的机会，所以才心甘情愿地忍受这些不公的待遇。

可从皇上对皇后那强大的占有欲中不难看出，他们夫妻二人之间，根本就容不下她这个小丑一样的女人存在。

黄月月伤心难过地离开，并没有让轩辕容锦的怒气有所消散。

他紧紧将凤九卿囚禁在自己的怀里，一字一句地对她发出警告：“你给朕听清楚，今天你所面对的一切，都是你自己亲手造成的。如果当初不是你执意要替朕主持什么见鬼的选妃事宜，你我之间，根本就没有黄月月存在的余地。”

凤九卿不甘示弱地反问一句：“所以你的意思是，你我之间，现在已经有了一个黄月月了？”

轩辕容锦被她问得脸色一僵。

这问题要他怎么回答？虽然与黄月月演戏的这几天，他与那个女人清白到连对方的手都不曾碰过一下。

可一旦他承认这件事，就等于告诉凤九卿，他费尽心思做的这一切，只不过是自欺欺人的一场闹剧。

如果真揭穿了这个真相，那岂不是等于自扇耳光，自讨苦吃？

于是，他咬着牙点头：“对，你我之间，已经有了一个黄月月。九卿，你后悔自己当初的这个决定吗？”

凤九卿微微一笑：“我不后悔！因为，有朝一日，会后悔的那个人，将会是你自己！”

这场争吵，再一次令两个人不欢而散。

轩辕容锦在盛怒之下，依旧没有回龙御宫的意思。不过为了防止凤九卿真的撂挑子走人，他加派了比平时多两倍的人手，将龙御宫给围了个水泄不通。

他就不信，没有他的准许，凤九卿还能有本事从他的眼皮子底下溜走。

让轩辕容锦做梦也没想到的是，在他的层层封锁之下，扬言要去太华山探望父亲和师父的凤九卿，还是在第二天一早不见了踪影。

所有负责看守龙御宫的侍卫全部被他召集到面前。

仔细问过才知道，在他们看守期间，的确不曾见到皇后娘娘离开过龙御宫的大门。

为了避免她身边伺候的贴身侍从从中搞鬼，他连龙御宫里的下人都一起下了禁足令。

每日三餐，由御膳房的太监亲自送去。而凤九卿的具体消失时间，就是早饭过后。

龙御宫里负责看守皇后的侍卫，在皇后寝宫的屏风后，看到一个被五花大绑，嘴里塞了块布的小太监。

仔细询问之后才知道，这个小太监正是御膳房负责送膳食的。

今儿一大早他按照往日送餐的时间，提着装有丰盛饭菜的食盒来到龙御宫。

刚刚将桌上的膳食布置完毕，就觉得脖颈儿一阵钝痛，紧接着，便陷入黑暗，不省人事。

无须再问，轩辕容锦也猜到，凤九卿之所以会溜得这么轻而易举，定是伪装成那小太监的模样，迷惑了龙御宫那些守卫的视线才趁机逃脱。

凤九卿“莫名消失”的消息，很快便传到了轩辕赫玉的耳朵里。

他顾不得皇兄给他下的禁足令，跌跌撞撞地闯进皇宫，不客气地质问轩辕容锦：“九卿真的离宫出走了？你没有骗我？”

正在气头上的轩辕容锦，看到被自己罚在七王府中不准出门的轩辕赫玉，像只唯恐天下不乱的苍蝇般厚着脸皮出现在自己面前，他忍不住抬起长腿，对着弟弟的屁股就要踹过去。

轩辕赫玉虽然不会功夫，躲避挨揍的本事却无人能及。

眼看皇兄的大长腿向他这边踢了过来，他连连向旁边躲了好几步，堪堪躲过皇兄的袭击。

躲开之后，他气极败坏地向轩辕容锦抗议：“皇兄，暴力是解决不了问题的，你不要每次看到我都踢我屁股。”

轩辕容锦被他那无赖的样子气得恨不能一巴掌将他抽飞，指着他的鼻子破口大骂：“谁让你私自出府的？朕给你这个权力了吗？”

轩辕赫玉振振有词道：“听说今天早上九卿失踪了……”

“九卿失踪，干你何事？”

“也就是说，她果然离宫出走了？”

见自家皇兄用一副要将他生吞活剥的目光瞪着自己，他气极败坏地跺了跺脚，小声咕哝：“这可恶的女人，明明说好一起的，她居然自己先溜了……”

轩辕容锦见他嘀嘀咕咕，眉头一下子就皱了老高：“你刚刚在说什么？”

轩辕赫玉赶紧摆手：“没有没有，我什么都没说！”

见轩辕容锦明显不信，轩辕赫玉顾左右而言他道：“皇兄，虽然我不知道事情的来龙去脉，可九卿说走就走，肯定是因为她忍受不了你的独裁和背叛。你是不是对她做了亏心事，逼得九卿不得不离开？”

轩辕容锦怒道：“你给朕闭嘴！”

轩辕赫玉压根就没把皇兄的怒斥放在眼中，振振有词道：“我为什么要闭嘴？哼！我都已经听说了，朝中的那些老不死的以皇家没有子嗣为由，逼着你选妃。为了堵那些人的嘴，你故意将一个姓黄的女的召进皇宫陪王伴驾。听说那女的特别做作，整天嗲声嗲气。而九卿是什么人？她可是有血有肉，对爱情要求专一的奇女子，却被你们这对狗……咳！”

“狗男女”这三个字，轩辕赫玉到底没敢说出口。

要是真把皇兄给惹急了，就算对方不夺了他的小命，扔他出去挨一顿板子，受些皮肉之苦还是做得出来的。

为了避免屁股遭殃，他急忙改口道：“总之，九卿就是被你们给活活欺负走的。早知道你变心变得这么快，当初说什么我也不会将我的九卿让给你……哎呀！”

正沉浸在控诉之中的轩辕赫玉，被忍无可忍的轩辕容锦踹了一脚。

他一个没站稳，向前踉跄了好几步，最后摔了个狗啃泥。

他捂着差点儿被踹成八瓣的屁股，不满地抗议：“我不过说了实话，你凭什么踹人？难怪九卿会走得那么干脆，你这么粗鲁，肯定为了别的女人对九卿进行过家暴……”

轩辕容锦简直要被他这个该死的弟弟给气死，他咬牙切齿道：“好！好你个轩辕赫玉，你是料准了朕身边只有你一个兄弟，舍不得治你的罪吧。既然你这么急着上门找死，朕今儿要是不好好教训你一顿，倒显得朕这个当皇上的没有威严。小福子，取块家法板子，将这个孽畜按在地上，打他二十大板。”

“啊？”正站在一边看热闹的小福子，还没从兄弟二人那战火纷飞的斗争中回过神儿，就听皇上下令，要打七王的板子。

他赶紧劝道：“皇上，七王可是您的亲弟弟！”

皇上身边除了七王之外，没有其他兄弟。这对人丁单薄的皇族来说，是很不吉利的。

虽然七王有时候的确是嘴巴贱了一些。可他天真烂漫，没什么心眼儿，皇上经常在嘴上要对七王打打杀杀，却没有一次是动真格的。

可就在刚刚，皇上居然下令要打七王板子，这……这到底是故意恫吓，还是动了真怒啊？

小福子忽然觉得自己特别悲惨。如果他真的执行皇上的命令，取来板子，将七王揍个好歹，到头来不但皇上自己心疼，挨了揍的七王也会将他这个执刑人给彻底恨上。

可如果他不执行皇上的命令，皇上一定会判他一个抗旨不遵之罪，到时仍免不了受皇上责罚。

真真应了那句话，伴君如伴虎啊。

就在小福子为难得眼泪都快要掉下来的时候，轩辕容锦失去耐性地吼道：“还愣着做什么，快去取家法板子！”

小福子被吓得一激灵，不敢再犹豫，赶紧一路小跑，将一块长三尺、宽一寸的毛竹板子取了过来。

轩辕赫玉见他哥哥真的要对他动用家法，吓得一骨碌从地上爬了起来，撒腿就要往外逃。

轩辕容锦此刻对这个浑蛋恨得不行，岂能让他轻易逃脱。还没等对方逃到门口，他就顺手丢出一颗苹果砸中了轩辕赫玉的膝弯。

轩辕赫玉再次摔了个狗啃泥，那姿态真是要多狼狈就有多狼狈。

轩辕容锦急忙对小福子和屋子里的一众被吓傻了的侍卫道："把他按住，给朕重打！"

几个侍卫很快从震惊中回过神儿，一把将倒霉的七王从门口处提溜了回来，当着皇上的面，将他按倒在地。

其中一个侍卫取来毛竹板子，对着七王的屁股不轻不重地拍了一板。

这些侍卫都是轩辕容锦的心腹，自然知道七王是皇上唯一的亲弟弟。真把人给揍个好歹，到头来皇上说不定还得问他们的罪，因此下手的力道简直轻到像在哄孩子。

挨了这轻飘飘一板的轩辕赫玉，无比惊奇道："哎呀，原来挨板子也没那么难以忍受嘛。"

说完，还示威般冲轩辕容锦做了个鬼脸。

执板的侍卫简直要被七王的幼稚给蠢哭了，刚刚那一板，他根本就没用力好吗？

轩辕容锦这个气，对那行刑的侍卫厉喝："你早上没吃饭吗？给朕重重地打。"

这次，那个侍卫是死都不肯放水了。

既然七王这么急着去送死，他也就没必要再拦着。接下来的一板，他使出八分力道。

刚刚还扬扬得意的轩辕赫玉被这突如其来的痛打疼得"嗷"一声叫了出来。

有生以来第一次被人用这样屈辱的方式打屁股的轩辕赫玉，此时再也顾不得什么君臣有别。

他对着轩辕容锦大喊："活该你被九卿抛弃，你记着，早晚有一天，我会将九卿抢到身边当我的媳妇，气死你这个暴君，哎呀，好痛……"

一连挨了五六板子，轩辕赫玉终于疼得熬不住，连嚷出来的声音都变了调。

这时，贺明睿从门外走了进来。看到龙御宫内乱成一团，最搞笑的就是一向傲娇的七王，居然还被按在地上打屁股。

从七王那怪异的呼痛声不难听出，这顿板子，他挨得可真是结结实实。

"皇上，究竟发生了何事……"贺明睿强忍笑意，尽量让自己保持一本正经的模样，“您怎么将七王按在地上受此刑罚？”

看到自己的死对头来了，轩辕赫玉一下子就爹了毛。

他徒劳地在地上拼命挣扎，红着脸道：“皇兄，做人不能这么没义气，就算我刚刚出言顶撞了你，你也不能因为心里窝火，将怒气全部撒在我的身上。我可是你的亲弟弟，俗话说得好，本是同根生……”

“相煎何太急是吧？”

轩辕容锦替他接了下句，接完，他哼笑一声：“本来朕也不想这么对你的，谁让你嘴贱，偏要与朕作对？继续打！”

贺明睿见一向爱与自己呛声的七王被揍得哭爹喊娘，虽然心底是有些幸灾乐祸的，可念在大家朋友一场的分儿上，到底还是没忍住，替他向轩辕容锦求情道：“皇上，臣听说皇后娘娘今天早上离奇失踪，眼下最重要的，是派人寻找皇后的下落。至于七王……”看着被按在地上挨板子的轩辕赫玉，他尽量忍笑道：“臣以为，他只是小孩子不懂事，才说了一些不该说的话，惹皇上不快。”

轩辕赫玉不满地抗议：“你说谁小孩子不懂事？你才不懂事！你全家都不懂事！”

贺明睿嘴角一抽，很想抬腿踹这个笨蛋一脚。屁股都要被打开花了，居然还为了面子在这里胡搅蛮缠，他怎么会认识这么蠢的朋友。

轩辕容锦冷笑一声：“明睿，你不用替这个蠢货求情，他就是欠揍，狠狠收拾一通，才知道什么叫作畏惧和服从。”说完，对那掌板的侍卫吩咐，“再加几分力道，打得还不够重！”

轩辕赫玉直接被他这哥哥气哭了。二十板子下来，他被打得哭爹喊娘，气喘吁吁地趴在地上小声直咒骂。

得亏打在他屁股上的只是用来教训小孩子的竹板，这要是换成惩治犯人的廷杖，二十板子打完，他就没命回去了。

“七王……”贺明睿乐呵呵地蹲在轩辕赫玉面前，坏心眼儿地在他刚刚挨完打的屁股上不轻不重地拍了一巴掌，“还能动吗？要不要臣发发善心，扶你起来？”

“你给我走开！”轩辕赫玉懊恼地挥了他一掌，“有多远走多远，我这辈子都不想再看到你。”

贺明睿被他推了个趔趄，翻他一个白眼道：“真是好心没好报。”

“你这叫好心？我看你分明就是来看热闹的。”

轩辕容锦见他冥顽不灵，瞬间又沉下俊脸：“是不是二十板子没挨够？要不要朕再赏你一顿竹板炒肉丝？”

轩辕赫玉揉着屁股哭号：“哥呀，明明是你自己没守护好九卿，却要将这份罪责加在我的身上，你就算没有兄弟爱，也不能乱杀无辜，草菅人命吧。哎哟……”

好不容易从地上爬起来的轩辕赫玉，捂着屁股大号了两声，嘴巴则继续犯贱道：“作为弟弟，我很理解你被媳妇给甩了的心情。不过话又说回来，要不是你跟那个姓黄的女人不清不楚，九卿怎么可能会在一气之下离宫出走？总之不管怎么说，你能有今天，那就是活该啊……”

“你这个……”轩辕容锦刚要对这个浑蛋破口大骂，为了避免灾难再次来临的轩辕赫玉已经捂着肿痛的屁股，一瘸一拐地溜掉了。

轩辕容锦咒骂了一声：“早晚有一天，朕会宰了这个蠢货！”

贺明睿在旁边看得直乐：“皇上，七王性子如此天真烂漫，未尝不是一件好事。与其逼他像常人一样谨守礼数，对高高在上的皇帝畏畏缩缩。倒不如保留住他这份本性，至少这样的七王，这辈子都不可能成为皇上的敌人。”

这么浅显的道理，轩辕容锦又岂会不明白。正因为如此，他对小七才会诸多容忍，由着他在自己的眼皮子底下闹腾。

可眼下发生了让他无法承受的事情。凤九卿莫名失踪了，并且连只言片语都不曾留下。这个打击，简直比要了他的命还要让他无法忍受。

轩辕赫玉这个浑蛋非但不帮忙想办法，居然还有胆子在他面前泼冷水，这不是活得不耐烦是什么?

心底虽气个半死，却没忘了要办正事。

“明睿，无论用什么办法，尽快查出九卿的下落。从她离宫的时间来推算，她现在应该还没有离开京城。马上派兵进行全城封锁，朕要在最短的时间里，将这个胆敢逃出宫的女人抓捕归案！”

寻找神医

轩辕容锦大概是忘了，被他下令全城抓捕的女人是凤九卿，而不是什么普通的阿猫阿狗。

作为曾经在朝堂上翻手为云，覆手为雨的奇女子，如果凤九卿没有足够的脱身能力，怎么敢轻易挑衅帝王的权威。

早在轩辕容锦下令对她进行全城缉捕之前，她已经布置好离京路线，在那些御林军封锁四道城门之前，便伪装成路人的模样，悄无声息地离开了京城。

从京城到承阳的路程大概三天。

她没在路上浪费太多时间，除了吃饭和休息，几乎是马不停蹄地赶往承阳，为的就是尽快见到那位传说中的神医——鬼见愁。

连续两天风餐露宿，终于到达目的地的凤九卿，决定找一家客栈吃些东西歇歇脚。

“这位公子，稀客稀客，来来，快里面请。”一个二十岁出头的小伙计见客人登门，赶紧面带笑容地迎了出来。

为了避免引人注目，凤九卿身穿黑色男装，腰挎长剑，带着一身冷肃之气出现在一家名叫君悦客栈的店门内。

面对小伙计的殷勤接待，她面无表情地点了点头。

随便选了一张干净的桌子坐下来，对那个小伙计道：“上两道你们店里的招牌菜，再来一碗热汤面，不加辣！”简单地咐吩完毕，她目光警惕地巡视了客栈的四周一眼。

这是她很久以前就养成的习惯，虽然她无害人之心，却并不能没有防人之意。

小伙计一脸自来熟地笑道：“说起我们店里的招牌菜，公子您一定要尝尝赵大厨做的香炸茶树菇及毛肚炒尖椒。另外，我们店里最受欢迎的一道菜是水煮黑鱼，麻香四溢，鲜嫩可口，保证公子吃完了上顿还想继续再吃下一顿。”

目光在店里巡视了一圈，并未发现任何可疑人物的凤九卿对聒噪的伙计道：“我不喜吃辣，来两道素食即可。”

“好吧！”伙计有些惋惜地摇了摇头，“那我就私自给公子做个主，让厨房准备一盘熘豆腐，再来一盘土豆片。”

凤九卿点头：“就按你说的做吧。”

伙计记完菜单，对厨房喊了一嗓子：“一盘熘豆腐，一盘土豆片，再来一碗不加辣的热汤面。”喊完，又问凤九卿：“公子是喝酒还是喝茶？”

“一壶雨前龙井！”

“好嘞！”伙计笑得一脸谄媚，“公子稍等，饭菜一会儿就送上来。”

见伙计转身要走，凤九卿忽然叫住他：“这位伙计，能不能问一下，你们承阳，是否有一位医术高明的大夫，名号叫作鬼见愁？”

这是她有生以来第一次来到承阳的地界，对这边的具体情况并不了解。

要不是听了小七的建议，她也不会冒着被轩辕容锦通缉的危险，来这个陌生的地方一探究竟。

伙计听了她的询问，眉头一展，连珠炮似的回道：“难怪听公子的口音，并不像我承阳本地之人，原来您是慕名来此，要拜见神医鬼见愁啊。”

凤九卿眉梢微挑：“承阳果然有这么一位神医在此？”

“那怎么可能会有假，说起这位神医，绝对是咱们承阳城的活招牌。不少身患重疾的患者，不惜千里迢迢赶赴咱们承阳，为的就是见上神医一面，求他帮忙治病消灾。”

凤九卿心中一动，心想，她还真是来对了，急忙又问：“你可知这位神医目前的下落？”

“哎哟！神医的下落，我一个饭店小伙计可不太清楚。毕竟人家是神医嘛，既然带了一个神字，岂是我平民小老百姓轻易可以见得到的？而且据我所知，这位神医虽然家住承阳，可行踪不定，寻常人很难捕捉到他的身影。公子，您是要给自己瞧病，还是想找那位神医给您的家人瞧病？”

凤九卿没再多说，回了伙计一记笑容，故意岔开话题道：“伙计，还是先把我要的茶端上来吧。”

“哎！好！”伙计很聪明地停止了询问，转身进了后厨。

凤九卿则在心底暗暗思量伙计刚刚提供给他的几条信息。

第一，承阳果然有一位神医，外号叫作鬼见愁。第二，这位神医行踪不定，无人能找到他的下落。

那么，小七是怎么知道此人能够帮她解毒？他又怎么知道鬼见愁身在承阳？

“公子，这是您要的菜！”就在凤九卿陷入沉思中时，刚刚那个伙计已经端着炒好的两道素菜再一次出现在她的面前。

一股香喷喷的菜香扑面而来，连续两天为了赶路而风餐露宿的凤九卿，几乎是立刻就被这股菜香给勾起了食欲。

这要是换了常人，估计想都不会多想，就会迫不及待地提起筷子满足自己的食欲。

可凤九卿却并没有立刻去碰眼前的饭菜，她对危险有着非同常人的警觉性。

眼前这两道菜看着并没有什么奇怪之处，仔细观察后会发现，被熘成金黄色的豆腐里，隐隐散发出一股奇怪的香味。

还有那盘土豆片也有些不太对劲，正常的土豆炒完，颜色会微微变黄，可眼前这盘土豆从里向外透着黑灰的颜色。

那灰黑的颜色并不明显，不仔细看，根本分辨不出其中的差别。

凤九卿却意识到了不对劲。这两盘菜里，似乎被人加了料，根本食用不得。

伙计见她迟迟没有动筷，热心地问了一句：“公子，莫非这两道菜有什么令您觉得不满意的地方吗？”

凤九卿微微一笑，将手中的筷子递到伙计的面前：“菜做得很好，可惜菜里似乎被加了不该加的东西。伙计，为了证明你们客栈并没有欺客，当着我的面吃两口。”

伙计脸色先是一变，很快又恢复如常：“公子，您这话我可就听不懂了，莫非您怀疑后厨在您的饭菜里下了药？想要毒死公子？我们君悦客栈在承阳城开了十三年，口碑一向不错，可从来都不做黑店的买卖。您要是执意将这顶谋财害命的帽子给我们戴，那我们可是不依的……”

“少说废话！”

凤九卿惯常先礼后兵。既然这个伙计不识好歹，她也就没必要再跟他客气下去。她动作利落地起身，抓住伙计的衣领，将他的脑袋牢牢按在桌面上：“你到底吃是不吃？”

这边的冲突，很快就引来店内的恐慌。

店掌柜急忙从柜台里走了过来，一脸赔笑道：“公子，有什么话慢慢说，他只是一个在这里做工的小伙计，若有得罪之处，只要您说出来，让他给您赔个不是也就罢了。”

“赔不是？”凤九卿剑眉一挑，嘴边勾出一记邪佞的笑容，“既然你是这家客栈的掌柜，那么好，桌上的两道菜是刚刚从后厨端出来的，我怀疑菜里被人做了手脚。掌柜，我并无滋事挑衅之意，只想让这个伙计给我做个证明，当着我的面，将这两道菜给我全部吃了。若吃完之后他毫发无损，菜多少钱，我照原价的十倍一并付清。可如果他执意拒绝，那咱们就要好好说道说道这件事了。”

掌柜并没有因为她的话露出心虚的神色，而是反问了一句：“公子如何断定这两道菜被下了毒？”

“是不是毒我不确定，但这两道菜绝对有问题。至于我为什么会这样想，很简单，直觉而已。”

“仅凭直觉，是没有任何说服力的。”

凤九卿眼神一眯，掐在那伙计脖子上的力道无形中又加大了几分：“有没有说服力并不重要，重要的是，如果你们不敢当着我的面将菜吃掉，我就直接送他去见阎王。”

伙计被她掐得哀号不止，连连求饶。

店掌柜的嘴边忽然勾出一记高深莫测的笑容：“既然公子已经识破菜中的端倪，再掖着藏着也就没那个必要了。”

凤九卿吃了一惊，没想到这个店掌柜居然承认得这么干脆，他们就不怕招来她的报复？

她眉头紧敛，冷静地问道：“你们害我的理由是什么？还有，是谁指使你们这么做的？”

店掌柜从袖袋里拿出一封信，递到她面前：“公子若想知道真相，按照信中所写的地址寻去，自然有人会告诉您想要知道的一切。”

凤九卿放开那个倒霉的伙计，接过信封展开一看，里面只写了几个字：城南东数第一宅，见面面谈！

她心底微微吃了一惊，忍不住暗自揣测，这封信究竟是谁写给她的？还有，写信给她的那个人，怎么可能会知道她此时的下落？

难道是轩辕容锦？

不，不对。轩辕容锦并不知道她来了承阳，根本不可能在事前做出这样的安排。

或者是小七？

细思量后，她觉得也不太可能。

小七天真幼稚没头脑，绝不可能会为了她精心策划这样一个奇怪的见面局。

那么，这个住在城南东数第一宅的神秘人，究竟会是谁？

第六十二章 承阳巧遇骆逍遥

书房逼婚

凤九卿因为神秘人的算计而苦于找不到答案之时，远在京城的轩辕容锦，也因为连续几天查不到凤九卿的下落，而变得非常暴躁。

时间拖得越久，找到凤九卿下落的希望便越是渺茫。

他倒是不担心她的性命会受到威胁。他只是害怕，她这一走，回京之日又是遥遥无期。

事后，他从宁儿口中得知，凤九卿当日之所以向姚天寿妥协，对外宣布同意纳妃，只是她的权宜之计，并非是出自真心所愿。

恍然知道实情的轩辕容锦，没好气地问道："有什么话她为何不肯对朕直说，朕又不是那蛮横霸道不讲理之人，只要她肯向朕交代实情，朕难道会不明白她的一番良苦用心吗？"

宁儿强忍住向这位黑阙帝王翻白眼的动作，小心抱怨了一句："娘娘好几次都想对皇上说出实情，可皇上给她这个机会了吗？每次只要娘娘提到这件事，皇上就会大发雷霆，甚至还当着娘娘的面，将侍郎府的那位黄小姐请进皇宫，与皇上朝夕相伴，看花赏月，谈情说爱……"

"咳！"在皇上身边伺候的小福子用力咳了一声，提醒宁儿说话最好注意一些。

这位可是黑阙的天子，你一个在宫里伺候人的小丫头片子，要是说了什么不该说的话，激怒了皇上，到时候项上人头恐怕会保不住。

被小福子这么一提醒，宁儿总算是住了嘴。

不过，想到前些日子，皇上为了跟皇后闹别扭，一天到晚跟那个黄月月腻在一起，她就忍不住要替皇后娘娘抱打不平。

想当初，她可是亲眼见证了皇上为了得到皇后的心，顶住层层压力，不惜一切代价也要将向往自由的皇后羁绊在这深宫大院之中。

为了尽到国母的义务，皇后对朝廷付出的心血，非但没有得到相应的回报，反而被那些滋事挑衅的大臣们视为不守妇道。

大臣们不理解皇后的苦衷倒也罢了，现在就连皇上都与别人合起伙来欺负皇后。

作为一心崇拜着皇后的贴身宫女，宁儿一时之间还真是咽不下这口气。因此，当着皇上的面说出口的话，也带出了几分控诉和不满。

轩辕容锦倒是没有将宁儿的抱怨放在眼中。回想当初为了和九卿斗气，确实在一怒之下做了很多不该做的事。就算他自问心中无愧，一想到九卿为此受了无尽委屈，便忍不住在心中暗骂自己是个彻头彻尾的浑蛋。

“宁儿，你仔细想想，九卿在离开皇宫的前一天晚上，曾经与你说过什么话？她可曾向你透露过她当时的心情？或是她对朕是否有什么不满？”

宁儿乖巧地摇了摇头：“并不曾！虽然皇上之前确实做了许多令皇后生气的事情，可皇后是个聪明又理智的女子，并没有因为皇上与黄小姐的关系暧昧不明，便对皇上心生怨怼……”

“咳！”小福子再次咳了一声，提醒宁儿说话要注意分寸。

宁儿白了小福子一眼：“福公公不必一直提醒我当说什么，不当说什么。奴婢只是尽心回答皇上的问题，并不敢做任何隐瞒。”

“你这丫头……”小福子刚要开口斥责，就被轩辕容锦瞪了一眼：“你闭嘴，让她继续说！”

小福子被骂得不敢再随便吭声，只能像个小可怜一样龟缩在原地不敢再有任何动作。

宁儿轻哼了一声，才继续刚刚的话题：“皇上之前一直怪皇后私自做主选妃之事，令娘娘感到非常痛苦。自从她被册封为皇后，性格脾气较之从前已经改变了许多。皇上要是还有印象的话，应该记得，娘娘向来我行我素，不会站在他人的立场去考虑事情。当然，她这样做，自然有这样做的资格，毕竟没有人敢否认娘娘的自身实力。可自从她得知皇上一而再、再而三在金銮殿上饱受大臣们给予的压力，她便觉得所有的事情都由皇上一个人承担，有些不太公道。”

轩辕容锦脸色一变，急忙问道：“这是九卿亲口所说？”

宁儿摇了摇头：“娘娘性情隐忍，很多话，并不会亲口对奴婢讲。但奴婢在娘娘身边伺候多时，对娘娘的脾气不敢说了解得十分彻底，七八分总是有的。她曾说过，皇上为了与她在一起，付出了很多努力，作为回报，她不能一味享受，她愿意与皇上一起面对来自朝臣的压力。答应姚大人选妃，确实只是娘娘的权宜之计。只有先堵了那些大臣的嘴，娘娘才有空闲想出合适的方法来扳回这个局面。”

宁儿的话，令轩辕容锦的心一下子就难受起来。

他与九卿互相依恋，可大多数时候，却也在互相伤害。他担心自己在九卿心中并没有占足全部，因此当她张罗要为他选妃的时候，情绪才会变得那么暴躁。

其实，他只是想用这样的方式来吸引她对自己的注意。却没想到，从一开始，他便用错了方法，走进了一条死胡同。

凤九卿的失踪，令轩辕容锦陷入了一种无法解脱的暴躁。

还没等他派出去的人马查出凤九卿的下落，从四品工部侍郎黄正，也就是黄月月的父亲，厚着脸皮来到他面前，请求他履行之前对黄月月的承诺，提前将黄月月纳进皇宫陪王伴驾。

黄正的厚颜无耻，令心里窝了一把怒火的轩辕容锦终于忍无可忍。

“朕几时对你女儿有过什么承诺？没错，朕的确请黄月月进宫住了几天，可朕身边所有的人都可以替朕做证，她进宫那几天，只是在宫中小住。别说给她什么承诺，朕连她一根头发，都不曾碰过。”

皇上突如其来的怒气，吓得黄正心尖儿一颤。

他赶紧跪倒在地，壮着胆子道：“可是微臣听小女说，皇上曾当着她的面问过皇后，若封她为皇贵妃，皇后可有意见。”

皇贵妃啊！这地位在后宫之中，可是除了皇上和皇后之外，最为尊贵的身份。

他只是朝中从四品官员，要是女儿真的能嫁进皇宫被封为皇贵妃，他的地位岂不是也能跟着水涨船高，从此平步青云？

轩辕容锦简直要被这个黄正的话给气乐了。

“没错，朕的确曾问过皇后这个问题，可这并不代表，朕给了黄月月什么承诺。首先，选妃之事朕并没有下旨同意，其次，皇后现在莫名失踪，朕也没多余的工夫考虑这些事情……”

凤九卿离宫出走的事情不可能彻底隐瞒。

因此，在她离开皇宫的第二天，轩辕容锦便以皇后“不见了”为由，喝令那些逼自己选妃的大臣们适可而止，有什么事，等找到皇后再做决定。

听说皇后失踪了，部分大臣一边幸灾乐祸，一边拼命想要趁这个机会将自己的女儿往皇上面前塞。

可惜，那些大臣家里的女儿没有黄月月“命好”，从头到尾，连皇上召见她们进宫面圣的旨意都未曾接到过一个。

“可是皇上，正所谓君无戏言……”不甘心的黄大人还想再说些什么，奉旨去找皇后下落的贺明睿这时从御书房外走了进来。

他语气戏谑地对黄正道：“宫中所有的人都知道皇上对黄小姐并没有那方面的想法，就算请她进宫小住几日，也不曾玷污过她的名声。可黄大人现在却摆出这样一副猴急的模样，知道的人明白你这是急着嫁女儿，不知道的人，还以为黄小姐按捺不住深闺之苦，急着想要找个男人把自己处理出去呢。”

黄正脸色骤然一变：“贺相这话说得可有些过了。”

贺明睿丝毫不理会对方的抗议，皮笑肉不笑地回了一句：“你指责本相说话太过，你自己又何尝不是如此？黄大人，别忘了，你只是朝廷一个从四品官员，现在竟然敢来到皇上面前逼婚，你可知按我黑阙律法，你这种强行逼迫国君收了自家女儿的行为，是可以被论罪处理的。”

“我……”

“黄大人先不用急着辩解。如果皇上真的看上黄小姐，想要将她纳为妃子，娶进皇宫，无须黄大人在这里毛遂自荐，皇上也会满足你的心愿。反之，黄大人今日的做法，便有些过了！另外，作为同僚，给黄大人一个良心的建议。若黄小姐真的急着嫁人，京城中有不少有为才子可供黄大人选择。相信皇上会很乐意为黄大人保这个媒，拟下圣旨，为黄大人家的女儿赐婚的。是吧，皇上？”

轩辕容锦对贺明睿及时赶来救场的行为表示深深感激。

他点了点头，对黄正道：“只要门当户对，朕不介意替黄小姐赐婚。”

求亲不成反被辱的黄正，最后只能灰溜溜地被挤对出了御书房。

黄正一走，轩辕容锦长长舒了一口气。

贺明睿笑着调侃：“皇上最近的压力一定不小吧，居然连朝中一个从四品的小官员都敢在皇上面前撒野。看来，朝中这些大臣拿捏着皇上当初废六宫的把柄，还真是将皇上当成了软柿子。”

轩辕容锦也知道自从册封皇后之后，他对朝廷这些官员确实有诸多容忍。

毕竟，当初他为了激凤九卿，广纳妃嫔，的确有愧于那些大臣在先。

可如果这些大臣继续用这个借口在他面前为所欲为，他也就没必要再顾忌什么君臣颜面给对方留脸。

窝了一会儿火，轩辕容锦才想到去问正事：“九卿的下落，可查出什么眉目了？”

提到凤九卿，贺明睿的脸色渐渐凝重了起来：“臣接连几天命人对整个京城展开搜索和调查，并没有查到任何有关皇后的行迹。依臣之见，皇后早在出宫当日，便离开京城。因此那些负责寻找的御林军，才会一点儿消息都没有。”

京城说小不小，说大也不大。若调派人手全力彻底搜索，别说一个大活人，就算只是一只苍蝇，恐怕也难逃他们的手掌心。

可凤九卿就像空气一样消失无踪，很明显，她已经离开了这块区域。

“皇上……”见轩辕容锦愁眉紧锁，贺明睿忍不住问道，“臣要是没记错，曾经似乎听您提过一句，皇后之所以离开皇宫，是要去太华山看望凤大人和她的师父玄乐道长。既然有了追踪目标，为何皇上非要将查找的范围定在京城。干脆派人去太华山走一趟，事情不就解决了。”

“不行！”想都没想，轩辕容锦便一口拒绝，“以朕对九卿的了解，她嘴上说是去太华山探望父亲和师父，这根本就是她编造出来故意糊弄朕的。而且，朕在大婚之前曾郑重向她父亲发过誓，定会对九卿以诚相待，绝不辜负。如果被凤莫千知道朕和他的女儿闹了矛盾，甚至严重到让九卿不惜离宫出走的地步。非但不能令朕寻回九卿，反而还会让他们当长辈的跟着心烦。朕已经得罪了九卿，可不能连九卿的爹也一并得罪了。”

贺明睿听得十分无语。他一直以为轩辕容锦天不怕，地不怕，原来并非如此。至少凤九卿和凤九卿的父亲，就是他命中最大的克星。

“皇上，臣觉得，还有一个人，可能会知道皇后的下落。”想了半晌，贺明睿又想到一个至关重要的人，“臣要是没记错，皇后离开皇宫之前，曾经与七王一起出现在静安寺的门口。虽然皇后解释是她心情不好，出宫溜达，偶然经过静安寺，可七王当时为何会与皇后同时出现？有没有可能皇后正在策划着什么事情，七王刚好也参与了？”

经贺明睿一提醒，轩辕容锦猛然想到了这件事。都怪最近琐事缠身，让他差点儿就忘了这个很重要的疑点。

他急忙问：“小七现在何处？”

“自从上次在宫里挨了皇上的板子，这些日子一直在府中养伤。昨天下午，臣还去七王府探望过他，只不过后来很不幸地被他给骂出了府。”

想到轩辕赫玉那一脸幼稚无知的样子，贺明睿不知该气还是该笑。

轩辕容锦急忙下令：“小福子，你亲自走一趟七王府，立即命小七进宫见驾。”

七王府与皇宫的距离并不算远，约莫过了半个时辰，就见轩辕赫玉臭着一张俊脸，老大不高兴地踏进御书房大门。

看到轩辕容锦之前，他走路的样子那叫一个稳健。

进了御书房，便装出一脸虚弱的样子，手捂着屁股，还故意一瘸一拐地走路。

"皇兄，这么急着召我进宫，究竟有什么事？难道您老人家不知道我前些日子才在宫中受了刑，现在应该留在府中好好养伤吗？"

哀怨地说完，他还哀叫几声："哎呀！伤筋动骨一百天，未来三个月，我可能都要在床上度过了。"

轩辕容锦被他那一脸无赖的样子气得哭笑不得："别装了！二十板子而已，不过就是受些皮肉之苦，哪里就有你说得这么严重。"

"二十板子而已？"轩辕赫玉怪叫一声，"我是人，又不是沙包，你以为怎么打都打不坏吗？"

贺明睿幸灾乐祸地插嘴道："皇上，不若将宫中的御医召来，给七王验验伤势，说不定七王的屁股真的被那二十板子打成了八瓣。"

"贺明睿，你闭嘴！"每次看到这个家伙，轩辕赫玉都是满肚子火，恨不能一巴掌将对方扇出去。

"好了！"轩辕容锦可没工夫跟他吵架，"小七，朕今日召你进宫，是想问你一些事情。你如实告诉朕，之前你与九卿一同出现在静安寺，究竟是何原因？"

"我之前已经说过，那只是一场巧合！"

贺明睿眉梢一挑，反问一句："七王，对于皇后现在的下落，你是不是心中有数？"

轩辕赫玉一下子就奓了毛，跳着脚反驳："我怎么可能会知道她的下落？贺明睿，东西能乱吃，话可不能乱说。"

贺明睿咧嘴一笑，调侃道："哟！刚刚还一脸虚弱的样子，才眨眼之间就变得活蹦乱跳，七王，你的伤势恢复得很快嘛！"

轩辕赫玉这才想起自己正在装虚弱，赶紧捂住自己的屁股，极力为自己辩解："要不是你刚刚冤枉我，我怎么可能会在激动之下跳起来？哎哟哎哟，我伤得实在是太重。皇兄，要是没其他事情，我就先行告辞了。"

说完，轩辕赫玉转身就要溜，被轩辕容锦喝令一声："站住，朕要问你的话还没问完，让你走了吗？"

轩辕赫玉满脸不耐烦地回过头："皇兄，我真的不知道九卿的下落。而且在我看来，九卿一走，其实也是好事。你之前不是说要广纳妃嫔，重建后宫吗？既然后宫马上就要有一群莺莺燕燕如山洪一般涌入，九卿要是继续留在这里，反倒会碍了皇兄的眼。如今她一走，等于给其他女人腾地方。这等美事，皇兄何乐而不为呢！"

贺明睿忍不住在心底叹息。

难怪皇上每次看到这个弟弟都想狠狠揍他一顿，就这张惹是生非的嘴，天底下估计没谁能忍受得了。

要是往常，轩辕容锦肯定会被他这个蠢货弟弟气到暴跳如雷。

可这一次，他非但没有生气，反而郑重其事地点点头："嗯，你分析得的确颇有几分道理，九卿这个女人精明又善妒，而且从嫁给朕那天直到现在，肚子一直未曾传来动静。朕因为子嗣问题，每天被朝臣施压。如今她走了，朕就可以堂而皇之地与那些千金小姐们共筑新的爱巢。的确如小七所说，不失为一桩美事。"

正准备再说几句风凉话的轩辕赫玉，做梦也没想到，他会从那个爱凤九卿如命的男人口中，听到这么一番话。

他一脸茫然地张大嘴巴，看了看轩辕容锦，又看了看坐在一旁椅子内，优哉游哉喝茶的贺明睿。

"我……我这不是在做梦吧？"

贺明睿放下茶杯，微微一笑："身为天子，拥有三宫六院本来就是人之常情。臣倒是觉得，皇上此言并没有错。"

轩辕赫玉再次奓毛，指着两个人道："你们两个真是忘恩负义。当初要不是九卿从中帮忙，黑阙哪有今天的昌盛？皇兄，真没看出来，你这个人品性竟是如此之坏。早知道你是个靠不住的，当初我死都不会将九卿让给你。哼！真是让我太失望了。"

懊恼地说完，轩辕赫玉气呼呼地走了。

七王一走，贺明睿才收起脸上玩世不恭的笑容，有些好奇地问轩辕容锦："七王有可能是唯一一个知道皇后下落的人，皇上就这么把他给放走了，难道不想从他身上找到疑点？"

轩辕容锦笑得一脸阴森："在召小七进宫之前，朕对他知道九卿下落一事还有些不太确定。经过刚刚一番交谈，朕已经可以肯定，这个浑蛋，定是有什么秘密瞒着朕不肯如实交代。因为朕忽然想起一件事，当日九卿刚刚离开皇宫的时候，小七曾闯到朕的面前，失口说了一句话……"

"哦？他说了什么？"

"他说，这可恶的女人，明明说好一起的，她居然自己先溜了。"

贺明睿揉了揉下巴，低低重复了一句："明明说好一起的，她居然自己先溜了？难道说，七王和皇后之间有什么约定？"

轩辕容锦冷笑了一声："不管是否有约定，只要派人盯住小七的行踪，就不怕找不到九卿的下落。"

逼问弟弟

轩辕赫玉还真是知道凤九卿的下落。他要是没猜错，九卿肯定是去了承阳，找那位外号叫鬼见愁的神医解她的毒。

本来他还在犹豫，要不要一路追去承阳，趁机挖自家皇兄的墙脚。

今日在宫中听了皇兄的言论，他觉得九卿再继续跟皇兄过下去，将来一定不会得到幸福的。

他得尽快赶去承阳找到九卿，再将皇兄变心准备移情别恋的事情提前告诉她。

就算不能将九卿抢到自己手中，也绝对不能再由着皇兄欺骗九卿的感情。

当天夜里子时左右，轩辕赫玉穿上夜行装，偷偷溜出了七王府，准备走水路，直接赶往承阳。

结果还没赶到码头，就隐约察觉身后有人在暗处跟踪。别看他平时傻了吧叽，关键时刻也有几分脑子。

他虽然不会功夫，可在下毒方面却有着无人能及的天赋。

那几个偷偷跟在他后面的尾巴，被他随手丢出的药粉给迷了个七荤八素。

看着几个人脸色惨白地跌倒在地一动不能动，穿着一身夜行装的轩辕赫玉无比得意地拍了拍手，顺便在其中一个人的屁股上踹了一脚。

“浑蛋，真把本王当软柿子捏了是不是。我早就猜到你们的主子没安好心，肯定会在暗中监视我的一举一动。哼！就凭你们几个笨蛋也想跟踪我，简直就是天方夜谭，白日做梦！回去告诉你们主子，想派人跟踪我，还是多练两年再来吧！”

幸灾乐祸地说完，他转身就要上船。

这时，码头附近的草丛中忽然出现一群训练有素的暗卫，借着月光仔细一看，轩辕赫玉有些傻眼。

因为带头向自己走过来的，正是皇兄身边最得力的两个侍卫，江龙和江虎。

“七王，这么晚，您急着是要去哪里？”

“你……你们怎么在这里？”

轩辕赫玉万没想到，他皇兄居然派了两伙人来跟踪自己。

本以为撂倒几个，就能拍拍屁股上船走人。结果真正的对手一直隐藏在暗处，害他防不胜防。

江龙笑着走到轩辕赫玉面前，好脾气道：“皇上说，七王是他在这世上唯一的弟弟，人身安全万不能受到一点儿威胁。因此，派属下等人每天早晚不间断地保护七王的安全，怕的就是您这条命，有朝一日会被歹人给算计了去。王爷，您看这月黑风高的，自己出来溜达怕是会遇到危险，为了您的安危着想，还是尽快跟属下回去吧。”

眼看轩辕赫玉将手伸向腰间，江龙一把按住他的手腕，摇头道：“七王的药再怎么厉害，想要在眨眼之间将属下身后几十个暗卫全部撂倒也有些难度。而且，迷晕了暗卫之后，还要劳烦七王帮忙解救，属下便恳请七王不要多此一举了。”

轩辕赫玉这个气啊。

本以为可以无惊无险地离开京城，却没想到他那个狡诈的哥哥竟然还留了这么一手。

最后，他还是灰头土脸地被江龙、江虎带进了皇宫。

宫里，已经接到消息的轩辕容锦，正坐在龙御宫内等着小七给他一个合理的说法。

“我就是想出门走走，顺便再去山上采些草药，真的不知道九卿究竟去了哪里，也没有找她通风报信的意思。皇兄，你要是因为这个便将我当成敌人来对待，那就真是有伤咱们兄弟的感情了。”

总之不管轩辕容锦怎么问，轩辕赫玉的答案都只有一个，他不知道！

轩辕容锦沉着俊脸看着对自己睁着眼睛说瞎话的弟弟，强忍住心中的怒意，尽可能用平静的语气问：“好，既然你说要出宫走走，顺便再去山上采药，那为什么要选在子夜时分离开？还有，你以前离京，都会进宫知会朕一声，这次怎么走得无声无息，甚至连书信都不曾留下一封？”

轩辕赫玉气势一短：“那……那是因为，我最近在生皇兄的气。”

说着，他还意有所指地指了指自己的屁股，言下之意，你前几天打了我一顿板子这笔账，我还没找你算呢。

轩辕容锦冷笑一声：“不过就是打了你几个板子，能痛多久，有必要对朕记恨到现在？小七，你今天要是跟朕说实话，朕可以念在兄弟一场的分儿上，对你网开一面，宽恕你的罪责。你要是再继续冥顽不灵，就休要怪朕不念手足之情，对你知情不报的恶行严加惩治。”

轩辕赫玉根本就不害怕他的威胁：“反正不管我说什么你都不相信，那就随你处置呗！”

他死猪不怕开水烫，坚信皇兄肯定不会将他这个弟弟怎么样。

轩辕容锦面容一冷，嘴边勾出一记阴森的笑容：“好，既然你执迷不悟，朕要是再继续对你顾念旧情，倒显得朕这个皇帝无德无能。江龙、江虎，将这个孽畜给朕关进刑部天牢，罪名就是狂妄无理、欺君罔上……”

话还没说完，就被轩辕赫玉急急打断：“皇兄，欲加之罪，何患无辞？”

叫嚷的工夫，江龙、江虎已经扭住他的手臂，拖着他往外走。

轩辕赫玉见皇兄这次不像在跟他开玩笑，终于有些被吓到了。刑部天牢那可不是闹着玩的地方，被关到那里的人，就算不死也会脱层皮。

皇兄或许不会直接要了他的性命，可在里面受些皮肉之苦那是在所难免的。

他下意识地看了皇兄的脸色一眼，就见他满脸阴郁，杀气极重，心里“咯噔”一声，赶紧嚷道：“皇兄，你还来真的啊？”

轩辕容锦根本不理会他，缓缓起身，负起双手，转身就要走回房间里。

这下，轩辕赫玉是死活都淡定不下来了，大声喊道：“皇兄，你先让他们放开我，有什么咱们好说……”

轩辕容锦根本不理会他的求饶，继续向前走。

轩辕赫玉被吓得脸都白了，带着哭腔大喊：“皇兄，我知道九卿的下落，你让他们放了我，我招，我什么都招！”

已经走出一半距离的轩辕容锦这才回过头，嘴边勾出一记得逞的笑容。

他冲江龙、江虎使了个眼色，两个人又将被吓了个半死的七王重新给拖了回来。

轩辕容锦走到弟弟面前，一把揪住他的衣襟，低声警告：“你最好给朕说实话，有一句掺假，朕绝对会让你后悔来这世上走过一遭。说，九卿在哪里？”

“其实九卿究竟去了哪里我是真的不知道……”

轩辕容锦眸色一沉：“拉下去……”

“等一下！等一下！”轩辕赫玉生怕皇兄真的下令将他关进天牢，急忙辩解，“你先别这么激动，我是想说，虽然我不知道九卿的具体下落，可我知道，她应该是去了承阳……”

“承阳？”这个答案完全出乎轩辕容锦的预料，他皱着眉问，“她为何要去承阳？还有，你怎么会知道这件事？”

轩辕赫玉偷瞟他一眼，低声道：“皇兄，我要是如实交代，你能不能答应我一个条件。”

轩辕容锦剑眉一挑，询问道：“什么条件？”

“你先答应我！”

“你先说条件！”

“不行，你必须先答应我……”

轩辕容锦见他似乎话中有话，也懒得再跟他周旋下去，于是点了点头：“好，朕答应你！”

有了皇兄的保证，轩辕赫玉总算放了心，这才开口道：“我之所以会知道九卿去了承阳，是因为不久前，九卿曾找我帮她探过脉象，她似乎被人下了毒。”

“什么？”听到被人下毒几个字，轩辕容锦的脸色一下子就变了。

第六十三章 江湖神医鬼见愁

原来如此

“你说她被下了毒？什么毒？能否致命？现在情况怎样？”

“皇兄，你先别急，等我把话说完。九卿被下了什么毒，毒是由何人所下，具体情况我也不清楚。我只知道，她与皇兄婚后半年迟迟未孕，是因为身体出了状况，这样的状况，在你们大婚之前我帮她检查脉象的时候并不曾发现过。所以我猜，她的毒是与你大婚之后才被人神不知鬼不觉地下到身体里的。而下毒人的目的究竟是什么，相信就算我不说，你心里肯定也清楚。”

喘了口气，他又继续道：“朝中有不少大臣都无法接受你为了九卿而驱逐六宫。此番举动，等于给九卿树立了无数敌人。所以，那些看她不顺眼的人，都有可能是下毒的凶手。最要命的就是，她这个毒，我暂时并没有找到合适的解毒方法。”

好半晌，轩辕容锦才渐渐接受这个事实。

他怎么也没想到，在他完全不知道的情况下，九卿一个人竟然经历了这么多事情。

难怪那几天她的心情看起来非常差，而他居然还在不知情的情况下，在九卿的伤口上重重撒了一把盐。

仔细想想，他真是浑蛋到家了。

懊恼了一阵，他又问：“九卿中了毒，为什么不告诉朕，反而还要离开京城，前去承阳？”

轩辕赫玉犹豫了好半晌，才道：“因为承阳有一位外号叫鬼见愁的神医，据说能治她的病。就是上次她去静安寺给自己祈福那天，我将这件事告诉了她。本来我是准备与她一起去承阳找那个鬼见愁的，没想到她居然一个人先溜了。”

“给自己祈福？”轩辕容锦觉得自己又听到了一个奇怪的字眼，“你是说，九卿那天之所以会出现在静安寺门口，是因为去寺院祈福？”

轩辕赫玉白他一眼：“这么简单的道理，人人都会懂吧。没有烦心事的话，谁会去寺院那种地方？自从九卿知道她中了毒，可能这辈子都无法给皇兄生子，她当时受打击的样子，直到现在都令人记忆犹新……”

他每说一句，轩辕容锦的心便揪紧一分。

为什么他觉得最近发生的每一件事，仿佛都与自己没有半点儿关系。

在这个世上，明明他才是九卿最该依靠的那个人，可当她出事的时候，却选择了一个人去承担这个苦果。

他又狠又重地在轩辕赫玉的头上拍了一巴掌，怒骂：“发生了这么大的事情，你居然现在才告诉朕，小七，你这个浑蛋，朕真想一刀把你给砍了。”

轩辕赫玉毫无预兆地挨了对方一巴掌，疼得“嗷”了一嗓子：“皇兄，你说过不再对我动手动脚的。”

“朕怎么不记得答应过你这件事？”

轩辕赫玉被噎得脸色通红，捂着被揍过的脑袋道：“好，就算你没说过好了，你打我我也不跟你计较。现在我把全部的实情都告诉你，你应该履行刚刚对我的承诺，答应我一个条件。我的条件很简单，我要亲自去一趟承阳……”

轩辕容锦咬着牙说了一句：“这个条件，你可以在梦中实现。因为，朕绝不会给你去承阳的机会。”

诡异宅院

凤九卿按照君悦客栈掌柜提供的地址，找到了承阳城南东数第一宅。

远远望去，这是一幢美轮美奂的豪华大宅院，院门口摆着两只雄壮威武的石狮子。

宅子正上方的牌匾上雕着四个烫金大字：梧桐小居。

凤九卿站在门口观望了半晌，才缓缓走到门前，拎起门上的大铜环用力敲击了三下。

三下过后，她静静等待着里面的回应。

等了好些工夫，并不见门内传来任何动静。

她又拎起铜环敲了三下，对宅子里面喊了一句：“请问里面有人吗？”

依旧没人回应。

凤九卿觉得奇怪，尝试着去推两扇宅门，才发现门并没有上锁，她几乎没用什么力气，两扇大门便随之而开。

门开之后，映入眼帘的，是一片种满花草的巨大花园，花园中百花齐放，香味四溢，就像是一座远离尘嚣的世外桃源。

凤九卿一下子就被院内的美景所吸引，慢慢跨入大门，顺着铺着青石板的小路试探着向里面走去，边走边问：“不知是哪位英雄与我开了这样一场玩笑，既然我现在已经来了，还请英雄速速现身……”

正说话间，耳边忽然传来一股疾风。

她反应迅速地伸出手，下意识地将不知从哪里射出来的一只飞镖接了个正着。

“什么人？为何不敢现身？”凤九卿神情警觉地向四下里张望了一圈。

除了枝头上的鸟儿偶尔发出几声鸣叫，偌大的庭院里，安静得像一幢无人居住的荒宅。

这种诡异的宁静，令她产生了极高的防备。

这座令人眼花缭乱的美丽大花园，虽然拥有华丽的外表，其中却暗藏玄机，危险重重。

她片刻不敢大意，放慢脚步继续向前走。

眼看就要接近主宅大门，门口处高高耸立的一棵大杨树上，忽然降下一张巨型的大网，对着她的头顶便罩了下来。

凤九卿足尖点地，使了一个巧劲，向旁边一跃而起，堪堪躲过巨网的袭击。

还没等她松口气，宅子里便飞出一排羽箭，齐齐射向她的胸口。

她翻身一跃，再次躲过一劫。

一连串的袭击，令她的脾气变得有些暴躁。

不管这个躲在暗处使坏的究竟是何人，用这种方式来招待上门的客人，都可以用恶劣到极点来形容。

她一把抽出腰间的长剑，厉声对屋子内喊了一嗓子："不管你是谁，最好马上给我滚出来，再像缩头乌龟一样玩这些不入流的小把戏，就休怪我一把火烧了你这幢大宅。"

真是岂有此理，从来只有她凤九卿欺负别人的份儿，几时沦落到要被一个连面都没见到的人欺负到这步田地。

凤九卿憋了满肚子怒火，心中暗想，不管这个躲在背后搞恶作剧的人究竟是谁，被她逮到，定会痛揍对方一顿。

可惜她的怒吼，并未换来任何回应。

她一脚踢开正厅的大门，向里面仔细扫了一眼，屋内并不见半个人影，不过屋里的家具摆设却极为讲究。

整套的花梨木家具，靠东边的墙壁上是一整排高低不平的古董架。

架子上摆放的玉器古董，随便哪一样都可以卖一个好价钱。

屋子正中挂了几幅出自名家手笔的字画，西边摆放着高高的书架，架子上摆满了各种书籍。

圆形的花梨木桌上放着一只茶壶，以及两只装满茶水，并且还冒着热气的茶碗。

很显然，在她进门之前，屋子里是有人的。

再一看，她终于发现了一个比较眼熟的东西，正是工工整整叠放在茶壶旁边的一套浅黄色的僧袍和僧帽。

她快步走到桌前，一把将僧袍从桌子上拎了起来。

脑海中猛然记起一件事，当日她去静安寺烧香拜佛，请求佛祖满足她的心愿时，曾遇到一位自称法号净明的老和尚。

眼前这套僧袍，与那位净明大师曾穿过的几乎一模一样。

尤其是这顶黑色的僧帽，帽子正中用金色丝线绣了一个大大的佛字。

当时她在静安寺大雄宝殿与净明大师讲话时，曾留意了一下对方的僧帽，对上面用金丝线绣的这个佛字，记忆非常深刻。

结果一眨眼的工夫，那位来历不明的净明大师便消失得不见踪影。

她事后还问过静安寺的小沙弥，小沙弥告诉她，寺里根本就没有法号叫作净明的法师。

那时她还以为，她可能是碰到了神仙，遇到了奇迹。

如今看到这套眼熟的僧袍，再联想自从踏进承阳地界，所遇到的一连串离奇的遭遇。

她一下子就反应过来，自己根本就没有遇到什么神仙。

从她出现在静安寺，遇到神秘的净明大师那一刻起，她已经掉进了某人专门对她所设的陷阱。

脑海中一下子蹦出一个人影。会是他吗？

凤九卿的心不受控制地狂跳了起来。

她抱着僧袍在屋子里转了一圈，强忍住激动的情绪，扯着喉咙高喊道：“骆逍遥，你给我出来，我知道在背后搞鬼的那个人肯定是你。再像缩头乌龟一样躲下去，小心我真的会烧了你这幢大宅子。”

一口气喊完，就听内室传来一阵男子低沉的轻笑。随着笑声越来越近，这个从凤九卿进门开始，就将她耍得团团转的罪魁祸首，总算露出了真面目。

果然是骆逍遥那张俊逸非凡的绝世面孔。他身穿一袭月白色锦袍，头戴白玉冠，负着双手，从一个类似暗门的地方走了出来，像一个多金又风流的纨绔公子。

“九卿，多日不见，别来无恙。”熟悉而又略带陌生的声音，瞬间勾起凤九卿内心深处的无数往事。

她怔怔地看着这张令她一辈子都无法忘记的面孔，心中说不出是激动多一些，还是懊恼多一些。

“骆逍遥，果然是你！”

她气不打一处来地将捧在手中的僧袍丢在他身上：“当日在静安寺冒充老和尚的那个人，是不是你？”

骆逍遥被迫将僧袍接了个正着，玩世不恭地笑道：“你的聪明果然不减当年，仅凭一套僧袍，就认定躲在暗处给你设陷阱的人是我。九卿，你说我该对此感到荣幸，还是该对你拥有如此可怕的观察力而感到恐惧？”

凤九卿没好气地白了他一眼："像你骆逍遥这么有本事的男人，居然也会对人产生恐惧？"

"如果那个让我恐惧的人是你的话，没什么不可以。"

凤九卿被他那无赖的样子气得不知该哭还是该笑。

"既然你早在京城的时候就已经见到我，为什么要伪装成和尚的模样不肯与我相认？"

骆逍遥将她丢给自己的僧袍随手抛向旁处，冲她做了个请的手势。

"有什么话，咱们坐下慢慢聊。喏，这是我专门给你泡的雨前龙井，折腾了这么一路，定是口渴得要命，来，坐下休息一会儿润润喉。"

凤九卿瞪他一眼："我怎么知道这壶茶里没被你加了料？"

骆逍遥一脸哀怨："九卿，我在你心中的形象已经低到了这么可怜的地步吗？"

凤九卿冷笑一声："不然你怎么解释发生在君悦客栈的那件事？"

提到君悦客栈，骆逍遥嘴边的笑容更加欢快了。

他笑嘻嘻地解释："那只是我对你进行的一个小考验，想看看你坐上国母的位置后，警觉性和观察力与从前相比究竟下降了多少。事实证明，养尊处优的环境并没有磨掉你的本性。九卿，你的反应让我十分满意。"

凤九卿被他无赖的样子气得直翻白眼，干脆一屁股坐在他旁边的椅子上，深深吸了一口气，才捺着性子反问："万一我没有发现菜中的端倪，直接吃掉，现在岂不是一命呜呼，在你的算计下丢了性命？"

骆逍遥挑了挑眉："你觉得有我在，会让你遇到危险？"

"哼！至少在我的记忆中，只要有你出现的地方，肯定伴随着不少危险。"

"咳！"骆逍遥被她挤对得有些不好意思，连忙摆手道，"往事已矣，还提来干吗？过去的事情，就让它过去吧。"

"好，就算过去的事情可以不提，你给我解释解释，刚刚又是飞镖，又是巨网，又是羽箭到底是怎么回事？骆逍遥，你最好不要告诉我，这也是你对我的考验之一。"

骆逍遥一脸欠揍的表情："如果我说是，你会不会宰了我？"

"会！"

"好吧，我骆逍遥能死在你的手里，此生此世也无怨无悔。"

凤九卿哭笑不得："我以前怎么没发现你这么无赖？"

骆逍遥见她唇边终于露出笑容，这才恢复一脸正经的模样："不生气了？"

"生气又怎么样？你这个人向来不按常理出牌，跟你生气，简直就是在浪费生命。"

"其实我也有很多优点的。"

“哦？比如？”

“比如我长得很帅，头脑很聪明，武功很好，而且很会讨姑娘欢心。”说着，他将茶水递到她的面前，“最重要的一点就是，全天下的人都有可能伤害你。唯独我，绝对会用自己的性命来守护你的安危。”

凤九卿被他那执着而又无辜的语气说得心尖一跳，不受控制地从他手中接过茶杯。

骆逍遥轻轻说了一句：“放心喝吧，这里面真的没有加料。”

凤九卿将茶杯递到唇边，轻轻啜了一口，虽然茶稍微有些凉了，味道却恰到好处，很符合她的口味。浅酌了两口，她慢慢将杯子放下：“逍遥，你还没回答我刚刚的问题，当日为什么要用那种方式出现在静安寺？”

骆逍遥微微一笑：“也没什么，只是太久未见，想看看你婚后的日子过得究竟好不好。”

“你的答案是什么？”

“不尽如人意！”

“你知道我为什么去静安寺？”

“因为孩子！”

凤九卿微微一惊，若有所思地看了他一眼。她一直以为她的警觉性超乎常人，没想到她的一举一动，却还是事无巨细地被骆逍遥尽收眼底。

“你……”她沉吟了半晌，忽然问了一句，“所以从你用净明大师的身份与我在静安寺见面之后，便料到有朝一日，我会来到承阳？因为你也知道，承阳有一位神医，外号叫作鬼见愁？还有，这幢名叫梧桐小居的宅子，是不是你目前的住所？当日你离开京城之后，一直定居在这里？”

“九卿，你一连问了我这么多问题，究竟想让我先回答你哪一个？”

凤九卿深深看了他一眼，紧接着又问一句：“小七知道承阳有一位叫鬼见愁的神医这个消息，是不是你故意透露给他的？”

骆逍遥叹了口气，满脸无奈道：“九卿，你已经聪明到快要让我无地自容。没错，那个小傻子之所以会将鬼见愁一事透露给你，确实是我在暗中提供的消息。当日我写了一封没有署名的信，派人送到他手中。依我对那个小傻子的了解，他肯定会在第一时间将鬼见愁可以帮你解毒的事情告诉你。”

“小傻子？”凤九卿寻思了半晌，“你口中所说的小傻子，该不会是小七吧？”

“就是他！”

凤九卿嘴角一抽：“好歹他在黑阙也拥有王爷千岁之尊，你怎么能随便叫他小傻子？”

骆逍遥并不觉得这个称呼有什么不对劲：“他本来就是个傻孩子，除了对医术颇有几分研究之外，简直就是一个没有任何生存能力的笨蛋。要不是因为他够蠢，我也不会将承阳这边的消息经由他的嘴，透露给你。”

凤九卿很快便抓住重点：“那位可以帮我解毒的鬼见愁，目前究竟在不在承阳？”

“在我回答你这个问题之前，你能不能先回答我一个问题？”

“你问。”

骆逍遥目光灼灼地看了她一会儿，才用戏谑的语气问：“你不远千里来到承阳，目的究竟是什么？”

凤九卿觉得他问了自己一个很幼稚的问题：“既然你早在京城的时候就对我的情况了若指掌，应该知道我此次前来，是为了解毒。”

“解毒之后呢？”

凤九卿被问得满脸茫然：“解毒之后当然是回到属于我的地方，该做什么便做什么。”

骆逍遥玩味一笑：“其实真正让你在意的，是想要尽快怀上轩辕容锦的孩子吧？”

骆逍遥的直言不讳，令凤九卿一时间竟有些无从回答。

“虽然我不知道自己究竟中了什么毒，也不知道这个毒到底是在何时何地，被何人所下。但有一件事应该是天底下每一个女人的心愿，就是与自己心爱的男人共组家庭，并生下爱情的结晶。”

“可我听说，你离京之前，与你口中所说的那位心爱的男人，感情已经恶化到了水火不容的地步。而且我还听说，那个男人为了气你，不惜将外面的女人领进后宫给你添堵。”

凤九卿被他的话给逗乐了，忍不住调侃：“骆逍遥，我以前怎么不知道你居然还有说人八卦的嗜好？”

“九卿，当初被你用生命来选择的男人，为了心头的一时之气，竟用这种方式来伤害你，你真的觉得这样的感情就是你所期待的？”

“是又如何，不是又如何？逍遥，你不要忘了，半年前，容锦为了立我为后，不惜驱逐后宫，独宠我一人。这样叛逆的行为，已经引起朝臣的不满。而我，既然被推上国母的位置，很多事情，不是我想怎样便能怎样。”

“你曾后悔嫁给他吗？”

“不曾后悔！”

“若是找到鬼见愁，他无法帮你解毒，你必须面临一辈子无法给那家伙生儿育女的局面，你又当如何选择？”

这个假设，早在只身来承阳之前，凤九卿便在心中想过无数次。

面对骆逍遥一点儿都不像在跟她开玩笑的面孔，她一字一句地回道：“不管我能否给他生孩子，这都不影响我对他的爱。至于将来是去是留，只看他的态度。他愿意信守承诺，我亦无怨无悔陪他共度此生。若他嫌我弃我，无须他开口，我自会离他而去，从此再不与他有任何牵绊。”

“若真有那么一日，你舍得？”

凤九卿露出一个疏离而又空洞的笑容：“属于我的缘，我会尽心守护。不属于我的缘，我会任他高飞。”

骆逍遥微微出现了几分动容之色，半晌后，才轻飘飘地说了一句：“九卿，你果然未曾忘了本心。”

“你还没告诉我，那个叫鬼见愁的神医，目前下落何处？”

“不知道！”

这个答案令凤九卿的情绪一下子变得不淡定起来：“不知道？你居然说你不知道？”

骆逍遥一脸无辜：“我不知道鬼见愁下落何方，这也并非什么稀奇之事吧？”

“可既然你的家在承阳……”

“这只是我暂时落脚的地方，像我这种人，四海之内皆为家……不过九卿，你先不必着急上火。鬼见愁目前下落何处我的确不知道，但他的府宅确实坐落在承阳境内。只是这个人行踪不定，每年都要出门几次。等他云游回来，我自会请他上门，并让他想尽一切办法帮你解毒。”

凤九卿听得云里雾里：“你与他是旧识？”

“打过两次交道。”

“此人品性如何？”

“我只能告诉你，他的医术确实在那个小傻子之上。”

“他外出云游的周期大概多久？”

“多则两三个月，少则两三日。”

凤九卿暗暗在心底盘算了一下，若她在承阳这边停留太久，京城那边肯定要炸锅。

而且，她不敢保证小七会不会在容锦的逼问之下出卖她的行踪。

万一容锦派兵追到承阳，她未必有太多时间与那些人周旋。

像是看出她心底的疑虑，骆逍遥劝了一句：“既来之则安之。九卿，就当此次出宫，是来承阳散心度假。说不定明天早上，就会传来鬼见愁回到承阳的消息。而且你我阔别半年不见，当初没有亲自去皇宫参加你和那家伙的婚宴，一直让我后悔至今。为了表达我心中的愧意，你住在承阳这段日子，便由我亲自来招待吧。”

第六十四章

讨卿心美味鸡汤

梧桐小居

就这样，凤九卿在骆逍遥的挽留下，暂时留在承阳这幢名叫“梧桐小居”的宅子里住了下来。

宅院虽大，宅子里的用人却寥寥无几。

除了打扫院子的家丁之外，偌大的梧桐小居中，只有两个侍候茶水的丫头，以及厨房里一位上了年纪的厨娘。

凤九卿被安排在一间占地宽敞、装饰豪华的客房里。

被骆逍遥安排在她身边的使唤丫头名叫苹儿。

由于她的身份比较特殊，为了避人耳目，骆逍遥在给府中下人做介绍的时候，只说了凤九卿的姓氏，是自己一位远房的亲戚。

其他的，并不曾透露半分。

因此，府里的下人每次看到凤九卿时，都会很客气地尊称她一声凤小姐。

连日来一直在途中赶路，如今总算找到了可以吃好睡好的地方。

凤九卿真是一点儿都没跟骆逍遥客气，与他一同吃了一顿丰盛的晚膳，又在苹儿的伺候下洗了一个舒舒服服的热水澡。

然后，住进了奢华舒服的客房，睡了一个酣甜的美容觉。

第二天一早，她是被窗外落在枝头上的鸟鸣声给吵醒的。

此时正值炎热的夏季，窗外百花盛开，花香透过窗口迎面扑来。

凤九卿在柔软舒服的大床上伸了一个懒腰。

外面的阳光从窗口处洒进，映得满室生光。

伴随着沁人的花香，她忽然觉得，这样一座世外桃源，不知比深宫大院美上多少倍。

似是听到屋内传出了动静，昨日伺候了她一整天的苹儿轻手轻脚地从外面走进来。

见凤九卿已经醒了，苹儿恭恭敬敬道："公子猜到凤小姐这个时候也该起床了，特意吩咐奴婢过来伺候凤小姐更衣洗漱。"

说着，将手中端着的洗脸盆放到凤九卿床边的位置，又将事先准备好的一套月白色的男式外衫放到床边。

凤九卿看了那外衫一眼，不解地问："这衣袍的款式是男子的吧？"

苹儿笑着点头："凤小姐猜得没错。几天前，公子便命裁缝铺的掌柜，按照凤小姐的身高尺寸，给您做了五套颜色不同的外衫，而且都是男款。公子说，凤小姐是个貌似天仙的姑娘家，为了避免外面的歹人觊觎您的美貌，做男装打扮，才不会引来贼人的惦记。当然，公子也有话交代。若凤小姐不喜男装，执意要穿女装，他也有所准备，只看凤小姐的意思。"

苹儿的话，令凤九卿有些哭笑不得。

早在几天前便让裁缝铺按照她的身高尺寸准备了衣裳。看来，骆逍遥对她的行踪还真是了解得比她自己都要透彻。

看了看床边那套做工考究、面料价值不菲的月白色男式长衫，凤九卿笑着对苹儿道："就穿这套吧。"

她本来也没打算出门的时候以女装示人，虽然她的容貌并不像骆逍遥形容的那样倾国倾城。

可这年头，但凡有些姿色的女子，总会在不经意间给自己招来无妄之灾。

此次来承阳，她为求看病，并不想惹是生非。

因此，骆逍遥让她以男装示人，真是再合她心意不过。

一番梳洗打扮过后，凤九卿顶着一张翩翩佳公子的面孔出现在骆逍遥面前。

比起昨天那身 "刺客装"，此时的凤九卿若走出府门，定会引来整个承阳城大姑娘小媳妇的惊叫。

骆逍遥在看到她俊逸潇洒的装扮后，不正经地吹了一记口哨："敢问这位风流倜傥、英俊不凡的兄台尊姓大名？"

凤九卿摇着手中的折扇似笑非笑地踏进主厅门槛，经过骆逍遥身边的时候，还用扇柄在他的头上轻敲了一记，并佯装不满地斥骂了一句："登徒之辈，休得无礼。"

骆逍遥哈哈大笑："你放心，我可没有断袖的癖好。对了，昨天晚上睡得还好吗？"

凤九卿在他旁边的一张椅子上坐了下来，笑眯眯地点了点头："已经好久不曾过这种无拘无束的日子，早上睁开眼的那一刻，还以为我在做梦。”

骆逍遥不正经地问道：“既然我这里这么好，有没有考虑留下来不走了？”

凤九卿白了他一眼：“小住即可，久留无意！”

“哼！说一千道一万，你心里就是放不下那个家伙！”

“不要总用‘那个家伙’来形容他。别忘了，年少时，他可是被你当成兄长一样来看待的挚友。就算后来发生了一些误会，令你们变成了敌人，可误会被解除的那天，你们要是还互看对方不顺眼，那就愧对老天爷精心为你们安排的这段缘分了。”

凤九卿始终觉得，容锦和逍遥之间，应该像年少时那般融洽相处。

可自从两个人在半年前解除对彼此的误会后，他们便分道扬镳，老死不相往来，真是想想都让人觉得遗憾。

骆逍遥对她的话嗤之以鼻：“与他那种人做朋友，还是算了吧！”

误会解除，不代表当初对彼此的伤害也能一并抹平。

轩辕容锦曾想方设法将他关进皇家陵墓，差点儿与轩辕君昊那个倒霉的一起被活活闷死。

而他，也曾费尽心机，利用凤九卿给那个家伙下了蛊，差点儿让黑阙一代帝王就此一命呜呼，直接见了阎王。

不管当年那件事谁对谁错，既然上天最后让他们变成了敌人，再想修复幼时的关系，已经没有那个必要。

凤九卿见他执意如此，并没有再继续这个话题。

“对了逍遥，你今天有空吗？”

骆逍遥戏谑一笑：“无论我有空没空，只要你来了，我所有的时间都可以挪出来归你安排。”

“你放心，我不会占用你所有的时间，只是想让你陪我去那位神医家拜访一下，问问神医的归期。”

骆逍遥皱了皱眉：“你还真是心急。”

凤九卿不以为然：“我只是很想知道我中的究竟是什么毒。毕竟，这毒除了让我无法怀上身孕之外，目前并没有给我带来任何影响。我虽然不怕死，但在明知道自己身中奇毒的情况下还可以淡然处之，那不是人，而是神！”

“好好好！你说什么就是什么。反正我今天也无事可做，等吃过早膳，就陪你去那神医的府上走一趟。对了……”

说话间，骆逍遥将桌面上摆的一只描着金边的瓷盅推到凤九卿面前：“尝尝这个，看看味道喜不喜欢？”

早在凤九卿刚进门的时候便看到了这只漂亮的瓷盅。

她当时还以为这是屋子里的一只装饰品，没想到里面还盛着炖品。

她好奇地打开瓷盅的盖子，迎面扑来一阵勾人食欲的香气。

只见里面浓浓稠稠装着一堆食材，味道里，还隐隐散发出一股淡淡的药香之气。

“这里面装的是药膳？”

骆逍遥笑着点头：“的确是加了一些固本培元的药材，不过主要食材并不是药，而是一只鲜嫩的小公鸡。你看，汤里有很多煮得稀烂的鸡块，保证味道正宗，绝无二家。”

说完，还拍了拍胸脯，扬扬自得道：“这可是本少爷亲自下厨给你炖的，九卿，就算你吃不光里面的食材，也得把那盅里的汤全部喝光。不然，我一番心血可就要被浪费掉了。”

凤九卿吃了一惊，不敢置信道：“你是说，这碗汤是你亲手炖的？”

“怎么？你不相信？”

“君子远庖厨……”

骆逍遥满口不屑：“所谓君子远庖厨，就是一群好吃懒做的男人为自己找的无聊借口。谁规定会下厨的男人不可以做君子，能屈能伸的才是真正的大丈夫，其他的都是胡扯罢了。”

凤九卿被他的逻辑逗得哈哈大笑，不愧是有生以来第一个被她欣赏的奇男子，即使时间过去了这么久，骆逍遥这直率的性子依然颇得她意。

“好，既然这碗汤是你亲自下厨炖的，我肯定要捧场，就算撑死，也得把里面的东西全部吃光。”

说着，拿起玉制的汤勺，从盅碗里盛了一小口汤放进嘴巴里。

汤味鲜浓，带着一股勾人食欲的肉香，以及一种形容不出来的草药味。

见她喝完第一口，骆逍遥就像一个等待大人夸奖的孩子，小心翼翼地问：“味道怎么样？”

凤九卿意犹未尽地又连吃好几口，才不住地点头：“简直比宫中御膳房厨子的手艺还要棒。逍遥，我以前怎么不知道你还有做美食的天赋？”

骆逍遥轻哼了一声：“不是你没发现我这个天赋，而是你之前将所有的注意力，都集中在那个家伙的身上，因此才会对我身上所有的优点视而不见。”

凤九卿也不跟他一般见识，一会儿工夫，便将一整碗鸡汤喝得一滴不剩。

喝完，还毫无形象地打了一个大大的饱嗝，逗得骆逍遥乐不可支。

吃过早饭，凤九卿在骆逍遥的带领下，准备去神医的家里走一趟。

结果出门之后才知道，神医目前所居住的宅院并不在承阳城内，而是坐落在承阳城以北一个名叫阳河镇的小镇上。

从承阳城到阳河镇，骑马的话，也要赶两三个时辰的路。

一路快马加鞭，总算来到阳河镇，找到神医的家。

果然不出骆逍遥所料，家里的管家告诉二人，早在半个月前，主人就带着徒弟出了门，估计要过些时日才会回来。

扑了个空的凤九卿和骆逍遥只能无功而返，重新折回承阳城。

来回这么一折腾，等两个人踏进北城门时，天色已经渐渐黑了下来。

“九卿，从这里到梧桐小居至少还要再赶一个时辰的路，不如咱们找一家饭店先吃些东西喝口水，等休息得差不多了，再回府不迟。”

从早上出门到现在，两个人确实滴水未沾，也不曾吃过一口东西。

眼看着夕阳西下，她早已饥肠辘辘，饿得前胸贴后背，于是冲骆逍遥点了点头，说：“早上出城门之前，我看到前面好像有一家名叫月阳楼的饭店，规模不小，想来味道也不会太差。咱们暂且去那里落脚，解决晚膳问题好了。”

骆逍遥自然是没有意见，两个人肩并着肩骑着马，在月阳楼的门口停了下来。

饭店里负责招待客人的伙计见贵客登门，急忙热情地迎了出来。

“两位公子快快里面请。”

进了饭店才发现，此时正是饭点，月阳楼内宾客如云。

伙计将两个人带到唯一一张还空着的桌子前，骆逍遥随口点了几道菜，让伙计准备两碗汤面，最后又叫了一壶龙井茶。

直到伙计转身进了后厨，凤九卿才静下心来，跟骆逍遥说起闲话：“自从我成亲之后，便再没听到关于你的消息。这半年来，你一直都生活在承阳吗？”

当日她和容锦大婚，身边不少亲朋好友都来到皇宫为他们祝贺。

唯独骆逍遥缺席，害她伤心难过了好长时间。

“倒也并非如此……”骆逍遥回道，“自从离开京城，我一直云游四海，随心所欲地在大江南北四处逛逛。前些年致力于替自己报仇，忽略了世间不少美丽的风景。这半年来，我几乎逛遍了黑阙的每一个角落，也欣赏了无数美丽的风光。之所以会留在承阳，是因为梧桐小居那幢宅子，是师父留给我的唯一一个念想。”

“你师父？原来你还有师父？”

这还是凤九卿第一次听骆逍遥提起他自己的事情。

骆逍遥好笑又好气道："我要是没有师父，哪里学来的这一身本事？只是师父他老人家没有福气，在我刚刚成年的时候便驾鹤西游。承阳是我师父的祖籍，他几乎将毕生的心血都留在了这里。正所谓落叶归根，虽然我真正的根并不在这个国家，可当年将我从苦海中解救出来的师父，却在承阳给我安了一个家。他一生未婚，膝下只有我一个徒弟，他去世之后，我将他的尸骨葬到了梧桐小居的后山。想他的时候，就拎些酒菜，去他坟前陪他坐上一坐。虽然我与他之间并无血缘关系，可一日为师，终身为父。这辈子唯一还能让我称之为亲人的，也只剩下梧桐小居那座孤坟了。"

凤九卿听得心里有些不是滋味："别这么说，我也是你的亲人！很久以前我就说过，我们俩有很多相似的地方，包括人生、命运以及经历。所以，我很愿意结交你这个朋友，甚至愿意将你视为我的亲人来对待。"

骆逍遥微微一笑："好，此生能等来你这句话，也不枉我骆逍遥来这世上走上一遭。"

凤九卿拍了拍他的手臂："逍遥，你年纪不小了，有没有考虑成亲生子？"

"未曾想过。毕竟在茫茫人海中，想寻找到一位知己，并非如想象般那么容易。妻子和孩子，是要陪伴自己度过一生的伴侣。若是盲目选择，将会给整个家庭带来痛苦。"

"你这么优秀，寻一位善解人意的姑娘，应该并不是难事。"

骆逍遥似笑非笑地看了她一眼："只可惜，我喜欢的人，未必也像我喜欢她那般喜欢我。"

凤九卿当然明白他这句话中的意思，她知道骆逍遥对她有意，可现在的她，已经是另一个男人名正言顺的妻子。

无论骆逍遥再怎么优秀，她也只能把他当作朋友，不可能将他视为恋人。

就在两个人边吃边聊，完全进入一种忘我的状态中时，邻桌忽然传来一阵骚乱。

只见一个六七岁的小男孩坐在地上放声大哭。

他手中紧紧抓着一条绳子，绳子的另一头拴着一条大黄狗。

黄狗的个头儿比小男孩还要壮实一些，看到小男孩哭得稀里哗啦，大黄狗急得在小孩儿身边直打转。

旁边一个肥头大耳的白胖男人气得用力在桌子上拍了一巴掌。

指着那小孩儿的脑门道："你这小杂种给我闭嘴，哭！再哭，休怪爷爷一脚把你踢上天。"

饭店的掌柜被这阵势吓得脸都白了，赶紧过来安抚："周少爷，您息怒，都怪小老儿这个孙子年纪太小，不懂事，有得罪之处，还请您莫怪莫怪。"

说完，瞪了哇哇大哭的小男孩一眼，厉声道："还不放开大黄。"

听到这话，小孩儿哭得更伤心了，他一把抱住大黄狗的脑袋，扯开嗓门大号："今儿谁敢碰我的大黄，我就跟谁拼命。"

看到这一幕的凤九卿和骆逍遥彼此对望了一眼，一时间有些搞不清楚，刚刚还一片和乐的酒楼，怎么眨眼之间就闹得沸沸扬扬？

还是骆逍遥眼疾手快，一把揪住匆匆从他们桌前经过的一个伙计，抬了抬下巴，指着骚乱处询问："那边发生了何事？"

小伙计有十四五岁，长得瘦巴巴的，还有一点儿娃娃脸。

面对骆逍遥的询问，伙计小声说道："那边那位周少爷，名叫周宝贵，是咱们承阳城首富周国安的儿子。至于那个梳着朝天小辫儿的娃娃，名叫小乐，是店掌柜家的孙子。今儿他爹娘临时有事，将孩子托付给掌柜照顾。小孩儿来的时候，手里还牵了一条家里养的大黄狗。这条狗不知怎么就入了周少爷的眼，非要店掌柜将这条狗宰了，给他炖一锅狗肉吃。掌柜的小孙子死活不肯，周少爷一怒之下，便将小孩儿推了个屁股蹲儿。还扬言，今儿要是吃不到狗肉，就跟店掌柜没完。"

听了这话，凤九卿的眉头一下子就皱了起来："照你这么说，那个姓周的岂不是胡搅蛮缠，蛮不讲理？"

伙计赶紧冲两个人做了个噤声的手势："两位公子可小心一点儿，那位周少爷可是咱们承阳城里了不得的人物。他们周家不但是承阳首富，我还听说，在京城那边也有非常了不得的人脉。"

京城？

一个小小的承阳首富，居然与京城那边也有千丝万缕的关系？

她状似不在意地问了一句："这个周家，在京城究竟有什么关系？"

伙计连连摇头："那小的怎么可能会知道？小的只是月阳楼中一个打杂的伙计，只知道周家的人在城中是个土皇帝，没人敢招惹。依我看哪，小乐家里养的这条大黄狗，今儿注定要变成一锅狗肉汤了。"

几人说话之际，那个嚷嚷着要吃狗肉的周少爷，终于因为小乐的不肯配合而大发雷霆。

他冲身后的两个家丁打了个手势，趾高气扬道："你们俩，把那条狗给本少爷绑起来，拎到后厨，直接宰了给本少爷炖肉吃。"

那两个大汉刚要上前，意识到危险靠近的大黄狗，瞬间龇着利牙，恶声恶气地冲两个人"汪汪"叫了几声。

吠叫的同时，还不忘将小主人紧紧护在自己的身后，生怕这几个来者不善的家伙会伤害到小主人。

周宝贵被大黄狗的叫声吓得躲在家丁的身后，色厉内荏地大声嚷嚷。

“娘的，不过就是一条死狗，居然敢对本少爷乱喊乱叫。快，快把它给我杀了，马上杀了。岂有此理，你们月阳楼简直欺人太甚……”

店掌柜吓得浑身直哆嗦，连忙躹躬作揖，说尽好话：“周少爷息怒，小老儿这就派人去杀，这就去杀……”

说完，招呼几个小伙计过来，哆哆嗦嗦道：“快，快把大黄牵进后厨，炖一锅狗肉，给周少爷压惊。”

小乐气得哇哇大叫：“不准碰我的大黄！”

掌柜怒道：“小乐，你听话，回头爷爷再给你买一条新狗……”

“我不要别的狗，我只要大黄。爷爷，难道您忘了吗？大黄曾经可是救过我的命。前几天我差点儿被人贩子拐走，要不是大黄及时出现，把那些坏人吓走，您可就没我这个孙子了。”

“你……”

掌柜被小孙子反驳得语气一噎，回想当日之事，家里养了三年的这条大黄狗，确实救过孙子的命。

思及此，他可怜兮兮地又看向周宝贵，哀求道：“周少爷，您看，大黄对我们家意义非凡。要不这样，您今天的晚餐都算在小老儿我的账上，至于这条狗……”

“你放屁！”周宝贵当胸一脚，将那个掌柜给踹翻在地，“本少爷家财万贯，难道还差你们月阳楼一顿饭钱不成？本少爷今儿还非吃了这条狗不可。如若不然，你们这见鬼的月阳楼，就等着关门大吉吧！”

店里的伙计都被吓着了，七手八脚将吐了一口血的掌柜从地上扶了起来。

凤九卿实在有些看不过眼，在所有人都屏住呼吸不敢吭声的时候，她缓步走到被推倒在地的小男孩面前，不着痕迹地将他挡在后面。

小孩儿和他身边的大黄狗似乎感觉到了这位“俊美公子”的善意，下意识地躲在她身后，寻求她的保护。

周宝贵眯了眯眼，面色不善地瞪了凤九卿一眼，语带警告道：“不管你是什么人，敢多管闲事，就休怪本少爷对你不客气。”

凤九卿微微一笑：“先不要急着动怒，我只是想当着众人的面问你一个问题……”

“哼！你算个什么东西，凭什么你问本少爷问题，本少爷就一定要回答？”

凤九卿也不生气，挑了挑眉，反问了一句：“也就是说，你不敢回答我的问题了？”

“本少爷有何不敢？”

“既然你没什么不敢，那我问你，你是一只畜生吗？”

这句话，她问得非常认真，并没有任何奚落或折辱的意思，就像一个好奇宝宝，用十分无辜的口吻，颇为小心地问出心底的好奇。

可听在周宝贵耳里，却成了莫大的侮辱。

他指着凤九卿的头怒道：“你好大的胆子，居然敢骂本少爷是畜生？”

凤九卿眨了眨眼：“我没骂你是畜生啊，我就是问你究竟是不是畜生。”

周宝贵被她的问题给绕晕了，急赤白脸道：“这有什么区别？”

“区别可大了，如果你回答你是个畜生，那你刚刚的行为我无话可说。可如果你不是，我就要替这个小娃娃问问你，在你明知道这条大黄狗救过小娃娃的性命，居然还想将它宰了吃肉。胖子，你的良知呢？人性呢？如果这两样东西你刚好没有的话，那你跟畜生又有什么区别？哦不，其实畜生也是有良知的，至少这条大黄狗被主人家养了三年，还知道在小主人遇到危险的时候对他出手相救。由此不难证明，你连畜生都不如。”

直到她一口气说完这番话，在场的众人才隐约听出，其实从头到尾，这位白衣公子都在痛骂周宝贵。

骆逍遥被凤九卿那一脸正经的胡说八道模样给逗得拍腿大笑，这个被他仰慕了这么多年的女人，在他生命中果然是一个不可替代的存在。

骆逍遥放肆的笑声，总算让那个被绕得云里来、雾里去的周宝贵反应过来。

他顿时气红了眼，指着凤九卿对她破口大骂：“真是岂有此理，来人，还不将这个刁民给本少爷五花大绑，连同那条狗一起推去后厨大卸八块。本少爷今儿不但要吃狗肉，还要将你这个人的肉也一并吃了……”

就在周宝贵当着众人的面逞威风时，骆逍遥顺手抄起桌上的菜盘子，对着周宝贵的肥头大脸，猛地拍了过去。

满满一盘子还冒着热气的菜，砸得周宝贵呜嗷大叫。

他捂着还残留着菜叶子的脸，尖声大喊：“反了！真是反了！来人，把他们全部送进官府重刑伺候……”

那些家丁看到自家少爷被砸得面目全非，呼啦一下子全都向骆逍遥的方向围了过来。

还没等他们近身，骆逍遥又从筷笼里抽出一把筷子，“嗖嗖”几下丢过去，再瞧那几个家丁，被筷子插得人仰马翻，好不狼狈。

没等那几个喽啰从地上爬起来，他左一脚，右一脚，将急欲起身的家丁又给踹翻在地。

一向嚣张跋扈的周宝贵眼看自己的手下全部“阵亡”，他一把抓起桌上的大号汤碗，对着骆逍遥的方向便丢了过去。

可惜，周宝贵技不如人，根本学不来骆逍遥的丢盘子手法。

那碗热汤才刚刚飞了出来，凤九卿便眼疾手快地飞身一跃，以一个极其漂亮的动作，将那碗汤又原封不动地踹了回去。

“砰”，满满一碗热汤，不偏不倚，正扣到周宝贵的脸上。

值得庆幸的是，这碗汤已经被端到桌上有些时候，虽然还很热，泼在脸上，倒不至于烫掉周宝贵一层皮。

饶是这样，整碗汤扣在脸上的感觉也非常难受。

他狼狈地抹了把脸，气得眼睛都红了。

“你们两个贱民真是反了天……”

当“贱民”两个字说出口时，凤九卿和骆逍遥几乎是动作一致地抬起长腿，对着周宝贵的胸口便踹了下去。

两个人合伙揍人，致命程度可想而知。

此处是月阳楼的三楼，周宝贵一个一百八十多斤的大胖子，竟然被这当胸一脚，直接从窗口处飞了出去。

紧接着，窗外便传来一声哀号。

月阳楼里所有的客人都被吓傻了，包括店掌柜和那个牵着大黄狗的小娃娃。

“两位哥哥……”惊了半晌，还是那小娃娃首先从震惊中回过神儿，他轻轻扯了扯凤九卿的衣襟，小声道，“你们快跑，那个胖子是个坏蛋，你们今天伤了他，他肯定会找人回来报复。他们周家的坏人有很多，经常草菅人命……”

凤九卿被小娃娃那奶声奶气的样子逗得直笑，她半蹲在小娃娃的面前，笑着问道：“你这么小，居然知道什么叫草菅人命？”

小娃娃用力点头：“自然知道，这是我爷爷告诉我的……”

店掌柜此时也从惊愕中醒过神儿，他一把捂住孙子的嘴，脸色惨白道：“小乐，闭嘴，休要胡说八道。”

凤九卿自然知道店掌柜在担忧些什么。

这次来承阳，她本不想惹是生非，可那个周胖子的行为实在可恶，她没忍住，便惹下这样的祸。

当然，这样的小祸，并不被她看在眼里。

只是担心自己离开之后，那个被自己和骆逍遥踹出窗外的周胖子，会不会在事后来月阳楼为难店掌柜祖孙二人。

骆逍遥顺手递给店掌柜一张一百两面值的银票："这是砸坏贵店东西的赔偿，另外，如果那姓周的回来找你们麻烦，直接让他们去城南第一宅，我自会给他们一个交代。"

出了月阳楼的大门，凤九卿和骆逍遥十分默契地互击了一下手掌，相视一笑，对彼此道："干得漂亮！"

第六十五章 谁都不能与朕抢

落入法网

这二位都不是害怕惹事的主儿，尤其是凤九卿，她爱护小孩子，也很喜欢小动物。

她绝对忍受不了周胖子仗势欺人，将那么一条忠心护主的大黄狗，变成他的腹中餐。

至于被两个人一脚踹出窗口的周宝贵，被他手下的家丁扶起来时人还是清醒的。

只不过他一条腿怕是要保不住。

家丁们不敢再继续招惹那两个来历不明的年轻人。为了避免自家少爷出现性命之忧，只能暂时将周宝贵扶上马车，赶紧拉回周府，找大夫上门救治。

翻身上马返回梧桐小居的途中，凤九卿忍不住问骆逍遥："这个周家在承阳究竟有什么来头？为什么众目睽睽之下，居然如此胆大包天？承阳的知府难道对周胖子的恶行置之不理吗？"

骆逍遥摇头冷笑："自古以来，恶人无处不在，岂是朝夕之间就能将他们全部灭光的？再者说，官官相护一直都是官场上众所周知的秘密。周家是承阳的首富，知府肯定是收受了不少好处，才会对他们多有维护。"

凤九卿心里有些不是滋味。

不管当权者多么想将一个国家治理妥当，下面的人一旦不作为，一切努力都是白费。

轩辕容锦当年虽然在夺位的时候手段残忍，可自从他坐上了那个位置，是真的一心为天下苍生操心费力。

可他的子民，却在这些暗不见光的地方为所欲为，伤害无辜百姓。

而这样的腌臜事情，她能管得了一桩，又岂能管得住所有？

"九卿，别想太多。你是人，不是神，不可能以一己之力，改变这已经存在了上千年的诟病。黑阙能在那家伙的统治下有今天的局面，总体来说，还是繁荣昌盛的。”

就算骆逍遥心里并不怎么待见轩辕容锦，却还是不得不佩服他治理天下的能力。

凤九卿点了点头，倒是没再继续这个话题。

约过了半个时辰，两个人策马回到了梧桐小居。

刚进府门，就看到原本宁静美丽的花园中，不知何时竟然被一群训练有素的黑衣人占满。

这突如其来的阵势，令正和骆逍遥有说有笑的凤九卿脸色一下子变了。

闯进脑海的第一个念头就是，她的行踪很有可能已经被容锦发现。

她几乎是想都没想，掉转马头，转身就要顺原路逃之夭夭。

却听身后传来一道熟悉的声音：“整幢府宅都被朕包围得水泄不通，你若想逃，也该掂量掂量究竟有没有那个本事。”

果然是轩辕容锦。

凤九卿在心里翻他一个大白眼，迫不得已，不得不翻身下马，与不知何时走向门口的轩辕容锦四目对望。

从她离开京城到现在，已经过去了整整七天时间。

七天，或许对寻常人来说，并不是那么漫长。

可对轩辕容锦来说，就像是过去了漫长的七辈子。

看着眼前身穿男装，英挺不凡的俊俏女人，他真说不出自己究竟是思念多一些，还是愤怒多一些。

当日成亲之时，两个人明明说好有福同享，有难同当。

结果当她出事的时候，她可以与全天下人来分享她的苦恼，也不愿向他倾诉一句。

要说心里不怨不恨，那是自欺欺人。

可一想到她所遭遇的所有不幸，皆是因他而起，便怎么都不忍心再对她继续责怪。

“你来了！”

还是凤九卿有些按捺不住，率先开口，打破两个人重逢时这尴尬的局面。

虽然早在逃出皇宫之前便已经猜到今天的结果，却没想到这一天到来得竟是这样快。

轩辕容锦脸色微沉，语气冷硬：“你似乎并不愿意看到朕。”

“怎么会呢？”

“没有吗？”

“没有！”

“好，既然没有……”轩辕容锦径自走到她面前，一把抓住她的手腕，用不容拒绝的语气道，“便与朕速速回京。”

“咳！”一直被忽略的骆逍遥用力咳了一声，提醒那个独裁霸道的男人，这里除了他们夫妻二人，以及那些碍眼的侍卫之外，还有他这么一个喘气的大活人。

轩辕容锦好像才注意到他的存在，看向他的眼神带着些许挑剔和不屑：“你还活着？”

骆逍遥哼笑一声：“很抱歉让你失望了，我不但活着，而且活得如鱼得水。”

“那真是令人感到不幸！”

“彼此彼此！”

凤九卿被两个人另类的打招呼方式气得哭笑不得：“你们二人好歹曾经也是过命的交情，阔别数月未见，就不能好好说几句话？”

“过命的交情？”

轩辕容锦和骆逍遥非常有默契地同时反问出口，显然对“过命的交情”这五个字产生了深深的不屑。

骆逍遥哼笑了一声：“对，的确是过命的交情，我们曾经是那么心心念念想要索取对方的性命，这不是过命的交情是什么？”

轩辕容锦也不甘示弱地反击：“如果时光可以重来，朕当年在封了皇陵之前，应该派人彻夜把守，免得有漏网之鱼顺洞溜走。”

骆逍遥翻他一个白眼：“如果时光可以重来，当日蛊毒的解药我宁愿扔到河里当鱼食，也不会去救某些忘恩负义之人的性命。”

眼看两个人越吵越凶，凤九卿赶紧开口劝道：“二位，这里并不是吵架的最佳场所，为了避免给人看笑话，你们能不能稍微收敛一下？”

骆逍遥向凤九卿投去一记我会乖乖听话的笑容，他冲她做了个请的手势：“在外面折腾了一天，你现在一定很辛苦。九卿，你先回房休息，待会儿我让苹儿给你准备热水，好好洗个热水澡。至于你……”

他又将目光移向容锦：“我这梧桐小居庙太小，恐怕留不住你们这些大神。所以你还是打哪儿来，回哪儿去，别继续跟这儿碍我的眼了。”

轩辕容锦冷冷瞪了他一眼：“朕的媳妇岂能留在狗窝居住。九卿，这里又小又破，待久了怕是会玷污你高贵的名声，马上与朕离开这里。”

“容锦……”凤九卿向后躲了一下，冲他摇头道，“我并没打算现在就回去。要走你先走，等我办完手边的事情，不用你催，我也会回到京城与你会合……”

轩辕容锦的脸瞬间就阴沉了下来，他指着不远处嚣张得意的骆逍遥道：“你要赶朕离开，跟这个心术不正的家伙住在一起？”

凤九卿纠正道："逍遥不但是我的朋友，他曾经也是你最好的朋友。而且，我并没有说过要跟他在一起，只是暂时借住在他的府上。等事情办完，我自会择日离开……"

骆逍遥唯恐天下不乱地冲轩辕容锦嗤笑了一声："某些人还是识趣一些，别继续留在这里自取其辱。"

轩辕容锦直接将骆逍遥的话当成是耳旁风。

再怎么说，他也是个皇帝。继续当着众人的面争吵下去，到头来丢人现眼的还是他自己。

轩辕容锦瞪了不远处幸灾乐祸的骆逍遥一眼，对一直守在自己身后等候差遣的江龙、江虎道："既然皇后执意留在这里暂住，吩咐下去，这幢府宅，暂时被朕征用了。将那些闲杂人等全部驱逐，一个不留。"

骆逍遥简直要被这男人的逻辑气哭。

"你没搞错吧？别忘了，这里可是我的家。"

轩辕容锦冷冷道："这宅院多少银子？朕买下就是。"

"谢谢，我不缺银子！"

"缺不缺是你的事，买不买是我的事。江龙，马上命人去办理房契手续……"

凤九卿冲江龙使了个少安毋躁的眼色，才一把拉住容锦的手腕，没好气地对他说："好了！你能不能讲点儿道理！江龙，这宅子里一共只有五个仆人，我刚住进来的时候，逍遥并没有公开我的身份。为了避免引起不必要的轰动，容锦的身份也不能公开。对外就说，你们是我的亲眷，暂时在这里留宿几日，其他什么都不要讲。"说完，又抱歉地看向骆逍遥，"因为我的原因，可能暂时要在这里打扰些时日。你放心，我会让容锦付伙食费的。"

眼看轩辕容锦张开嘴，一副有话要说的样子，她一把捂住了他的嘴，拖着他的手臂，不顾他反对地强行将他拉进了自己昨天住过的那间客房。

进了屋，轩辕容锦忍不住爆发："九卿，你到底是哪边的？别忘了朕才是你名正言顺的夫君……"

凤九卿一把捂住他的嘴，低声警告："这里不是皇宫，你别一口一个朕，难道你想让整个承阳城的人都知道当今皇帝莅临此处了？"

轩辕容锦一把将她的手从自己的嘴上拿了下去，皱着眉道："好，多余的闲话咱们先不谈。凤九卿，你给我解释解释，出宫之前，你明明说过，你要去太华山探望你的父亲和师父，可你现在为什么出现在承阳？"

凤九卿无力地瞪他一眼："既然你已经追到了承阳，这个问题我还有必要回答吗？"

仔细一琢磨，容锦才发现自己确实问了一个很蠢的问题。

他脸色微微变了变，急切道："小七说的都是真的？"

"你指哪方面？"

"你中毒的事情？"

凤九卿没有再继续隐瞒："是否中毒，我现在不得而知。不过小七看过我的脉象之后，确实查出我身体出现了异样。自你我成亲之后直到现在，我的肚子一直都没能传出喜讯，想来这便是此毒的症结所在。"

轩辕容锦一把握住她的肩膀，语气有些担忧："其他方面呢？有没有哪里不舒服的地方？"

有没有孩子并不是他真正关心的重点，凤九卿能不能健健康康地活下去，才是至关重要的问题。

凤九卿看出他眼中的忧虑，摇了摇头，安抚道："正因为我的身体并没有出现任何症状，中毒之后才会一直无所察觉。"

"究竟是哪个浑蛋在暗中使坏？被我查出这幕后黑手，定严惩不贷。"

"这毒究竟是被谁所下并不是现在该关心的重点。连小七都对我的病情无能为力，看来下毒的这个人定是花费了不少心血。容锦……"凤九卿语重心长道，"你贵为天子，贸然离京，此举定会引来朝臣猜忌。既然你已经看到我现在安然无恙，明早天亮，你还是尽快带着江龙、江虎他们回京。等我处理完这边的事情，会尽快赶回去……"

"不行！"容锦一口拒绝，"要走一起走！至于京城那边，你不必担心，我已经将朝政交给明睿代为掌管。至于我对外宣布的去处是太华山，而不是承阳城。就算有人想在暗中夺我性命，一时半会儿也找不到我的行踪。"

"可那个能帮我解毒的神医目前并不在承阳，我不知道还要在这里等多久……"

"不管你等多久，我都会陪着你。"

凤九卿颇为无奈："我又不是小孩子……"

"从我们正式成为夫妻的那天起，我就已经将你视为一辈子的责任。一直以来，是你不肯信任我，出了这样的事情，宁可找小七商量，也不肯对我透露分毫。九卿，你知不知道，这样做，对我的伤害有多大？"

"我只是不想因为我的事情，让你感到心烦。"

轩辕容锦轻轻将她揽进怀里："能够为了你而心烦，何尝不是我求之不得的福气？"

小夫妻阔别七日，再度重逢，自是有一肚子的话要与对方倾诉。

两个人在骆逍遥的梧桐小居度过了一个美妙的夜晚。

之前积压在轩辕容锦心底的误会，在他得知凤九卿的万不得已之后，彻底烟消云散。

当轩辕容锦尝试向凤九卿解释黄月月的事情时，凤九卿直接对他道：“就算你不解释我也知道，你对那个黄月月并无绮念。她只不过是你用来气我的工具罢了……”

轩辕容锦有些诧异：“你难道一点儿也不生气？”

“生气倒是没有，只是觉得你很幼稚。”

“我幼稚？”

轩辕容锦有些受伤，想到当初为了气凤九卿，故意跟黄月月演的那些戏，他觉得自己还真是挺幼稚的。

可他这么做，也是希望得到凤九卿的注意。

结果折腾了半晌，凤九卿没气到，倒是把他自己气了个够呛。

凤九卿疲惫地将脸埋进他的怀中，喃喃道：“你我相识这么多年，你什么人品，我岂会不知？如果你的心中还能装得下其他女人，又怎么可能会为了我废弃六宫？”

这一刻，轩辕容锦真不知该为九卿对他的理解而感到开心，还是该对她的过度聪明而感到无奈。

不管之前有着怎样的恩恩怨怨，阔别数日再见，倒是给两个人创造了小别胜新婚的机会。

他们小两口倒是恩爱甜蜜，骆逍遥这个一家之主却差点儿被当成不速之客，直接被轩辕容锦这个不讲理的给赶出府门。

第二天一早，当凤九卿迷迷糊糊从睡梦中醒来的时候，就听到院子里传来一阵打斗声。

她揉了揉眼睛，翻身下床，随便穿了件外套步出房门时，就看到轩辕容锦和骆逍遥两个人在院子里上蹿下跳，你追我逐，打得那叫一个不亦乐乎。

凤九卿瞬间就清醒了，赶紧吆喝：“你们两个有话就不能好好说，快点儿住手，别再打了！”

骆逍遥手疾眼快地在容锦的胸前拍了一掌，紧接着飞身上树，动作那叫一个行云流水。他边往树上跳还不忘出口安慰：“你放心，我们只是在切磋武艺，比比谁的功夫更胜一筹……”

挨了他一掌的轩辕容锦气得牙痒痒，紧跟着一跃而起，向骆逍遥的方向追去，并伸出长腿，向对方的腰眼处狠狠踹去，踹下去的同时，也学着骆逍遥的语气出言安慰：“没错，我们的确是在切磋，而且还是很用心地切磋！”

眼看两个人动手的速度越来越快，下脚的力道越发毫不留情。

凤九卿干脆扭身进了屋，懒得再去理会这两个幼稚的家伙。

苹儿这时端着一只漂亮的描金瓷盅从门槛处走了进来，笑着问：“凤小姐昨天晚上睡得还好吗？”

看到苹儿出现在这里，凤九卿有些诧异。

她还以为轩辕容锦已经将府里所有的仆人赶了出去。

看来，他还没不讲理到是非不分的地步。

这次被他带在身边的侍卫，加上江龙、江虎，一共只有二十人，而且都是男人。

府里要是不留几个供人差遣的婢女，这些当主子的就只能自己动手，亲力亲为了。

“睡得还不错。苹儿，你手里端的这个是什么？我的早膳？”

苹儿将描金瓷盅轻轻放到她的面前，好脾气道：“这是鸡汤，据说里面加了不少补身体的食材。公子说，凤小姐非常喜欢这个味道，因此今儿又起了个大早，特意去厨房炖给凤小姐吃的。”

听到这话，凤九卿微微一惊。

又是起大早特意炖给她？骆逍遥这个家伙，什么时候变得这么勤快了？

揭开瓷盅的盖子，扑面而来的香气与昨天早上吃过的几乎一模一样。

凤九卿有些哭笑不得：“你们家公子该不会是要开酒楼，提前拿我当食客来做试验吧？”

苹儿捂嘴笑了笑：“凤小姐没来之前，公子可是十指不沾阳春水，从来都不会进厨房。奴婢在公子身边伺候这么久，头一次见公子对一个姑娘如此上心……”

“呃……”

凤九卿不知道该不该告诉这个小婢女，她如今已经名花有主。

就算骆逍遥再怎么对她大献殷勤，她也不可能移情别恋，给骆逍遥任何回应。

外面打得热火朝天的两个男人不知何时已经停了手，两个人一前一后进了屋子。

苹儿见主子进门，非常识趣地躬身离去。

骆逍遥走在前面，一脸急切地对凤九卿道：“这碗鸡汤可是大补，九卿，我起大早花了一个时辰才炖好的，你要像昨天一样把它喝光，知道吗？”

轩辕容锦的脸一下子就黑了下来，在骆逍遥的背后踹了他一脚：“九卿是我媳妇，用不着你上赶着讨好。九卿，你要是喜欢喝鸡汤，等回了宫，我让御膳房天天给你炖着吃……”

被他踹得向前踉跄了一下的骆逍遥，回身使了一个扫堂腿，边踹边骂：“宫里的鸡汤怎么能与我亲自炖给九卿的汤相比？别说味道及不上，就连心意也及不上！”

轩辕容锦堪堪躲过他的袭击，抬起拳头，重重挥向骆逍遥：“你算哪根葱，居然也敢对我的媳妇献殷勤？”

骆逍遥向后退了两步，有惊无险地躲过他的拳头，还不忘回嘴挑衅：“真没想到，堂堂天子，讲话居然这么粗鲁……”

轩辕容锦大言不惭道：“本公子现在的名字叫作秦月白……”

“噗……”正慢悠悠喝着鸡汤的凤九卿听到“秦月白”这三个字，一个没忍住，生生被鸡汤给呛了一下。

“我是不是在很不小心的情况下错过了什么？要是我没记错，秦月白应该是我的名字才对。”

轩辕容锦笑着接口：“这个名字暂时被我征用了。”

骆逍遥白了他一眼，说风凉话道：“有些人可真是厚颜无耻！”

轩辕容锦很快回了一句：“比不得有些人不自量力。”

凤九卿看不过眼，哀怨道：“你们两个就不能闭上嘴巴，让我安安静静地把东西吃完吗？要不是你们两个都是男人，我都开始怀疑你们是不是欢喜冤家，借着吵嘴的机会来谈情说爱了。”

此话一出口，轩辕容锦和骆逍遥的脸色全都变了，并异口同声道：“这么惊悚的玩笑你就不用开了。”

凤九卿顿时乐了，眼带调侃地看向两个人：“看，你俩多有默契。”

轩辕容锦抽了抽嘴角，坐到凤九卿身边，一把就要夺过她的汤盅：“不过是一碗破鸡汤，你要是喜欢喝，等回宫之后我亲自给你做，咱不喝别人的。”

骆逍遥一下子就急了，挺身挡在九卿面前，脸色不太好道：“你说什么呢？难道我还会害了她不成？九卿，你别听他胡说八道，这碗汤真的是大补，你快点儿喝光，免得被某些心怀不轨的人抢走。”

“骆逍遥，你还有没有点儿眼力见？”

“我怎么就没有眼力见了？”

“你看看清楚，九卿是我的妻子！”

“我只是给她炖了碗鸡汤，又没对她做别的，你能不能不要以小人之心，度君子之腹？”

“哼！真当别人看不出你那些见不得光的小心思？”

“我有什么小心思？”

“大家都是聪明人，有些话，我懒得点破……”

凤九卿被这两个人吵得脑仁直发疼，抱着汤盅起身：“你们继续吵，我换个地方吃。”

这一次，轩辕容锦和骆逍遥很有默契地同时住了口，纷纷坐在九卿的两侧，只是互看对方不顺眼。

凤九卿叹息地摇了摇头："再怎么说，你们从小也是一起长大的好兄弟，之前已经因为误会，伤害了彼此那么多年。现在误会解除，就不能恢复从前的友谊，开心愉快地相处吗？逍遥，你的亲人，包括你的师父已经去了另外一个地方。这世上除了我和容锦之外，你已经没有其他亲人了。我记得你曾说过，你年少的时候，是将容锦当成亲哥哥来对待的，那么从现在开始，他就是你哥哥，我就是你嫂子……"

骆逍遥张大了嘴巴，脸上露出一个大写的茫然。

哥哥？嫂子？

难道在他一晃神的工夫里，发生了什么诡异的事？

"还有你……"很快，凤九卿又将矛头指向容锦，"作为一个上位者，身边可以交心的人本来就少之又少。明睿和小七倒是可以称为你的左膀右臂，可逍遥也是一个不可多得的人才。你们在幼年的时候既然称兄道弟，这说明你们在很多事情和观点上有着共通之处。俗话说，人生难得一知己。为什么不在有限的生命里对酒当歌，把酒言欢？"

轩辕容锦此时脸上也露出和骆逍遥一模一样的茫然。

他实在无法想象和骆逍遥称兄道弟的画面，究竟有多么令他无法接受。

他对记忆里那个总喜欢叫他小哥哥的司徒珞已经没了印象。

反倒是前些年为了争权夺位，同骆逍遥斗得你死我活的记忆如今历历在目。

骆逍遥亦是如此，幼时的感情再怎么深，那也是尘封在记忆中的遥远过去。

让他把自己的仇人当成兄长一样看待，这不是在闹戏嘛。

虽然两个人心底对对方还是有着各种不待见，可经过凤九卿的一番调解，两个人暂时偃旗息鼓，算是达成了初步的和谐。

这时，门外传来一阵急促的脚步声，江虎拧着眉头出现在门外汇报："主子，梧桐小居外面来了一群人，个个手提棍棒，气势汹汹，在外面叫嚣着让咱们交出凶手。还扬言说，不交出凶手，就找官府过来依法查办。"

骆逍遥眉头一挑，和凤九卿对视了一眼，两个人异口同声道："是周胖子！"

轩辕容锦见两个人默契十足，有些不太乐意："什么周胖子？究竟发生了何事？"

骆逍遥没有回答他的问题，而是反问江虎："府外一共来了多少人？"

"四五十个。"

"都是周府的家丁？"

江虎摇头："看上去并不像家丁，好像是从某个镖局或是武馆之类的地方请来的打手。”

凤九卿嗤笑一声：“真没看出来，这周胖子家里还有些本事。”

“九卿，到底发生了什么事？哪里冒出来这么一个周家？”

凤九卿简短解释了一句：“昨天我和逍遥去阳河镇找鬼见愁，回来时路过一家酒楼。吃饭途中有人闹事，我和逍遥便顺手救了一个差点儿被恶霸欺负的小娃娃。那恶霸当时被我们俩一起从三楼窗口踹下去，据说摔断了一条腿。之所以会找上门来，估计是要讨个说法。”

骆逍遥“哼”了一声：“他们想要说法，爷爷就给他们一个说法。”

说完，起身就要出门，被轩辕容锦叫住了。

“你站住！”接着又对江虎道，“派些人将堵在门口闹事的人赶走，记得下手的时候注意分寸，只要不伤及人命，多给他们一些教训，让他们短时间内不敢再来这里闹事。”

“是！”

江虎领命，转身出了门。

骆逍遥皱着眉问：“为什么要这么做？”

轩辕容锦像看白痴一样白了他一眼：“你若强硬出头，九卿难道会坐视不理？只不过是一些上不得台面的杂碎，还轮不到九卿亲自出面处理。”

虽然骆逍遥对轩辕容锦极不待见，可这句话他倒是没有说错。

自己与周家派来的那些人争执也就罢了，若把九卿牵连进来，他很担心事情会不好收场。

凤九卿倒是无所谓，她将瓷盅里的最后一口汤喝掉，用丝帕擦了擦嘴，对二人道：“这周家在承阳大概是嚣张惯了，昨天在月阳楼吃了咱们的亏，肯定不会善罢甘休。就算江龙、江虎今天带人将他们全部打跑，万一他们报了官，咱们还是免不了要面对麻烦。容锦，你干脆带人先回京城，这边的事情，我自会处理。”

容锦的眉头皱得老高，指了指骆逍遥，又指了指自己：“九卿，你没搞错吧？我才是你名正言顺的夫君，这种时候，你居然让我离开？”

骆逍遥幸灾乐祸地接了一句：“你本来就不该出现在这里。”

凤九卿瞪了骆逍遥一眼，又向容锦解释：“我只是不想让你惹上麻烦，毕竟你身份特殊……”

“别用身份特殊这个借口来给自己找说辞，要么一起留下，要么一起离开，你任选一个吧。”

骆逍遥小声哼道：“真是无赖啊！”

“你闭嘴！”轩辕容锦厉斥了他一句，“要不是你这个惹祸精，九卿怎么会跟你一起吃挂落？”

“我是惹祸精？”

“不是你还有谁？自从成亲之后，九卿一直都很乖，她绝对不可能为了鸡毛蒜皮的小事在外面惹是生非。”

“是吗？”骆逍遥直翻白眼，见过护短的，没见过像轩辕容锦这么护短的。

昨天要不是凤九卿强出头，他也不会在看不过去的情况下将承阳城首富的儿子一脚踹下月阳楼。

“咳！”凤九卿轻咳一声，故意转移话题道，“容锦，既然你暂时不想离开，就派些人，仔细去调查一下周家的情况。我总觉得周家敢明目张胆地在承阳城耀武扬威，背后一定有一座大靠山给他们撑腰。昨天在月阳楼吃饭时，那个小伙计不是说了，周家在京城，那可是有人脉的。”

第六十六章 首富千金闹是非

神秘饭庄

轩辕容锦从京城带出来的二十个暗卫，功夫可比那些上门踢馆的精湛太多。

不到半炷香的时间，那些来梧桐小居为周家少爷讨公道的人就被揍得哭爹喊娘，屁滚尿流。

为了保住性命，他们最后不得不落荒而逃。

凤九卿也好，骆逍遥也好，并没有将这段小插曲放在心上。

至于周家的情况，容锦还是派人去调查了。

在梧桐小居一连住了三天，每天早晨，骆逍遥都会让苹儿送一盅他亲自炖的鸡汤给凤九卿喝。

一顿两顿凤九卿还觉得味道不错，喝的次数多了，便觉得有些腻。

为了不扫骆逍遥的兴，她还是皱着眉头，将草药味十足的鸡汤一饮而尽，气得容锦牙根直痒痒。

凤九卿对他这个夫君都没有这么大的耐性，竟然会对这个欠收拾的骆逍遥百般忍让。

好在骆逍遥并没有做什么出格的事情。

从凤九卿对他的态度来看，她也只是将他当成朋友对待。

这天清早，在宅子里窝了三天的容锦，临时起意，决定带九卿出门溜达溜达。

那个叫鬼见愁的神医始终没有回承阳的消息，与其继续将时间浪费在等待上面，还不如出门走走散散心。

九卿自然没有意见，自从来了承阳，她还没在这边好好逛过。

骆逍遥听说两个人要相伴出门，非常厚脸皮地要求加入。

轩辕容锦强忍住将他一脚踹飞的冲动，咬着牙问："我们夫妻二人出门散心，你一个外人跟着凑什么热闹？"

"外人？"骆逍遥笑得一脸不怀好意，"我已经决定认九卿为义妹，作为兄长，难道我不能与自己的妹妹和妹夫一同出门？"

他故意加重妹夫的读音，显而易见，他口中的妹夫，指的就是轩辕容锦。

凤九卿一脸茫然："我几时答应要做你的义妹？我是你大嫂，是大嫂。"

骆逍遥嗤之以鼻："我可不打算认这个男人当大哥。称他一声妹夫，已经是我对他最大的忍让。"

轩辕容锦不肯妥协："给你当哥也是我最大的忍让，想让我做你的妹夫，你就是在白日做梦！"

眼看两个人因为称谓问题又要吵起来，凤九卿赶紧出言相劝："好了好了，不管是妹夫还是兄长，最终论下来都是亲戚。你们俩赶紧闭嘴，再吵下去，天就要黑了。"

在凤九卿的阻止之下，两个人总算是闭了嘴。

出门的时候，骆逍遥还是死皮赖脸地跟过来。

好在这一次容锦没有阻止，他和九卿对承阳并不熟悉。既然骆逍遥家住这里，对承阳的名胜之地自是比他们这些外地人有所了解。

三个人游游逛逛玩耍了大半天，临近傍晚，肚子都有些饿。

在凤九卿的提议下，三个人来到城中一家规模不小的饭庄。

进门前，她特意抬头看了一眼牌匾，这家有些规模档次的饭庄，取了一个非常大气的名字：天下第一楼。

几人来的时候并不是饭点，因此偌大的天下第一楼里，除了掌柜和几个无所事事的店伙计外，只有靠窗的位置，零零散散坐了几桌客人。

当轩辕容锦、骆逍遥和凤九卿先后走进天下第一楼时，几人俊美不凡的容貌，瞬间成为天下第一楼中最绚丽耀眼的风景。

身穿纯黑色绣着金丝线锦织长衫的轩辕容锦，高大、英挺、霸气。

即使褪去龙袍，摘去龙冠，这样一个浑身散发着尊贵气息的男人，依旧可以成为人群中最夺目的焦点。

而骆逍遥则是一个典型的翩翩佳公子。微微上扬的唇角总是若隐若现地勾出玩世不恭的笑容，三分从容，七分邪气。

容貌最精致的当数凤九卿。白皙无瑕的皮肤，绝色亮丽的五官，不染尘世的气质，就像一尊从天界下凡的神祇，令人不敢随意亵渎。

这三位俊美公子的出现，一下子就引来旁人的注视。

负责招待客人的店伙计被三人惊世骇俗的容貌震了半晌，回过神儿时才猛然想到自己的使命。

店伙计脸上连忙堆起笑容，无比热情地迎上前："几位公子，真是稀客稀客，快请里面坐……"

骆逍遥第一个开口："有空闲的包间吗？"

"有！有！"

伙计一连答了两声，冲几人指了指楼梯的方向："二楼左拐第一间，是咱们天下第一楼最佳的风水宝地。"

凤九卿嗤笑一声："不过就是一个吃饭的地方，怎么还搞出一个风水宝地？"

伙计笑答："公子，这您就有所不知了。想当初我们老板在建天下第一楼时，曾请了好几位风水大师布置店内的格局。比如二楼左拐一第间包房，名叫招财进宝。顾名思义，但凡在这里谈生意的客人，十之八九都会达成心中所愿。当然，除了招财进宝之外，我们天下第一楼还有其他与风水有关的包房，比如桃花灿烂，专门给未婚男女招桃花运的。还有状元及第，专为考生而设……"

几人说话的工夫，已经上了楼梯，被伙计领到天下第一楼所谓风水最好的房间。

虽然占地空间并不算大，可屋子里的摆设却极为考究。

凤九卿对奇门异术多多少少有些了解，一眼便看出，设计者在设计这间包房的时候，的确用了一些心思。

比如窗口的朝向、桌椅的摆放，还有室内花草的寓意。

外行的人或许看不出门道，学过风水的，却一眼就能看出店老板的用心之处。

她笑着点了点头，对伙计道："就在这间吧。"

左右不过一顿饭的工夫，她还真没那么多讲究。

游玩了大半天，肚子都有些饿。几人一共点了八道菜，一碗汤，据说都是天下第一楼广受欢迎的绝佳美味。

伙计一走，凤九卿开始打量起四周的摆设。

刚进门的时候她对屋内的环境看得并不仔细，此刻静下心来，才发现这间包房还真是内藏乾坤。

轩辕容锦见她凝眉苦思，忍不住问："你在看什么？难道这屋子里还有什么奇怪之处？"

凤九卿摇了摇头："奇怪之处倒没有，不过这些年我走南闯北，倒是第一次看到这种打开门做生意的地方，竟然会将真金白银拿到明面上来摆。你们看，墙边那排古董架上的瓷花瓶，在正规的古董店里，至少能卖个五六百两银子。还有旁边的那只羊脂白玉的如意，从成色和品质来看，少不得也价值几千两。屋子里所有的桌椅，都是用名贵的花梨木打造而成，仅是屋里这些家具，就能在承阳最好的地段，买一幢三进三出的宅院。”

轩辕容锦不太明白她话中的意思：“这有什么不对吗？”

对轩辕容锦来说，不管是花梨木家具，还是上好的羊脂白玉如意，在他眼中，都是再寻常不过的东西，没什么好稀奇的。

骆逍遥像看白痴一样看了他一眼：“九卿的意思是，这屋子里随便哪一样东西都价值不菲，却公然摆在客人唾手可得的地方，这本身就透着一股令人费解的不寻常。”

凤九卿赞赏道：“逍遥说得没错，这的确很不寻常。万一有人手脚不干净，随便从屋子里顺走一样物件，天下第一楼的老板，恐怕就会哭死的。”

轩辕容锦有些不以为然：“老板既然敢摆，未必就会怕偷。再说，这屋子里也没有你们说的那样奢豪富贵，不过就是一套不怎么起眼的花梨木桌椅，还有那么几只随处可见的玉器花瓶。这种东西，在宫中几乎是随处可见……”

骆逍遥满口不屑：“你以为天底下人人都可以当皇帝？”

轩辕容锦嗤笑着回了他一句：“算你还有一点儿自知之明。”

凤九卿没有将互损的两个人放在眼里，打量了半晌，才用颇为认真的语气问：“逍遥，这天下第一楼应该是承阳城一个富贵的标志，你以前可曾来这里吃过东西？”

“呃……”骆逍遥没想到她忽然会问自己这么一个问题，有些不太自然地摇了摇头，“不曾来过。”

轩辕容锦嘲笑道：“你该不会穷到这个地步吧？”

骆逍遥翻了他一个白眼：“别忘了，你带来的那些跟屁虫，这些日子在我府上可一直都在白吃白喝。”

“我又没说不给你伙食费。”

“好，那你现在就给。念在咱们好歹有些交情的分儿上，你随便给个十万八万就行……”

“难道你们家的饭菜还镶了金边？”

“别告诉我你给不起？”

凤九卿忽然插了一句嘴：“逍遥，这承阳，真的是你曾经生活过的地方？”

突如其来的一句疑问，将正在斗嘴的两个男人同时问得一怔。

凤九卿目光灼灼地看了骆逍遥一眼：“你别怪我多想，我总觉得，你这个曾在承阳生活过很长一段时间的本地人，对这边的情况似乎了解不多。”

“九卿，你不是在怀疑我什么吧？”

轩辕容锦的脸色这时也变得凝重起来，他警惕地看向骆逍遥：“你敢耍花样？”

骆逍遥急忙喊冤：“你们两个先不要这么草木皆兵。对，我承认我这个曾在承阳生活过一段时间的人，对这里的情况了解不多。可那是因为，师父刚去世不久，我便离开这里去了京城。一晃过去了近十年光景，要不是因为九卿的病……”

说到这里，他表情不太自然地咳了一声：“总之，我现在所做的一切，都是为了九卿着想。你们可不要以小人之心，来度我这个君子之腹。”

凤九卿也觉得自己考虑太多，若骆逍遥真有害她之心，没必要等到现在还不动手。

为了迎接她的到来，他尽足地主之谊，又是为她准备吃穿用度，又是带她去阳河镇探访，甚至每天还不厌其烦地亲自下厨给她炖鸡汤喝。

朋友做到这个地步，她要是再挑挑拣拣，便有些不厚道了。

好在店伙计这时将厨房做好的饭菜一一端上了桌，凤九卿绽颜一笑，又亲自为他倒了杯酒：“你别多想，我只是跟你开个玩笑，怎么可能会因为你不熟悉这边的情况便对你多加怀疑。来，这杯酒算我给你赔不是，至于我们一家子住在你府上的饭钱，你就打个折，随便收一二十两也就算了。”

骆逍遥嘴角一抽：“你倒真是不客气。”

“大家都是一家人……”

“谁跟你们是一家人？”

轩辕容锦勾唇一笑：“姓骆的，你总算还有一点儿自知之明，咱们的确不是一家人……”

骆逍遥哼道：“所以那十万八万的伙食费你最好别想省……”

凤九卿微微笑道：“等有机会你去京城做客，我们也会像招待贵宾一样招待你。你要是愿意的话，还可以封你一个大官来做。”

“我才不稀罕！”

“给他封官？”

轩辕容锦的声音拔高了几度：“像他这种连功名都不曾考过的人，能做什么官？九品芝麻官？”

骆逍遥瞪他一眼：“凭我的本事，驾驭朝中一品，也是小菜一碟。”

轩辕容锦不甘示弱地接口：“这种大话也只能听听吧？”

“你不信？”

“你敢去？”

“你肯给我就敢要！”

“你敢要我就敢给！”

听到这话，骆逍遥忽然觉得自己被绕进了一个怪圈里。

见轩辕容锦和凤九卿笑得就像两只小狐狸，他才意识到自己似乎上了当。

“就知道你们没安好心，居然想骗我进京去当官。哼！做官有什么好，上要对君主有交代，下要对百姓负责任。操心劳力，费尽心血，到头来还会落得一个两头不讨好的下场。与其被功名束缚，还不如行走江湖、自由自在、无拘无束地过完这一辈子。人哪，不能太贪，贪多必败。”

“说一千道一万，你就是个胆小鬼，害怕被责任缠身。”

“不！”

面对轩辕容锦的挑衅，骆逍遥非常大方地反驳：“我害怕的不是责任，而是单纯地不想去京城面对你！”

轩辕容锦得意地扬扬下巴：“你是害怕面对我吧！”

“你哪里值得我害怕？”

轩辕容锦顺势将手搭在凤九卿的肩膀上，炫耀道：“每天看到这样的画面，对你来说难道不是一种莫大的煎熬？”

这种在情敌面前秀恩爱的感觉真是不要太好。

凤九卿无语地将轩辕容锦搭在自己肩上的手臂推了下去：“你几岁了？”

骆逍遥喝了口酒，嗤笑着接口：“没满月吧！”

闲谈斗嘴之际，彼此间倒也生出了几分默契的友情。

眼看外面的夕阳渐渐落山，酒足饭饱的几个人决定结账走人。

结果当伙计递来账单，告诉他们这顿饭一共花了八千八百八十八两银子时，饶是轩辕容锦贵为帝王，也被这惊天的菜价给吓到了。

他并非拿不出这笔银子，而是这个菜价对他来说实在是过于离谱。

就算全京城最好的酒楼，吃这么八道菜，也不过几十两银子就能搞定。

天下第一楼居然敢狮子大开口，直接喊出八千多两银子的要价，这不是明摆着在拿他们当肥羊来宰吗？

骆逍遥和凤九卿也被这个价钱给惊呆了。

“伙计，我们没听错吧，你刚刚说我们这顿饭一共花了多少银子？”

问出这句话时，骆逍遥还意味深长地看了小伙计一眼。

说不定这小伙计脑子有病，不小心将八十八两，报成了八千八百八十八两。

小伙计面不改色地又重复了一句："回几位公子，你们之前点的那些菜，总价算下来，一共是八千八百八十八两。"

凤九卿笑了一声："也就是说，咱们吃的这一道菜，就值九百多两？"

小伙计点头："公子也可以这么理解。"

骆逍遥揉了揉下巴，饶有兴味道："有生以来，我还是头一次遇到要价这么黑的酒楼。伙计，你确定这个价钱，不是在跟我们开一场无聊的玩笑？"

伙计低眉顺眼地回道："小的不敢！"

"不敢？我看你们很敢啊。就这么几道不起眼的菜，居然敢要出这样的天价。王法在你们的眼里，难道只是狗屁？"

伙计见骆逍遥似要动怒，赶紧躬身施礼："小的只是按章办事，绝对不敢挑衅朝廷王法，还请公子见谅……"

骆逍遥还要再开口，却被凤九卿按了下去。凤九卿转而对小伙计说："可不可以叫你们老板过来？"

眼前回话的不过是一个替人跑腿的小伙计，就算一巴掌将他活活拍死，也解决不了根本问题。

她倒不是拿不出八千多两银子，只是不想被当成冤大头，被人欺负羞辱罢了。

"既然这样，几位公子请稍等。"

回完话，小伙计转身出了门。

不多时，门外传来一阵环佩叮咚。

伴随着一阵沁人的香气，从门外走进来的，竟然是一位拥有绝色之姿的年轻小姐。

这小姐穿了一身桃粉色的轻纱罗裙，皮肤白皙如脂，柳眉杏眼，娇艳的双唇涂着一点儿诱人的胭红。

真真是粉面桃腮，美人如花，一出场，便吸引了在场所有人的眼球。

"听说几位公子有事找我。"粉衣姑娘一进门，唇边便扯出一记轻浅的笑容，说出口的话，也带着七分骄傲，三分矜持。

骆逍遥眉梢一挑，饶有兴味道："莫非你就是天下第一楼的老板？"

女子微笑点头："小女子姓周，周无双，在这里见过几位公子了。"

姓周？

骆逍遥的目光下意识地和凤九卿对视一眼，脑海中同时闪过一个念头，这周无双，该不会跟那个承阳首富周国安也有着千丝万缕的关系吧？

凤九卿看向周无双的眼神，略带了几分深究。

“既然周小姐是这家酒楼的老板，能不能请你解释解释，一顿饭，为何会收我们八千多两银子？不否认贵酒楼的厨师在做菜的手艺方面天赋还不错，但也只能用还不错来形容，并没有达到令人忘我的程度。而且，我们之前点的八菜一汤，都是市面上比较常见的家常菜。请问，八千多两银子的价钱，究竟如何计算得出？”

也许是出于一种本能，凤九卿总觉得他们一行人从踏进天下第一楼开始，就掉进了一张巨网，而且深陷其中。

周无双淡然一笑：“原来几位公子找我过来，是想探讨菜价的问题。”她的目光在轩辕容锦脸上停留片刻，又接着道：“之所以会收几位公子八千八百八十八两银子，与你们点的菜和汤并无关系。这几道菜如果是在楼下所点，它们只值八两。至于剩下的八千八百八十……”

她摊了摊双手，笑得满脸无辜：“那就要归功到这间包房了。这间招财进宝，是我们天下第一楼风水最好的地方，仅是房费，就值一万两雪花银。之所以会收几位公子八千八百八十八两，是因为小女子颇为欣赏几位公子的气度，给各位打了一些折扣……”

几人刚进门时就引起了她的注意，尤其是那个身穿黑衣的俊美男子最得她的眼缘。

骆逍遥讥讽一笑：“合着我们不但损失八千多两银子的菜钱，还要欠你这个老板一个人情？”

周无双微微福身：“人情什么的，小女子愧不敢当！而且用‘损失’两个字来形容，我觉得也不太恰当。你们花了银子，而我为你们提供了最好的服务，这是一种等价交换……”

凤九卿好笑又好气：“用等价交换来形容，我觉得也不太恰当。既然招财进宝这间房价值八千八百八，为何在进门之前，楼中的伙计不曾开口告知？”

周无双反问一句：“公子可曾开口问过？”

凤九卿也反问一句：“这种事情需要问吗？”

周无双挑眉：“不需要吗？”

凤九卿也挑眉：“需要吗？”

周无双大概没想到眼前这个身穿月白色长衫的俊美公子会这般伶牙俐齿。

她看向从自己进门，便一直没吭声的轩辕容锦，轻声细语地问：“小女子想听听这位公子的意见。”

不得不说，周无双在识人方面的确有着惊人的天赋。

几乎一眼，她就认定这个身穿黑衣的俊美男人，地位最高，权力最大。

正欣赏自家媳妇与人斗嘴的轩辕容锦，面对周无双的询问，他不感兴趣地掀掀眼皮，冷冷回了两个字："不值！"

周无双大概没想到这个男人讲话的方式会直接到这种地步。

从踏进房门的那刻起，她的目光就被这个黑衣男人吸引。

不为别的，这黑衣男人浑身上下都散发着慑人的霸气与不凡。

与旁边那两个同样尊贵又俊美的男人相比，黑衣男人的来头一定是重量级的。

轩辕容锦那句"不值"，并没有让周无双打退堂鼓，她反问了一句："那依公子之见，这顿饭当值多少？"

轩辕容锦不紧不慢地从钱袋子里摸出十两银子，放在周无双的面前："八两菜钱，二两房费！"

周无双将桌上的银子向轩辕容锦的方向又轻轻推了回去："如果公子肯回答我一些问题，今儿这顿饭，就当小女子做东，宴请几位公子，分文不收。"

"哦？"轩辕容锦玩味地挑眉，"你想问什么？"

周无双笑问："听公子的口音，并不像承阳本地人，请问公子家住何方？姓甚名谁？做何营生？可否娶妻？"

骆逍遥不怀好意地笑了一声："咱们这间房不应该叫招财进宝，而该叫桃花灿烂。"

这要是换了其他女人，定会被讥讽得双颊生红，羞怯连连。

可周无双却并未如此，她淡定自若道："正所谓多个朋友多条路，既然小女子今日与各位有缘，交个朋友，又有何妨？还是说，这位公子的身份姓名不便透露给小女子？"

"没什么不便！"轩辕容锦将那十两银子又推了回去，"家住京城，姓秦，秦月白，经商，家中已娶一妻！另外，秦某此生最不喜欢占人便宜，尤其是女人的便宜。所以这十两银子该由谁得就由谁得，你尽管收下便是。"

周无双的脸色微微变了一下，她没有去接那十两银子，而是好奇地问了一句："不知有幸被秦公子娶进家门的姑娘品性如何？可得秦公子喜欢？"

这么无理的话，正常人家的姑娘肯定不好意思问出口。

偏偏周无双不是正常人家的姑娘，从她的眼神不难看出，她不但对自己的魅力有着十足的自信，而且对容锦有势在必得的信心。

提到自己的妻子，轩辕容锦的脸上绽放出幸福又得意的神采："若不喜欢，岂会将她娶进家门？至于品性……"他有意无意地向凤九卿瞥了一眼："刁蛮骄纵，古灵精怪，是个既令人头痛，又让人对她爱不释手的奇女子。"

凤九卿的“俊脸”微不可察地红了一下。

骆逍遥则直接翻了个白眼，对轩辕容锦当着自己的面和凤九卿秀恩爱的行为表示深深的不齿。

但凡长眼睛的人都看得出来，轩辕容锦在提到自己妻子的时候，眼中饱含深情，摆明了对自己的伴侣深爱至极。

周无双却似笑非笑地说了一句风凉话：“真正的好女人，当三从四德，温婉贤惠。像秦夫人这样已经嫁作人妻，还让自己的夫君评价为刁蛮骄纵，令人头痛的女子，应该花高价从宫中请来教习嬷嬷，好好调教训斥一番才是。也免得秦公子将这样的秦夫人带出家门，丢了你的脸。”

轩辕容锦眉头一皱，俊脸瞬间便沉了下来。

凤九卿没有给容锦发火的机会，而是漫不经心地反问一句：“说到三从四德，温婉贤惠，我想请教一下周小姐，你现在可曾许婆家嫁人？”

“并没有！”

“既然没有，那么作为一个还未成亲的姑娘，用这种方式去打听别人的私生活，并且在毫无根据的情况下做出评价，你觉得这种行为就很有教养？”

“我只是想与秦公子交个朋友……”

“我们现在在讨论教养问题！”

“这位公子，从头到尾，我似乎并没有询问过你的意见……”

凤九卿不客气地打断她的话：“从头到尾，我们也并没有与你交朋友的打算。”

周无双微微变脸：“你是你，秦公子是秦公子，难道你还能代表他的意见？”

凤九卿直言不讳地回道：“你凭什么认为不能？”

“你是他什么人？”

“家人！”

“就算是家人，最多也不过是兄弟，你凭什么……”

“不管我们是什么关系，都与你一个外人无任何关系。”

凤九卿将桌上那十两银子用不容拒绝的方式塞到周无双的手里，语带戏谑道：“属于你的，别人未必要。不属于你的，你也休想抢。”

说完，凤九卿冲笑得一脸幸福的容锦和目瞪口呆的骆逍遥使了个眼神：“我们走！”

第六十七章 与天子谈个条件

周家底细

直到进了梧桐小居，骆逍遥仍止不住夸张的笑声：“九卿啊九卿，我以前一直认为你就像神祇一样高不可攀，今日才发现，原来在感情上，你也有这么小气的时候。哈哈，这可真是少见啊！”

负着双手往屋子里走的凤九卿没好气地瞪他一眼：“笑够了没有？笑够了的话，就闭上你的嘴，难道你不觉得你很吵？”骂完，又瞪了一眼明显不在状态的轩辕容锦，“我承认我刚刚的确是吃了那个姓周的醋。可你能不能表现得稍微正常一些？”

她又不是圣人。眼看着自己的男人被别的女人上前搭讪，怎么可能一点儿都不在乎？

而且周无双和那个黄月月明显就不是一个档次的。

久居深宅的黄月月再怎么有心机，也只不过是一个天真烂漫，一心想要攀附荣华富贵的小女孩。可天下第一楼这个叫周无双的女人，明显比黄月月高了几个段数。对于这种一心惦记自己男人的外贼，绝对是不得不防。

有生以来第一次见识到凤九卿为自己吃醋的容锦，实在有些按捺不住内心的喜悦。

他感觉自己的心都要飞了，走路发飘，一脸幸福，就算被骆逍遥几次出言嘲笑，都心情不错地没有开口反驳。

这种喜悦的状态一直持续到江虎回来。被派去调查承阳首富周国安底细的江虎，在当天晚上，给众人带回一个消息。之前被凤九卿和骆逍遥联手从月阳楼踹出窗外的周宝贵，非常不幸地摔断了右腿。前几日拎着棍棒闯到梧桐小居门口的那些打手，是周宝贵他爹周国安派来寻仇的。由于梧桐小居前些年一直闲置，周家对梧桐小居目前究竟住着何人并不了解。那些被周国安派来的打手回去汇报，梧桐小居的主人似乎深不可测。

因此，周家这几日一直都很安生，没再继续滋事挑衅。

不过，周国安买通了不少渠道，正在暗中打听梧桐小居的情况。

周国安膝下除了周宝贵这个儿子之外，还有一个女儿，叫周无双。

听到江虎的汇报，骆逍遥和轩辕容锦异口同声地问：“那个周无双是不是在承阳开了一家饭庄，名叫天下第一楼？”

江虎急忙点头：“回主子，这位周小姐名下的确有一家饭庄，名叫天下第一楼。”

听到这里，轩辕容锦等人顿时了悟。

看来，今儿在天下第一楼遇到的那个周无双，果然是周家的一员。

凤九卿又问：“这个周家究竟有什么底细？为什么敢在承阳称王称霸，甚至连官府都不敢管？”

这才是江虎要汇报的重点：“关于周家的情况，属下一共调查了整整三天。周家明面上是做生意的商人，暗地里却用钱财贿赂着不少当权者。其中来头最大的，当数朝廷正三品，礼部尚书姚天寿。”

“姚天寿？”

轩辕容锦和九卿在听到姚天寿这三个字时，脸上的神色瞬间变得复杂起来。

骆逍遥睨了两个人一眼：“这个姚天寿，是不是姚雪灵的爹？”

凤九卿点了点头：“你说得没错！”

骆逍遥揉了揉下巴：“这么说来，事情可就有趣了！”

轩辕容锦的脸色有些不太好，问江虎：“姚天寿与承阳这个周家到底有什么关系？”

“回主子，从属下目前查到的情况来看，姚天寿当日在江州担任府台一职时，曾收受了周国安不少好处。周家虽然没有功名在身，可周家从商百年，家中财帛丰厚，产业几乎遍布整个黑阙。周家世代祖先曾经也想过入仕为官，可听说有一个算命的给周家卜过一卦，周家子孙只适合从商，不适合从政。一旦涉及政治，便会殃及满门。因此，周家祖先才定下家规，勒令族人不可考取功名。这条祖训在周国安这一代被彻底打破。周国安贪权贪势，接管周家家业之后，便勾结各地权贵，从中为自己谋得好处，姚天寿就是被他收买的权贵之一。”

凤九卿敛起眉头，不解地问了一句：“既然周国安本事这么大，为什么没给他那个大胖儿子买个官来做？”

江虎回道：“买了，只不过被周家家族的长老们联名给否决了。”

“也就是说……”骆逍遥忽然接口，“这个周家之所以敢在承阳横行霸道，是因为他坚信那些收受他好处的官员可以为他出头做主？”

江虎道："没错，这些官员每年可以从周家得到大笔好处，其中好处得到最多的，当数礼部尚书姚天寿。而且属下这次调查姚家情况的时候，意外知道了一件事，当日姚雪灵之所以会被选进后宫，周国安可是没少使力。据说是收买了当时负责选秀的一个太监，并花重金雇了一群人，上演了一场行刺大戏。"

听到这里，轩辕容锦的脸色瞬间变得难看起来。

"你该不会想说，当年姚雪灵替朕挡下的那一剑，从头到尾，都是别人编排好的一场戏？"

江虎犹豫了片刻："从属下调查到的情况来看，当年那场刺杀事件，的确是人为，而非意外！"

"岂有此理！"轩辕容锦用力拍了一下桌子，"这姚家如此大胆，岂不等于犯了欺君之罪！"

骆逍遥说风凉话道："苍蝇不叮无缝的蛋。如果当初你没有给他们演戏的机会，之后又怎么可能会闹出这么多事情？"

"你还好意思说？当年要不是因为你，我怎么可能会与九卿闹出那样的误会？如果没有那些误会，九卿又怎么可能会离我而去？她若不离我而去，我又何必大动干戈，广纳妃嫔，激她回宫？"

骆逍遥嗤笑："明明是你亲手酿下的悲剧，这怎么能怪我？"

轩辕容锦怒不可遏："你要是想跟我翻旧账，我可以跟你说上三天三夜……"

"说就说，谁怕谁？"

凤九卿打断二人的争吵，逐一瞪了他们一眼："现在是翻旧账的时候吗？姚雪灵已经被关进了冷宫，不管当年的刺杀事件究竟是人为还是意外，这都已经是过去的事了。"

轩辕容锦打断她的话："这还没有过去，因为姚家现在还没败！如果我早知道姚雪灵是带着这样不纯的目的进宫选妃，当日也不会赐她一块免死金牌。为了这块免死金牌，我不得不忍受她继续活在我的眼皮子底下。尤其是姚天寿，当年他只是一个小小的江州府台，因为姚雪灵救驾有功，被调进京城，封为正三品礼部尚书。这所有的一切，都是他们姚家人精心谋划的，我要是继续由着姚家为虎作伥，那跟笨蛋有什么区别？"

骆逍遥嘴贱道："你果然很有自知之明。"

轩辕容锦没有理会他的嘲讽，忽然起身道："九卿，我们必须马上回京，我要亲自办理姚天寿的案子。"

凤九卿没想到他会忽然提起回京的事情，有些抗拒道："我没打算现在就走。"

"可姚天寿这个人，是万万不能再留了。要不是他从中作梗，你我之间也不会发生这么多误会。”

骆逍遥有些不太乐意道：“说来说去，所有的事情都是因你而起，就算你想治办姚家，也不能不顾九卿的身体。你别忘了，她现在还有毒在身，必须等鬼见愁回来帮她解毒。”

轩辕容锦反驳道：“我的女人，自有我亲自操心，用不着你在这里无事献殷勤。至于九卿的毒，回京之后，我会广召天下名医进京，不计一切代价将她的毒给解掉。”

骆逍遥嗤笑：“有时候觉得你很聪明，有时候又觉得你简直愚蠢到家。九卿之所以隐姓埋名来到承阳，为的就是不想她中毒且无法怀孕的消息昭然天下。如果你就这么带她回京，并颁下圣旨，广召天下名医，岂不是明摆着告诉那些心术不正之人，当今皇后是个不能生娃的女人？到时候，就算你收拾了姚天寿，还会有第二个、第三个像姚天寿一样心术不正的大臣，拿捏着皇后不能生子的借口，往你的面前塞女人。到时候，你会再一次将九卿推上风口浪尖，她的处境会变得更加不堪。”

恨恨地说完，他伸手要去拿桌上的茶杯。结果当手伸出去时，非但没有拿到杯子，反而还在不小心的情况下差点儿撞翻滚烫的茶壶。凤九卿眼疾手快按住骆逍遥的手臂，这才避免他的手被茶壶烫到。她将壶边的茶杯推到他面前：“就算你想喝茶来解火，也没必要将整壶的水往自己的嘴里灌吧，水壶还烫着呢。”

骆逍遥的眼底微不可察地流露出些许复杂的光芒，顺手接过凤九卿递来的茶杯，放到唇边轻啜一口。

随后才低声解释了一句：“一时冲动，有些急躁。”

轩辕容锦眯了眯眼，心里有些不太痛快。虽然骆逍遥说话不中听，可他却不能否认，姓骆的刚刚分析出来的结果，的确是不争的事实。

夜深。

“九卿……”寂静的房间里，传出轩辕容锦低哑的嗓音，“对不起！”

久久过后，他没来由地说出这么莫名其妙的三个字。

“要不是我当年一意孤行，也不会发生今天这些事。骆逍遥那个家伙嘴巴虽然毒了一些，可有一句话他说得没错，这一切，都是我咎由自取，怪不得任何人。”

凤九卿轻轻捂住他的嘴巴，低声在他耳边说：“每个人都有做错事的时候，只有经历，才能成长。或许我曾经因为一些事情怪罪过你，可是现在，那些事情对我来说已经不再那么重要了。现在的我，只想尽快解掉身上的怪毒，为你生下我们的孩子。在此之前，我对孩子并没有概念，可是现在，我忽然很期待他的到来。不管是男是女，只要身体里流着你和我的血，我都会爱他如命，护他一生。”

必须娶我

轩辕容锦听得心尖儿微颤，黑暗中，紧紧将九卿抱在怀里，亲了亲她的睫毛，非常感动地说了三个字：“谢谢你！”

谁都没想到，第二天一大早，昨天在天下第一楼有过一面之缘的周无双，居然会带着家丁，大摇大摆地出现在梧桐小居。

理由就是，她要跟化名为秦月白的轩辕容锦做一个交换。

“交换？”

当容锦看到周无双以上位者的姿态出现在自己面前，并提出要跟他做交换时，他实在无法形容此时的心情究竟是愤怒，还是觉得可笑。

之所以没有在周无双出现在梧桐小居门口的时候将她赶出家门，是因为骆逍遥很想知道，周无双此次前来的目的。

没想到周无双一踏进梧桐小居，便直接道明自己的来意：“没错，就是交换！”

她姿态端庄地坐在椅子上，目光灼灼地看着轩辕容锦：“秦公子，虽然有些话说出来可能会让你觉得有些冒昧，可昨日在天下第一楼见到秦公子的第一面，便让小女子对你暗生情愫。小女子今年刚满二十，之所以直到现在还没嫁人，是因为偌大的承阳城，并没有让我看得上眼的男子。秦公子要是稍微打听一下，就该知道，我们周家在承阳，乃至整个黑阙，拥有的财富都是无人能及的。所以将来有资格娶我进门的男子，必须为我所青睐，否则，我宁愿终身不嫁，也绝对不会委屈自己，嫁给一个看不上眼的男人。”

骆逍遥非常有兴致地问：“那这位秦公子，你是否看上眼了？”

周无双毫不羞怯地点头：“没错！我的确是看上他了。并愿意带着周家一半财产作为嫁妆，与秦公子结为秦晋之好。”

一直坐在旁边喝茶的凤九卿挑了挑眉：“你是不是忘了，秦公子家里已经娶了妻。”

周无双道：“我不介意！”

轩辕容锦眯了眯眼：“你不介意我介意！”

周无双笑道：“秦公子为何不听我把话说完？”

“还有那个必要吗？”

周无双看了看凤九卿，又看了看骆逍遥：“我要是没猜错，这两位公子，便是几日前在月阳楼，将我哥哥从楼上踹下去，并害我哥哥摔断腿的罪魁祸首吧？”

骆逍遥毫不掩饰自己的“恶行”：“是又如何？不是又如何？”

周无双微微一笑：“为了一条狗，便断我哥哥一条腿。这件事无论是报到何处，你们都是无理可讲的。”

凤九卿冷冷笑了一声：“有些人连狗都不如，所以活该落得这样的下场。”

周无双也冷冷一笑：“以我们周家的财势，一旦将此事闹大，你们当如何脱身？”

听到这里，众人总算明白了周无双的来意。

她这是要利用周宝贵断腿一事，来威胁轩辕容锦，必须娶她为妻，才可以化解此事。

轩辕容锦玩味地笑了：“你究竟是哪里来的自信，认为我们会愿意与你交换这个条件？”

轩辕容锦越是对自己表现得冷漠无情，周无双便越是对他爱到骨头里。

只有这样的男人才配站在自己的身边，所以，这个秦月白，她势在必得。

“俗话说得好，做人应该懂得分寸，休要敬酒不吃吃罚酒。我之所以会用这个条件来与你们交换，是因为我欣赏秦公子的为人。所以，想借秦晋之好，来化解我们双方的矛盾。至于我……”

她傲慢地扬了扬下巴：“作为承阳第一首富的女儿，与同样是行商的秦公子结为夫妻，难道还会委屈了你吗？”

凤九卿强忍住翻白眼的冲动：“你可真是我有生以来见过的最厚脸皮的女人。”

周无双不满道：“这位公子，你好像一直都在与我作对，难道我曾经做过什么事，得罪过你？”

“你曾经没有得罪过我，不过现在……”

凤九卿忽然起身，一把扯下头上的玉簪。

当满头长发纷纷落下的那一刻，周无双看到了一张被上天垂怜的精致面孔。

这一刻，她才发现，这个身穿白色长衫，俊美得有些辨不出真实性别的“公子”，居然是一个女人。

凤九卿突如其来的动作，令容锦和骆逍遥皆是一惊。

两个人谁都没想到，关键时刻，九卿竟然会以真面目示人。

看来，这个周无双似乎已经踩到了令她无法容忍的底线。

凤九卿霸气地说："作为秦月白的夫人，我今天必须在这里给周小姐一个警告，秦月白是我的男人，任何人都休想惦记！"

"你……"周无双狠狠吃了一惊，"原来你就是秦公子口中那位刁蛮骄纵、不讲道理的秦夫人？"

"刁蛮骄纵，不讲道理，那只是我们夫妻之间的小情趣，还轮不到你一个外人在这里说三道四。"

"好！"周无双很快便收敛震惊的情绪，对凤九卿道，"既然秦夫人今日也在这里，那问题就更好解决了。当日被你一脚踹出月阳楼的周宝贵，是我们周家的独苗。要是我们周家追究你伤人的责任，你可以猜想一下自己的下场……"

凤九卿觉得周无双这个问题特别可笑："有什么好猜的？难道你觉得我会因为那个胖子受牢狱之灾？"

"你伤人在先，这是不争的事实。"

"你怎么不问问，我为何伤人？"

"不就是因为一条狗？我哥哥身娇肉贵，想吃狗肉那是天经地义……"

"你确定那个周胖子想吃的仅仅是狗肉，而不是人的肉？"

周无双微微吃惊："你这话是什么意思？"

凤九卿讥讽一笑："既然你这么有本事，怎么不找人好好打听打听，我当初一脚将周胖子踹下月阳楼的目的到底是什么？一条狗在你眼里可以不算什么，人命呢？"

她指了指自己："月阳楼当时几十号客人有目共睹，周胖子要吃的，不仅仅是狗肉，还有我这个人的肉。"

未等周无双应声，凤九卿又道："我不过是在遇到危险的时候做出了反抗。至于那个周胖子的下场，我只能用咎由自取来解释。你若不服，尽管去告，我倒要看看，你们周家再怎么横行无忌，难道还能取代了黑阙的王法？"

"秦夫人，你说话休要这么无理……"

"与你相比，我真觉得自己厚道多了。另外，那条狗甚得我的眼缘，若有人想要它的命，我自会送那人去上西天。"

周无双被她的霸道无理给气得脸色煞白："你居然拿一条狗与人命相比？"

“在我眼里，你们周家人连狗都不如，尤其是你！”

周无双眯了眯眼：“哼！你这么执意反对，不就是担心我嫁进门后与你抢男人？”

凤九卿笑了：“这天底下还没有什么是我怕的。我还是那句话，属于你的，别人未必要。不属于你的，你也休想抢。”

“你……”

“滚！”

周无双总算见识到凤九卿的厉害，不过看到旁边饶有兴味看着这一幕的“秦月白”，她又非常不甘心。好不容易才在茫茫人海中找到这么一位令自己心仪的男人，就这么放弃，她岂能甘心？

“秦夫人，你最好仔细考虑清楚，若你不肯接受我的条件，我一定会上报官府，让你承受牢狱之灾……”

“滚！”

“秦夫人，我并没有与你开玩笑。实话告诉你，我不但要嫁给秦公子，而且要以平妻的身份，成为秦家另一位货真价实的秦夫人……”

“滚！”

当凤九卿说出第三个滚字时，语气中的阴冷，已经让周无双渐渐招架不住。

有生以来，她还是第一次遇到气场如此强大的对手。

这哪里是什么女人？分明就是个母夜叉，只不过是一个长得稍微漂亮一点儿的母夜叉罢了。她不甘心地看着轩辕容锦，娇声娇气地问：“秦公子就不想说些什么吗？”

轩辕容锦像看小丑一样看了周无双一眼：“你的厚颜无耻让我无话可说。如果一定要我说些什么，那我只能顺应我娘子的意思，送给你一个字——滚！”

那声“滚”，震得周无双小脸煞白，牙关紧咬。

从小到大，她还从未在人前受过这样的屈辱。

她可是承阳首富的千金，手中握有万贯家财。

哪个男人要是肯将她娶进家门，等于娶回了一座巨大的金矿。

这么好的事，若换了其他男人，早就用八抬大轿，风风光光地将她娶进家门，顺便再搭个板，把她当成祖宗一样供起来。

这个“秦月白”以及他那个“母夜叉”一样的夫人居然不识好歹，真是气死她了。

不甘受辱的周无双被赶出梧桐小居之前，不忘放下狠话：“你们最好不要后悔,我是不会轻易放手的，你们尽管给我等着！”周无双带着一群随从，浩浩荡荡地扬长而去。

梧桐小居里，凤九卿慢条斯理地将落下的长发用玉簪重新束好。

眼底无惊无怒，表情从容淡定。

看了一场精彩大戏的骆逍遥忍不住冲凤九卿竖起一根大拇指：“用这种态度对待情敌，果然够威武，够霸气！”

已经束好头发的凤九卿勾唇一笑：“情敌？她也配？在我眼中，那个周无双不过就是一个跳梁小丑，还没那个资格胜任情敌一职。之所以让她马上滚蛋，只是没耐性与这种人继续周旋。”

“可你忽然在她面前恢复女子模样，就不担心给自己惹来麻烦？”

“麻烦？”

轩辕容锦笑得极为自负：“我倒要看看，周家究竟有什么本事，敢在皇帝的头上动歪脑筋。”

骆逍遥十分不齿：“先不要说这种大话。别忘了，在周无双眼里，你只是一个普通的商贾，而他们周家却与朝廷一些重要的官员关系匪浅。她之所以没有因为周胖子摔断腿而报官，也许等的就是今天这所谓的交换机会……”

“不！”凤九卿否决了骆逍遥的猜测，“从这两次相处来看，周无双是个很有头脑的女人。我要是没猜错，在周家，她这个女儿的地位，一定比被咱们一脚从月阳楼踹下去的周宝贵要高。不然，她也没底气说出一旦嫁人，就可以带走周家一半家产这句话。而她用这种方式找我们做交换，出发点有两个：其一，我们底细太深，令周家不敢轻举妄动；其二，她已看出容锦身份不凡，想趁这个机会，搭上一条对她更有利的大船。”

容锦微微皱眉：“你是说，那个姓周的已经猜出我真正的身份？”

“就算没猜出你的真正身份，也一定没将你当成普通的商贾来看。而周国安肯由着他这个女儿为所欲为，应该是对女儿寄予厚望。至少从精明程度上看，周无双比她那个肥头大耳又蠢不可及的哥哥有智慧多了。”

“所以你怀疑，周无双今日此举，是打算来一个一箭双雕？既利用这个机会来搭上我这条所谓的大船，又能顺便找一个自以为好的归宿？”

“还有最重要的一点……”凤九卿面色凝重道，“她也可以趁此时机，来摸清我们的底细。”

骆逍遥眯了眯眼：“用婚姻来做赌注，这筹码投得可有些大。”

凤九卿勾唇一笑：“人生本来就是一场豪赌，只是有人敢赌，而有人不敢赌。先不论容锦的身份究竟是什么，但凡长眼睛的人都看得出来，他的外在条件还是非常优秀的。”

骆逍遥嘴角一抽：“单论外表，我也不差好吗？”

容锦得意一笑：“这就是九卿为什么会选我，而不会选你的真正原因。”

第六十八章

九卿算计嚣张

无路可退

谁都没有将周无双那天临走之前的威胁放在眼中，包括做事一向谨慎小心的凤九卿。

周无双离开的第二天，贺明睿派人快马加鞭，给容锦送了一封急信，信中大致交代了一下朝中最近的情况。

就算贺明睿受了皇命所托，代为监国，有些重要的决策，还得由皇上亲自下令处理。

整整一上午的时间，轩辕容锦都在书房里跟江龙、江虎商议国是，并亲自拟订手谕，让负责送信的人带回京城，转交到明睿手里。

凤九卿对朝中的政务没什么兴趣，住在梧桐小居的这段时日，除了每天被骆逍遥用各种手段威逼利诱喝由他亲手炖的鸡汤有些令她无法忍受之外。

其他一切倒都还好。

趁轩辕容锦在书房里忙碌朝政之机，她决定再去阳河镇鬼见愁的府中走上一趟。

出门的时候，她身边并未带人。

只身骑马，匆匆出了承阳北城门，一路向阳河镇的方向赶去。

虽然心里坚信骆逍遥不会害她，可这个叫鬼见愁的神医，总让她觉得有些来历不明。

上次去阳河镇时，身边有骆逍遥跟随，她没好意思从家丁口中打探什么。

这一次去，她决定仔细询问鬼见愁的家人，关于这位大名鼎鼎的神医的具体的情况。

出了北城门，她快马加鞭，决定早去早回。

结果刚出城门没多久，两旁茂密的草丛中，忽然蹿出几十个身穿黑衣的遮面男子。

这些人的手中个个提着长剑，呼啦一下截住凤九卿的去路。

这突如其来的意外，令她有些措手不及。

凤九卿急忙拉下马缰，心中暗想，这伙人该不会是劫匪吧？

脑海中闪过这个念头的同时，站在最前面的几个黑衣人，忽然提起手中的弓箭。

凤九卿以为他们会将箭头对向自己，一瞬间的工夫，她已经做好了应敌准备。

万万没想到，那四个站在最前面的黑衣蒙面人，竟然将箭朝空中射了过去。

这奇怪的举止，令凤九卿一时没反应过来。

很快，她便明白这些人的用意。

当那几支被射上天的箭由天而降时，半空中撒下一层白色的药粉。

这让毫无心理准备的凤九卿顿时一惊，一下子就明白过来，他们之所以会出其不意玩这么一手，是想利用药物来截断她还手的能力。

直到这时她才醒悟，这些人哪里是什么劫匪，分明就是冲着她有备而来。

凤九卿在心中暗骂自己疏忽大意，当她试图抬起衣袖，避免从天而降的药粉被吸入鼻腔中时，已经晚了。

她几乎是立刻掉转马头，想要原路返回。

回身的时候才发现，不但前面的路口被人堵死，就连身后也出现了一群来历不明的黑衣蒙面人。

而她就像一个被狼群围堵的猎物，不但因为吸入大量药粉而导致浑身无力，现在恐怕连还手的机会都被这些人强行剥夺。

为首的黑衣人见她如困兽一般被囚禁在众人的包围下，隔着面具对身后众人下令：“小姐吩咐，不留活口，给我杀！”

小姐？

不留活口？

这几个字，瞬间便让凤九卿想起一个人：周无双！

没想到这周无双还真是胆大包天，昨天才放下狠话要给她教训，今天就派人来夺她的性命。

看来，梧桐小居附近应该被周家安排了不少眼线。

不然，这些人也不会对她的行踪如此了解。

本以为周无双只是一个不起眼的小角色，今日交手才发现，她居然轻敌了。

眼看着几十个不怀好意的黑衣蒙面人渐渐向她这边围了过来，凤九卿决定拼尽全力，与这些人决一死战。

就在她以为自己逃不过此劫时，一阵马蹄声由远及近，在众人还没醒过神儿的工夫，几只飞镖“嗖嗖”向这边射了过来。

其中有几个毫无防备的黑衣人被飞镖射中胸口，还没明白到底是怎么回事，已经仰头倒地，死了过去。

这突如其来的意外，令正准备对凤九卿动手的黑衣人暂时乱了阵脚。

众人立刻做好防备的姿态一致对敌。

就见一个骑着黑马的青衣男子由远及近，仔细一看，凤九卿的心底没来由地松了口气。

是骆逍遥！

虽然只有他一个人，可骆逍遥武功奇高，有他助阵，自己应该不会再疲于应付。

很快，骆逍遥便与那些人打斗在一起。

凤九卿尝试着从腰间抽出长剑，才发现手臂软得一点儿力气都没有。

看来那些人为了对付她，真是费尽了心思，下足了猛药。

与人打斗的骆逍遥似乎看出她的无能为力，抽空对她喊了一声："躲到我后面。"

两个人在打斗方面都有强大的应敌经验，凤九卿虽然无力应敌，在有人相助的情况下保住自身性命还不是太难的事情。

她掉转马头，紧紧跟随在骆逍遥的马后。

不得不说，骆逍遥的功夫确实出神入化，打斗的速度简直到了令人目不暇接的地步。

凤九卿一边躲闪，一边暗暗调整自己的脉息。

就在这时，一个黑衣人向骆逍遥胸口的方向狠狠刺了一剑。

使剑的那个人，手段并不高明，在她看来，躲过那一剑，对骆逍遥来说简直易如反掌。

可眼看剑尖已经接近他的胸口，骆逍遥居然毫无察觉。

凤九卿心里一惊，使尽全身力气，将骆逍遥从马背上拉了下来，才堪堪躲过那人刺来的一剑。

骆逍遥好像才意识到危险临近，落下马的他，在地上踉跄了几步。

凤九卿疾言厉色道："你刚刚在想什么？"

"我……"

骆逍遥出于本能，用手中的长剑向扑向自己的黑衣人挥了几记。

他没有回答九卿的话，而是摸索着想要去寻找自己胯下的马。

这时，凤九卿才意识到事情的不对劲。

骆逍遥的眼睛好像出了状况，因为凤九卿发现骆逍遥的眼睛似乎无法聚焦。

她心中暗暗一惊，再顾不得与那些人对敌，一把拉住骆逍遥的手腕，将他扯上自己的马背。

她用力踹了一脚马肚子，大声道："驾！"

这匹马是去年年底，邻国献给朝廷的纯种汗血宝马，脚程极快，一旦跑起来，速度绝对能甩出普通马几里地。

她边向前跑，边担忧地问骆逍遥："你眼睛怎么了？"

被她一把拉上马背的骆逍遥揉了揉眼睛，赶紧解释："刚刚在不小心的情况下，好像被风沙眯住了。"

"就算被风沙眯住，你也不能连最起码的危险都意识不到。刚刚要不是我推了你一把，你这条小命已经交待在那些黑衣人手里了。"

骆逍遥没好气道："我还没问你，为何要只身出城？你这是要去哪里？"

"我……"

凤九卿刚要解释，胯下的马便受惊一般，抬起两条前腿，向后一蹬。

这让毫无心理准备的凤九卿和骆逍遥双双被马甩落在地。

仔细一看才发现，马屁股上不知何时中了一箭。身后那群不死心的黑衣人正在迅速追来。

落马的两个人被这股力道甩出了很远，身体不受控制地向山坡的方向滑了下去。

骆逍遥急忙喊道："快抓住我的手腕。"

凤九卿一把抓住他，虽然两个人互相拉住对方的手，可因为坡度太陡，骆逍遥根本没办法控制下滑的力道。

这下可好，两个人一起急速向坡下滑去，就算不被那些黑衣人杀掉，怕也会摔下山坡，被活活摔死。

一阵急速的下滑，摔得两个人都有些头晕目眩。

"九卿，你还好吧？"

不知过了多少时候，骆逍遥的声音从寂静的山谷中传出，仔细一听，仿佛还带着回音。

凤九卿强忍住浑身上下传来的疼痛，慢慢从地上爬了起来。

她向四周张望了一圈，发现此时身处的地方，就像是一座被尘世遗忘的深山老林。

抬头看去，头顶是一片郁郁葱葱的茂密树林。

之前追赶他们的那些人，已经完全没了踪影。

没想到那看似不起眼的小山坡，底下竟然会这么陡峭。

骆逍遥就落在她旁边的地方，脸上和手臂出现些许划伤，样子看起来有些狼狈。

她好不容易爬坐到他身边，上上下下打量了他一眼，又用手在他的腰上和腿上摸了一圈："有没有出现骨折的地方？"

从那么高的地方摔下来，最怕的就是摔断骨头。

骆逍遥无力地摇摇头："除了屁股差点儿摔成了八瓣，其他还好，全身各部位暂时还有知觉。你呢？你没事吧？"

凤九卿摇了摇头："我也还好。"

向下滚落的时候她就做好了万全的防护，虽然免不了有划伤之处，但不会出现生命危险。

骆逍遥在她的搀扶下慢慢坐了起来，脸色茫然地抬头看了一眼，叹息道："看来，咱们这次是遇到麻烦了。"

凤九卿有些不太放心地问："你的眼睛还好吧？"

她觉得自己不会看错，之前在与那些黑衣人打斗的时候，她确实没有从骆逍遥的眼睛内看到任何神采。

就算她不懂医术，也知道那时的骆逍遥，双眼出现了失明状态，与风沙灰尘入眼根本就没有任何关系。

可是此时，他的眼睛好像又恢复了正常。

这让凤九卿有些费解，总觉得这件事很蹊跷。

猛然想起昨天，骆逍遥本来要去拿桌上的茶杯，却不小心撞向了茶壶。

当时她还以为他情绪冲动，才差点儿酿成一场小意外。

如今再想，他的眼睛应该是出现了什么状况，才会导致视觉误差。

骆逍遥揉了揉眼睛，安慰她道："你是不是想太多了，我眼睛好好的，怎么可能会出问题。都说了刚刚只是沙子入眼，才会在不小心的情况下差点儿着了那些浑蛋的道。现在沙子已经被我揉出去了，你看，我眼睛不是好好的吗？"

凤九卿仔仔细细看了他好几眼，有些不太放心地问："真的没事？"

骆逍遥笑得有些不太正经："要不要我对天发誓？"

凤九卿哭笑不得地捶了他一拳："这都什么时候了，你居然还有心情开玩笑。"说完，伸手去扶他："你现在感觉怎么样，能不能起来？我们得想办法离开这里。"

骆逍遥道："有问题的应该是你，你是不是吸入了软筋散之类的药粉？现在能使出力气吗？"

凤九卿尝试了一下，摇了摇头："恐怕有些困难。"

她不是第一次中软筋散，这种感觉真是再熟悉不过。中此毒后，要两三个时辰之后才能渐渐恢复。

而两三个时辰之后，天恐怕就要黑了。而且，她不确定那些黑衣人有没有在寻找他们的下落。两个人现在的情况都有些糟，一起对付那么多人，必死无疑。

这么一想，凤九卿决定："我们还是先找一个地方躲起来，等我身体恢复之后再想办法离开这里。"

难得有机会与凤九卿单独相处，骆逍遥当然没有任何意见。

两个人互相扶持着，躲到一个比较偏僻，又相对安全的地方坐了下来。

"九卿，你只身出城，是不是想去阳河镇找鬼见愁？"

骆逍遥的直言不讳，令凤九卿的脸微微地红了一下。

她不想对他撒谎，有些不好意思地点了点头："是！"

正在揉腿的骆逍遥皱了皱眉："你不信任我？"

"你怎么会这样想？"

"不然你为何偷偷去阳河镇，没有提前告诉我一声？"

"我也没告诉容锦。"

"所以我该为你的公平对待感到庆幸吗？"

凤九卿无奈地解释："你别这么想，之所以不告诉你们，是因为我不想每次做什么都去麻烦别人。还有容锦，死活不肯回京，非要隐姓埋名地留在这里等我一起走。我们这么多人住在你的梧桐小居，里里外外已经给你添了许多麻烦。"

骆逍遥小声嘀咕："又不是免费招待，等回头我就让那家伙签一张十万两银子的欠条给我，保证绝不吃亏。"

凤九卿被他的话给逗笑了："对了，你怎么也会出现在这里？"

"你还好意思问这个？我今早不过出门办个事，事情办妥后刚要回去，就在很不小心的情况下看到你骑着马直奔北城门的方向。我一直跟在你后面想要追你，可是没办法，我的马脚程没有你那匹马的脚程快。才一眨眼的工夫，你的马就甩出我二里地……"

提到自己的马，凤九卿忍不住又担忧起来："也不知道凌云现在还活着没。"

凌云是她给自己的马取的名字，那是一匹非常有灵性的千里马。

她现在很担心，那些黑衣人会在遍寻不到她踪迹的情况下，直接将她的马给宰了吃肉。

骆逍遥关心的重点却不是这个："那些人之所以会暗中埋伏，夺你性命，会不会与周家有关？"

提到周家，凤九卿的脸一下子就阴郁了下来："你猜得没错，买凶来杀我的，正是周无双。"

骆逍遥眼睛一眯，瞳仁内迸出几道危险的光芒："你确定？"

凤九卿轻轻点头："有九成把握可以确定，对我展开追杀的是周无双。毕竟我来承阳的时间不长，唯一被我得罪过的只有周胖子和周无双两兄妹。那周胖子一看就是个莽汉，就算他想要我的命，也不可能算计到这种精细的地步。反观那个周无双……”

想到自己此时的下场，凤九卿冷笑一声：“她居然在动手之前让那些刺杀我的黑衣蒙面人给我下药，摆明了对我的能力有所忌惮，因此才会使出下药的损招。”

招数是阴损了一些，达到的目的却出人意料。

要不是骆逍遥及时赶到，帮了她一把，说不定此时的她真的会在周无双的算计下变成一条冤魂。

骆逍遥脸色微沉，揉在腿上的力道，无形之中渐渐加大了几分：“看来这周家，真是不除不行了。”骆逍遥嘴上所说的，正是凤九卿心中所想的。既然周无双上赶着寻死，她自然不会再给她活下去的机会。

眼看夕阳西下，天色渐渐暗了下来。同时受了伤的两个人，肯定没办法在天黑之后走出这片巨大的森林。

好在凤九卿的药劲已经慢慢过了。

两个人在林子里逮了几只山鸡，用火折子生了火，做了一只简单的烤架，将几只被煺了毛，穿进竹签子里的山鸡放到火上烤熟，稍微撒了一些随身携带的盐巴，算是吃了一顿香喷喷的烧烤晚餐。

骆逍遥对凤九卿随身带盐巴和火折子的行为表示深深不解，他一边啃着鸡腿，一边好奇地问：“你怎么会随时把那种东西带在身上？”

凤九卿坐在烤架前，手法纯熟地翻动着架子上的烤鸡腿，笑着回道：“也没什么，就是多年来养成的习惯罢了。”

骆逍遥用力咬下一口香嫩的鸡肉，边吃边道：“你的习惯还真是奇怪。”

凤九卿没再多说什么。

这些习惯，都是她当年化名为秦月白时所养成的。即使那段记忆已经过去了那么久，甚至已经被“推翻重建”，她依旧会出于本能地将一些求生用的物品随身携带。事实证明，危险无处不在，要是没有强大的防患于未然意识，此时两个人恐怕就要在这里饿肚子了。

夜里的山谷有些冷，吃过一餐饱饭的两个人，在天色彻底黑下来后，围坐在火堆前后背靠着后背，有一搭没一搭地聊着闲话。

从骆逍遥当年进京跟随了轩辕君昊，到之后他遭遇了一连串的生死大逃亡，生活过得简直可以用多姿多彩和多灾多难这两个互相抵触的词语来形容。

听骆逍遥讲过去的事，凤九卿也不由得陷入了回忆。

属于骆逍遥的那些多姿多彩和多灾多难，曾几何时，不是也活生生地发生在她的身上吗？

见她久久未语，骆逍遥渐渐停止了讲述，侧过脸问道：“在想什么？”

凤九卿的嗓音变得有些沙哑，低低回道：“在想我的过去！以及过去那些曾与我有过牵扯的那些人和事……”

“哦，说到这个我才想起，你养的那只白老虎呢？”

“暂时被寄养到了一座有森林的行宫。”

“我要是没记错，那只老虎，是被你当成儿子来养的吧？就这么把它送走，你舍得吗？”

想起尔白，凤九卿的嘴角勾出暖暖的笑容：“当然舍不得。不过我刚成亲那会儿，尔白也娶了媳妇，它那个媳妇性子有些野，我和容锦担心那只母虎会在宫中伤人，所以暂时把它们送到行宫，那边人少，不至于惊到它们。不过等尔白和它媳妇感情融洽之后，我会再接它们回来的。我已经跟容锦商量，在宫中为它们建一座虎园，尽可能给它们提供一个比较舒服自在的环境……”

骆逍遥轻笑一声：“一只虎都能让你牵肠挂肚，那么我呢？这半年来杳无音信，你可曾想过我在你看不到的地方，过得究竟是好是坏？”

“当然想过。”

“如果没有那个家伙，你愿意与我一起浪迹天涯吗？”

凤九卿的声音顿了一下，时间不知过去了多久，她才轻轻回了三个字：“或许吧！”

她对骆逍遥的感情非常复杂，这种复杂，就连她自己都无从解释。也许，没有容锦的存在，她的确会被这样一个人所吸引。可所有的前提，都是建立在没有容锦的情况下。时间不可能重来，她心里最深的位置已经住进了一个轩辕容锦，那么其他假设便全都不成立。

黑暗中，传来骆逍遥一阵低低的笑声：“不管‘或许吧’这三个字究竟代表着什么，你没有直接否决我，便是给我最好的安慰。”

凤九卿从他的声音中听出了落寞，她心中有些难受，忍不住问：“有朝一日我若回了京城，你会与我们一起走吗？”

“不会！”几乎是想都没想，骆逍遥便给出了答案，“你知道的，我和轩辕容锦两个人，此生此世，都不可能和平相处。与其出现在你们面前给你添堵，还不如一别两宽，各生欢喜。”

“要是我想见你怎么办？”

“若有缘相遇，你我自会相见。”

我是王法

凤九卿和骆逍遥双双失踪的事情，很快就被容锦获知。

说起这件事，还多亏了凤九卿的那匹名叫凌云的坐骑。

屁股上插了一支箭的凌云，在主人落马失踪之后，便顺着原路回到梧桐小居。

江龙、江虎看到凌云屁股上的箭，一下子就猜到皇后出了事。

两个人立刻将此事汇报给皇上。

在凌云的带领下，轩辕容锦及江龙、江虎等人顺着凤九卿出城的方向寻找了将近一夜。

第二天清早，天刚刚见亮的时候，他终于找到了凤九卿和骆逍遥的落脚点。

只不过让轩辕容锦眼红的是，当他找到凤九卿时，她就像一只受了伤的小兽，柔顺地将脸埋在骆逍遥的胸口，两个人姿态亲密地抱在一起，睡得那叫一个香甜。

这幕刺眼的画面，令容锦整个人都不好了。

虽然他相信凤九卿的为人，可这样一幅引人遐想的画面，实在让他没办法用平常心来看待两个人的关系。

这一夜，究竟发生了什么?

为什么凤九卿会跟骆逍遥像亲密的情人一样互抱着彼此，睡在一起?

正沉浸在梦境之中的凤九卿和骆逍遥，听到耳边传来凌乱的脚步声，一下子睁开眼。

看到轩辕容锦和江龙、江虎等人出现在自己面前，凤九卿的情绪一下子就变得激动起来。

“容锦，你怎么来了？”

当她问出这句话时，才意识到此时自己身处的环境。

她急忙从骆逍遥的怀中抽出身，有些尴尬地解释：“我们昨天遇难了。”

轩辕容锦负着双手，冷冷地看着两个人暧昧的姿态，心里窝着一把火，却找不到宣泄的途径。

骆逍遥这时也慢慢醒过神儿，他揉了揉惺忪的睡眼，伸了伸懒腰，对凤九卿昨晚睡在自己怀中的画面，似乎有点儿意犹未尽。

他面带挑衅地看向容锦：“还以为离开这里要费些周折，既然你找过来，我和九卿也就不担心这个问题了。”

凤九卿看出容锦眼中隐忍的怒火，急忙起身，却因为昨天从山坡上滚下来时摔到了腿，起身之后，不受控制地踉跄了一下。

就在她差点儿又摔倒在地时，轩辕容锦一把将她捞了个满怀，并打横将她抱在怀里，顺势送上了马背，并对身后众人道：“我们走！”

被丢在原地的骆逍遥不满地叫道：“喂……你们就这么走了？我呢？等等我啊……”

为了避免误会，凤九卿在回程的路上，向轩辕容锦解释了昨天的情况。

而且还说，要不是骆逍遥及时出手相救，她一条小命恐怕就要被周无双给算计进去了。

“容锦，我知道昨天没知会你一声，便离开梧桐小居，去阳河镇找鬼见愁，的确是我考虑不周。我当时并没有想到，周家会胆大包天到敢躲在暗处算计我的性命。至于我为什么会跟逍遥一夜未归，情况你也看到了……”

她将还残留着伤痕的手臂露出来给他看。

就算不至于伤筋动骨，多处划伤，看着也令人触目惊心。

她的伤，总算令轩辕容锦生出恻隐之心，他握住她的手，有些心疼地打量着上面大大小小的伤痕。

半晌后又问：“其他地方受伤了吗？”

凤九卿无辜地点了点头：“腿上肯定也有伤，好在没有伤到骨头，不至于落下残疾……”

“残疾”两个字，重重踩到了轩辕容锦的底线。要不是因为凌云是一匹有灵性的马，恐怕直到现在，他都找不到九卿的下落。想到这一切都是周家所致，原打算在承阳隐姓埋名等神医替凤九卿治病的容锦，再也按捺不住心底的怒火。

回到梧桐小居之后，他便叫来江龙、江虎，直接下了一道命令，以谋逆罪，将周家上下全部抓捕。

正所谓天子一怒，伏尸百万。

虽然轩辕容锦不可能会让百万人受到牵连，可周家一次又一次来挑战他的底线，已经将他逼到了忍无可忍的地步。既然周家这么急着想寻死，成全他们又如何？

“不行！”

当骆逍遥听到轩辕容锦要以谋逆罪去捉拿周家人时，他不顾身上的伤势，第一个跳出来反对。

轩辕容锦现在看骆逍遥，是怎么看都不顺眼。

只要这浑蛋出现在眼前，就能让他记起九卿偎依在他怀中的那幅刺眼的画面。

“周家胆大包天，罪不可恕。九卿差点儿死在他们的手里，难道你还打算让我对此事姑息不成？”

面对轩辕容锦的怒意，骆逍遥不怕死地反驳：“我并没有说不让你对付周家人，只是对付的时候，得讲一些方式方法。一旦你将这件事抬到明面上处理，势必会暴露你们的身份。你这次来承阳，统共带了二十人。而周家在承阳的势力盘根错节，非常复杂，没有做好万全的准备，就凭你身边这二十个人，非但不能为九卿报仇，很有可能还会给自己招来灾难。”

容锦一下子就怒了：“所以我现在该像缩头乌龟一样躲起来，放了那些胆敢伤害九卿的浑蛋？”

“我当然不是这个意思……”骆逍遥急忙否认，“俗话说得好，射人先射马，擒贼先擒王。只要将周家几个首脑人物抓捕归案，不怕揪不出躲在他们背后的那些势力和关系。至于官府，暂时不要让他们参与此事。因为我们谁都不敢保证承阳知府与周家之间究竟有什么牵连。万一官府那边阳奉阴违，到时候非但不能解决问题，反而会打草惊蛇。不如这样，你派几个身手好的，将周国安和周无双秘密抓捕。梧桐小居有一处闲置的地牢，可以供你的手下逼供审问。”

一直未吭声的凤九卿点了点头：“我同意逍遥的方法。”

轩辕容锦的脸色微微沉了沉，虽然他不想认同骆逍遥的提议，可为了大局着想，他不得不承认这是一个绝佳的制敌之策。

有了对敌方法，轩辕容锦很快便让人进行秘密抓捕行动。

五天之后，周国安、周宝贵以及天下第一楼的老板周无双先后落网，逐一被关进了梧桐小居那间阴湿恶臭的地牢。

“你们真是好大的胆子……”

身为承阳首富，又与不少官商暗中勾结的周国安，被抓进地牢的那一刻，顿时奓了毛。

这个浑身上下被绫罗绸缎包裹得就像一支缎棍的中年男子，大概是在外面作威作福惯了。明明已经被关进了地牢，居然还改不了他趾高气扬的态度，从他被推进牢房的那一刻，一张嘴便不停地骂骂咧咧。

“你们知道我是谁吗？我可是承阳首富，你们要是敢伤我一根头发，我保证你们不会有机会再看到明天的太阳，啊……”

话还没说完，江虎就抬起脚，毫不客气地将他当胸踹飞。

旁边亲眼看到这一幕的周宝贵，此时还瘸着一条腿。

当他看到自己无所不能的父亲居然像死狗一样被人踢飞，整个人都傻了。

即将骂出口的话，也因为这幅惊悚的画面，而被吓得全部吞回肚子里。

还是周无双比较冷静，从她被抓直到现在，始终保持着从容淡定。

就连亲眼看到父亲被人一脚踢飞，也只是稍稍皱了一下眉，并没有丝毫被吓破胆的意思。

她好脾气地对狠踹了自己父亲一脚的江虎道：“这位英雄，你们用这种见不得光的手段将我们父女三人抓到这里，究竟有什么目的？如果你们想要银子就直说，我们周家最不缺的就是银子！”

江虎面无表情地看了周无双一眼，冷冷回了一句：“巧得很，我家主子，最不缺的也是银子！”

话音刚落，地牢门口便传来一阵脚步声。

正是轩辕容锦和脸上还残留着些许伤痕的骆逍遥。

两个人身后跟着几个训练有素的侍卫，个个眉头紧蹙，来者不善。

隔着牢房大门，周无双面色淡定地看着渐渐走向自己的轩辕容锦，唇带微笑道：“秦公子用这种方式将我周家三口请来这里，不知是何用意？”

“请？”轩辕容锦的声音忽然拔高，“在你们周家做了不该做的事情之后，你就没想过会面临今天的下场？”

周无双装傻道：“我不明白秦公子这句话是什么意思。”

手中灵活把玩着一柄匕首的骆逍遥，在周无双用无辜的语气反问出这句话时，利落地将匕首顺着牢房铁门的空隙处，向周无双的脸颊处飞了过去。

在周无双惊恐的尖叫声中，那匕首擦过她的脸，“砰”的一声插入了墙壁之内。

再看周无双，脸颊上出现一道细细的血痕，颊边的发丝被削落了一缕，轻飘飘地落在牢房的地面上。

这突如其来的一击，吓得周无双脸色煞白。

她连连向后退了两步，声音略带颤抖道：“你们抓我周家三口究竟有什么目的？我说过，如果是为钱的话，想要多少，你们尽管开口……”

刚刚被江虎一脚踹飞的周国安，这时连滚带爬地跑了过来。

“两位公子，有什么话咱们可以坐在一起好好商量，只要是钱能解决的问题，便不是问题。”

骆逍遥冷笑一声：“我们要的不是钱，而是你们的命！有胆子做就要有胆子承认，那天你们派人在承阳城北搞突然袭击，以为可以随便就这么算了吗？”

他负着双手，慢慢踱到牢门口，面容冷酷地对周无双道：“真没看出来，你这个女人外表柔弱无害，心思却比蛇蝎还要歹毒。”

周无双避开他精明的视线：“我根本就不知道你在说什么。”

见周无双死不承认，骆逍遥手掌一翻，掌心中又多了一柄明晃晃的匕首。

看到匕首的那一刻，周无双被吓得腿软了一下：“你……你们难道还想在这里杀人灭口？”

轩辕容锦的唇边扯出一丝讥讽的笑容：“不过就是蝼蚁之命，死不足惜！”

“你们还有没有王法？”

轩辕容锦霸气地送给她几个字：“我就是王法！”

第六十九章 使奸计佞臣屠诚

九龙王令

由始至终一直没说过话的周宝贵大声嚷道："好大的胆子！你们可知我周家在朝廷的地位？告诉你们，属于我们周家的势力几乎遍布整个朝野。如果我们今天莫名其妙地死在这里，你们谁都别想再活着。"

"混账东西，你给我闭嘴！"出言喝止的正是周宝贵他爹，周国安。

虽然周国安对眼前这些人的来头了解不多，可既然他们敢这么明目张胆地将他们抓到这间地牢，不刮去他们周家身上一层油，看样子是绝对不会放手的。

偏偏他们的处境都已经艰难到这个地步，这个不争气的儿子居然还敢在这里口出狂言，简直就是在作死。

骂完周宝贵，周国安又满脸赔笑地对轩辕容锦道："只要你们不伤人，有什么话咱们都可以好好商量。"

"好！"容锦点头，"只要你们如实交代与朝中大臣勾结的罪行，我可以考虑赐你们一具全尸。"

"你……你说什么？"

周国安一下子就蒙了。

这个看起来不太好惹的年轻人，不要银子不要权，一上来，就要他们交代与朝廷大臣勾结的罪行。

他到底是什么人？为什么会说出这样的话？

一向聪明伶俐的周无双，此时也隐约意识到事情的不对劲。

既然已经被抓到了这里，轩辕容锦也就没有再向他们隐瞒身份的必要。

当着周国安和周无双的面，他慢慢将一块代表着帝王身份的令牌展现在两个人面前。

令牌是由纯金打造而成，上面刻着三个字：九龙令。

在黑阙，九龙令代表着帝王尊贵不凡的身份，只有真正的当权者才有资格拥有此物。

看到九龙令明晃晃地出现在眼前，刚刚还嚣张跋扈的周家父女，皆露出一副受惊不小的表情，“扑通”跪倒在地。

周无双做梦也没想到，这个被她一眼相中的俊美男人，真正的身份居然是当今天子。

轩辕容锦慢慢收回令牌，眯着眼问周无双：“连当今皇后都敢谋害，这个罪名，足够将你们周家满门抄斩吧？”

周无双一屁股瘫坐在地，脑海中已经乱成了一团。

不可否认，当日那些谋害“秦夫人”的杀手的确是受她指使。

可她做这件事的目的只是想给那个不识好歹的“秦夫人”一个教训，万没想到，秦夫人真正的身份，居然是当今皇后。

可是，皇上和皇后怎么会出现在承阳？

轩辕容锦道明身份的那一刻，刚刚还不可一世的周宝贵，被吓得两眼一翻，当场便晕死了过去。

不理会周家父女诧异和惊恐的目光，轩辕容锦用不带任何感情的声音对两个人道：“摆在你们面前的只有两条路，如实交代一切，可以免受一些折磨。如若不然，自会有人用刑讯手段，用特殊的方法来撬开你们的嘴，只看你们来如何选择！”

半晌之后，周国安才从惊恐中慢慢醒过神儿，他跪在地上，哆哆嗦嗦地问：“是不是交代与否，我们周家所有的人都必死无疑？”

轩辕容锦挑了挑眉，扯出一丝冷笑：“你觉得呢？”

“如果草民肯向皇上说出一个谁都不知道的内情，皇上可不可以念在草民直言不讳的分儿上，饶了我们周家三口一条性命？”

骆逍遥笑了：“你这是在跟当今皇上讲条件吗？”

周国安赶紧摇头：“小人不敢！”

轩辕容锦眯了眯眼，对周国安道：“如果你交代的事情够分量，朕可以考虑。你说说看……”

周国安急忙向前跪爬了几步：“草民听说，皇后自嫁进皇宫之后一直无子，朝中不少大臣纷纷上奏，请求皇上广充后宫。皇上可知，皇后膝下为何迟迟无子？”

轩辕容锦和骆逍遥谁都没想到，这个看似不起眼的周国安，一开口，居然会提到这么惊悚的问题。

轩辕容锦眉头紧紧皱了起来，语气带着急切："为何？"

"因为皇后在半年前，被人给下了无子毒！"

"你说什么？"容锦的声音拔了老高，"这件事你如何得知？下毒之人又是谁？"

周国安仰着头道："草民要是如实说了，皇上肯不肯饶草民一家三口性命？"

轩辕容锦眼睛微微眯了一下，微不可察地点头，并冷冷吐出一个字："说！"

有了皇上的保证，周国安安心不少："半年前给皇后下无子毒的，正是当朝礼部尚书，姚天寿！"

虽然早就知道这个老家伙不怀好意，可容锦做梦也没想到，在他和九卿完全没有防备的情况下，姚天寿居然能神不知鬼不觉地给九卿带来这样的伤害。

骆逍遥强行按捺住心底的诧异："说详细些。"

周国安道："这件事还要从那位被打入冷宫的姚娘娘说起。草民当年受姚天寿所托，将他女儿送进皇宫，并安排了一场刺杀事件，让救驾有功的姚娘娘从此飞黄腾达，坐稳后宫。后来，皇上为了册立皇后，不惜将握有免死金牌的姚雪灵打入冷宫。姚天寿对此心生怨恨，于是花重金请来一位西域毒师配了一服名叫无子毒的毒药。这毒药厉害就厉害在，被下毒之人在中毒之后根本表现不出任何中毒的症状。这个毒在身体里的时间只要超过一年，就会暴毙身亡，一命呜呼。"

听到这里，轩辕容锦和骆逍遥同时倒吸了一口凉气。

两个人谁都没想到，在他们完全不知道的情况下，竟然还隐藏着这么一个可怕的阴谋。

暴毙身亡？

只要想到这个画面，轩辕容锦的心便不受控制地狂跳起来："此毒可有解药？"

周国安摇头："草民不知，这件事恐怕只有姚天寿和那个西域毒师知道。"

骆逍遥眯了眯眼："姚天寿给皇后下毒的事情，你是如何得知的？"

周国安畏惧地低下头，小声回道："那个西域毒师，是姚天寿请我代为寻找的！"

"啪！"忍无可忍的骆逍遥隔空狠狠抽了周国安一耳光，虽然是一记隔空掌，却还是将周国安给抽了个人仰马翻。

已经被吓破胆的周无双赶紧过来将挨了一巴掌的父亲扶了起来，对轩辕容锦道："皇上，您亲口答应，只要交代实情，就会饶我们一命……"

骆逍遥还要再动手，却被满脸阴郁的轩辕容锦一把按住，他冷冷说了两个字："走吧！"

城中瘟疫

周国安为了保命所交代出来的事实，令原本并没有将凤九卿的毒太放在心上的轩辕容锦目眦欲裂。

他可以接受九卿一辈子没办法给自己生孩子。毕竟孩子的存在与否，并不能影响他对九卿的感情。而且早在很久以前他就已经做好心理准备。若他和九卿真的注定一生无子，就将皇位传给小七的儿子。

可现在他要面对的不仅仅是无子的问题，而是他很有可能会在未来的某一天，永远失去凤九卿。这个画面只要稍微在脑海中成形，他整颗心就像被什么东西狠狠碾压，痛得好像马上就会窒息。

“无子毒？西域毒师？”

当凤九卿从轩辕容锦和骆逍遥的口中听说自己所中的毒是姚天寿设法所下时，没有感到诧异。

早在小七告诉她有可能被人暗中下了毒，她便已经猜到，在背后搞小动作的，十之八九与姚家脱不了干系。

“难怪中毒这么久，我居然毫无所觉，原来这无子毒，竟是来自西域。我早就听闻，西域一带有不少能人异士，在制毒方面有着非常强大的天赋。小七之前还开玩笑说，想要去西域那边认几个师父教他制毒。”

骆逍遥见她死到临头还有心情开玩笑，用戏谑的语气调侃：“周国安说，你这个毒，是大婚之后被姚天寿动手所下，只要中毒的时间超过一年，便会暴毙身亡，一命呜呼。按时间来推算，你的性命应该只剩下不到六个月了。”

听到这话，轩辕容锦面色凝重地起身，对凤九卿道："我们必须马上回京，找姚天寿那个老不死的问个清楚。既然毒是由他所下，与其继续留在这里等那个什么鬼见愁，倒不如直接逼他交出解药。"

骆逍遥直接给他一个大白眼："你开什么玩笑，那个姓姚的老不死敢在你和九卿大婚之后给她下毒，目的就是要将她置于死地。指望他交出解药，这跟白日做梦有什么区别？"

轩辕容锦厉声道："他若不肯妥协，朕就抄他全家。"

骆逍遥再一次笑了："就算他交出解药，你就不抄他全家了？"

轩辕容锦怒道："他谋害皇后，玩弄权术，将堂堂天子当成傻瓜一样来戏耍，种种罪名加在一起，足够他的脑袋被砍上十几个来回。"

"所以……"骆逍遥摊了摊手，"既然他怎样都要死，何不拉九卿这个倒霉催的给他做垫背？"

凤九卿点点头，对轩辕容锦道："逍遥说得没错。从姚雪灵被打入冷宫那一刻起，姚天寿便已经在暗中展开了一系列的复仇计划。咱们现在最该做的不是回京找他索要解药，而是趁周家三口被秘密抓捕期间，尽可能从他们口中套出有用的东西。这些隐藏在角落中的蛀虫一天不除，给朝廷日后所带来的伤害就会越发无可估量。"

"可是九卿，你身体里的毒不能再耽误下去。"

"留在承阳，至少还有一线希望……"

"所以你要将全部希望都寄托在那个连影子都找不到的鬼见愁身上？你有没有想过，万一你的毒，连鬼见愁都解不了呢？"说到这里，轩辕容锦忽然看向骆逍遥："鬼见愁的下落，是不是你故意透露给九卿的？"

骆逍遥并没反驳："是我透露的。"

"你对此人了解有多少？"

"不多！只知道这个人医术还不错！"

轩辕容锦的脸色一下子就黑了："所以你就敢随便将一个了解不多的所谓神医介绍给九卿？"

"容锦，你先冷静一点儿。"凤九卿见他似要发火，赶紧劝道，"我相信逍遥不会轻易拿这种事情来开玩笑。"

"他不会？这天底下还有什么事是他骆逍遥不敢做的？"

骆逍遥不满地瞪他一眼："你说这话可就没意思了，我与九卿相识这么久，难道还会害她不成？"

"哼！我怎么知道你是不是想要利用这个机会将九卿骗到这里，来满足你心底那见不得光的阴谋？”

“我对九卿能有什么阴谋？”

“你敢说你对她没有爱慕之意？”

骆逍遥铿锵有力地回了他两个字：“我有！”

轩辕容锦被他的直言不讳噎得表情一僵：“你还真是胆大包天！”

骆逍遥冷笑道：“我对她有爱慕之意，并不代表我会用见不得光的手段来算计于她！她中毒是不争的事实，眼下你最该解决的是如何寻找解毒方法，而不是像个妒夫一样在这里怨天尤人。你跳着脚要带九卿回京，不就是忌惮我会从中挑唆你们的关系。我要是真存了那样的心思，干脆将她带到一个你永远都找不到的地方躲起来。何必像现在这样每天不得不面对你这张讨人厌的妒夫脸？”

“骆逍遥，你终于肯说实话了。”

“实话是什么？讨厌你吗？”

“你……”

眼看两个人又有越吵越凶的架势，凤九卿已经懒得劝了，直接起身，向门口的方向走去。

吵得正热火朝天的两个人异口同声地问：“你要去哪儿？”

凤九卿头都没回：“去地牢会会周国安，顺便跟他做笔生意。”

两个人再次异口同声地问：“做什么生意？”

“逼他们供述罪行之后，再让他们用自己的钱，来买自己的命。这趟承阳之行，我总不能让自己白来！”

真是不问不知道，一问吓一跳。

为了保住自己的性命，在长达十多天的审问里，周国安陆陆续续将他这些年与朝中大臣相互勾结的过往，以及那些受过他贿赂的官员，事无巨细地交代出来。

轩辕容锦一直以为在他的治理之下，朝廷不会像明康帝在位时那么腐败。

而且，他上位之后，也打杀了一批危害朝廷的罪臣，重新扶持了一批年轻的新血。

饶是这样，各省各地还是有不计其数的官员，为了往自己的腰包里敛财，不顾百姓疾苦，将不属于他们的钱财拼了命地往自己手中捞。好多地方官员甚至在朝廷完全不知情的情况下私自加大百姓税收。缴不起税的，便将他们统统送到由这些官员私自开采的金矿矿区去做免费苦力。而周国安便是这些金矿的总矿主，每年从各省各地金矿开采出来的金子，几乎与朝廷一整年的总税收相同。

这也难怪朝中一些大臣，会主动与周国安这个没有功名在身的平民百姓结交。

周家在黑阙所拥有的财富，绝对可以令那些贪心不足的人直流口水。

事到如今，周国安已经知道自己没有机会再守住这大片的家业。

为了保住性命，不用凤九卿等人开口，他主动提出，只要饶他不死，他愿意上缴周家名下所有的动产和不动产。

凤九卿自然没有不答应的道理，这么大一笔财富充进国库，朝廷可以继续招兵买马，扩大军队的实力。只有国强了，外敌才不敢入侵。

没有了外敌这个后顾之忧，轩辕容锦这个当朝皇帝，才能安安稳稳地坐在皇位上，慢慢收拾躲藏在阴暗角落中的那些朝廷蛀虫。

对于凤九卿的良苦用心，轩辕容锦真不知该说感激，还是无奈。他最关心的并不是周家的财产能不能被充进国库，他只在意九卿身体里那个随时可以夺走她性命的剧毒什么时候才能被解掉。

可这个女人死活不肯同他回京治疗，非要留在承阳等鬼见愁现身。

这一等，又是好些天。

别的事情他都能忍，唯独让他忍受不了的便是骆逍遥像个病态患者一样，每天都会起大早，亲自给九卿炖一碗鸡汤。

起初，凤九卿还能将鸡汤当作美味，非常给面子地将汤和里面的鸡肉全部吃掉。

到了后来，凤九卿已经对鸡汤这种玩意儿产生了深深的恐惧。

别说喝光，就是看到那浓浓稠稠的东西摆在眼前，也忍不住会生出呕吐的想法。

每当她不肯配合地将鸡汤喝完时，骆逍遥就会露出一脸无辜又委屈的神色，可怜兮兮地对她说，这汤是他天还没亮便起身去厨房炖的。

她要是不喝，就等于白白浪费了他一番心血。

骆逍遥这么一说，凤九卿就会心生不忍，皱着眉头将汤全部喝光。

为了避免她阳奉阴违，她喝汤的时候，骆逍遥还会像一个等待大人夸赞的孩童，眨巴着一双“天真无邪”的大眼睛，死死盯着她喝汤的动作。

直到他亲眼看到她将汤全部喝光，才肯接过汤碗，放心离去。

这天早上，当骆逍遥再一次将鸡汤递到凤九卿面前求她喝光时，终于忍无可忍的轩辕容锦横挡在九卿面前，一把将汤碗推开。

“要喝你自己喝，别再将这么恶心的东西递给九卿，她现在看到鸡汤就想吐。”

骆逍遥避开轩辕容锦的阻挡，脚步灵巧地从他身边绕了过去，笑嘻嘻地将鸡汤放到桌上，满脸讨好道：“九卿，这是最后一碗，答应我，一定要把它喝光。”

凤九卿下意识地向旁边躲了躲，哭丧着脸道：“逍遥，我住在你们家这段日子里，你究竟炖了多少只鸡给我吃？”

“你放心，这汤我不收你伙食费。”

“这不是伙食费的问题好吗？不管多美味的东西天天吃也会腻味的，更何况这个汤我已经被你逼着喝了快一个月。”

从她第一次踏进梧桐小居那天起，几乎每天早上，都会被逼着喝一碗。

连续一个月下来，她觉得自己好像已经发福了。

骆逍遥不肯放弃地将汤向她面前推了推：“真的是最后一碗，不管明天你还喝不喝，我都不会再给你炖了，你就当是成全我最后的心愿吧。”

轩辕容锦一把就要夺过汤碗：“我替九卿喝。”

骆逍遥将他挡至一边，没好气地瞪他一眼：“这汤又不是给你炖的，你好意思喝吗？”

容锦被他气得直咬牙：“你每天献殷勤的目的，不就是想让九卿承你的好意，我替九卿承下你的好意也一样。”

“这不是好意不好意的问题，而是原则问题，你能别跟这儿捣乱吗？”

“骆逍遥，是不是相处太久，你忘了我现在的身份？”

骆逍遥眉梢一挑，露出一个嘲弄的笑容：“你现在的身份，不就是在我府上白吃白喝白住的不速之客吗？”

轩辕容锦气势一短：“没说不给你伙食费。”

“放心吧，账都在我脑子里记着呢，一天一万两，你们这些人在我这里住了将近一个月，凑个整，我就收你五十万两好了。”

“五十万？就算一天一万的话，一个月下来，难道不是三十万吗？”

骆逍遥哼笑：“利息不算吗？”

“你怎么不去抢？”

“我这不是在抢吗？”

“你还真是厚颜无耻……”

就在容锦想要与他继续理论时，江龙和江虎双双从外面走了进来，两个人的脸色都有些难看。

“主子，出大事了！”

开口说话的是江龙，他自幼随轩辕容锦一起长大，性格比起弟弟江虎，沉稳了不少。可是此刻，江龙的脸色绝对可以用难看到极点来形容，这让容锦的心一下子就提了起来。

江龙能露出失态的神色，这意味着，出的事情一定不小。

骆逍遥止住了继续跟轩辕容锦吵架的念头，问道：“发生了何事？”

江龙语气有些焦急："城中闹了瘟疫！"

"什么？"

当"瘟疫"两个字从江龙口中说出时，不但骆逍遥惊了，就连轩辕容锦和凤九卿也完全不敢相信这个事实。

瘟疫！

在群居的环境中，只要有一个人染上瘟疫，就可能在短时间内迅速蔓延。

骆逍遥眉头紧皱，满面不解道："承阳城最近一直太平无事，也没有发生洪灾、地震之类的灾难，怎么可能会引发瘟疫，这简直太不正常了。"

容锦急忙问江龙："病情确定了吗？目前出现了多少病例？"

江龙回道："一共六名患者。城中几个医术还不错的郎中见过患者之后，给出的答案都一样，这六个病人，的确是染上了瘟疫。"

容锦又问："除了这六人之外，其他人可有染病的症状？"

江龙摇头："目前还不清楚。不过城中忽然出现六个身患瘟疫的病人，已经给城中老百姓带来极大的恐慌。不少人收拾行囊，拖家带口，准备离开承阳，投奔远亲。而最糟糕的是，官府已经下令封锁了四道城门，外面的人不准进来，里面的人也不准出去。"

"糟了！"

凤九卿忽然拍了一下桌子，猛地起身，脸色凝重地对众人道："我们可能要遇到麻烦了。"

容锦和骆逍遥向她望了过来："什么意思？"

她没有回答两个人的问题，直接看向江龙、江虎："你们现在立刻去一趟承阳府衙，将皇上目前暂居承阳的事情透露出去，看看地方官是什么态度。"

这个承阳地方官，直到现在，凤九卿都没有正式与他见过面。

江龙、江虎有些不太明白凤九卿的意思，因此站在原地迟迟未动。

凤九卿见两个人还傻站在这里，高喊了一声："先不要问原因，时间紧迫，快去。"

容锦见九卿似乎另有打算，冲江龙、江虎使了个眼色，示意他们照做。

待江龙、江虎前脚离开，骆逍遥和容锦同时将目光落在凤九卿的脸上，似要让她给出一个合理的答案。

凤九卿语气沉重地对两个人道："我要是没猜错，咱们的行踪恐怕已经暴露了。至于城中那六例患了瘟疫的患者，只是那些想要置我们于死地的牺牲品。"

骆逍遥听得迷迷瞪瞪："城中有人感染瘟疫，与咱们有什么关系？"

轩辕容锦很快为骆逍遥解了惑："史书上曾有记载，曾经有一个城镇，因为发生地震而引发瘟疫。为了避免瘟疫蔓延，先祖帝曾下过一道屠城令，派遣一支十万人的军队，对患有瘟疫的城镇进行牢牢封锁，并进行大规模屠城焚烧，一个不留！”

骆逍遥震惊道：“这怎么可能？”

凤九卿眯了眯眼：“没什么不可能。别忘了，被咱们秘密抓捕的周家父女，与姚天寿有着密不可分的联系。这父女三人离奇失踪，与他勾结的那些官员不可能一点儿消息都不知道。就算周国安现在被咱们拘着，不代表他身边没有心腹与其他人暗中联络。这些官员中，最巴不得我和容锦命丧黄泉的是谁？”

骆逍遥想都没想便直接回道：“是姚天寿！你该不会是想说，姚天寿已经知道你们的下落。承阳之所以会闹出六例瘟疫患者，是姚天寿故意搞鬼。而四道城门无端封锁，为的是引起城中百姓的恐慌，将城中有人患瘟疫的事情故意扩大。只要承阳有瘟疫蔓延的消息被散布出去，朝廷就有足够的理由下令，屠杀整个承阳城？”

一口气说完这些的骆逍遥，被自己猜出来的答案吓出了一身冷汗。

他并不是怕死，只是无法相信，有人会为了置他们于死地，不惜用整个承阳城百姓的性命来给他们做陪葬。

如果这件事真的是姚天寿暗中谋划，他只能说，姚天寿这个老狐狸，不但胆大包天，还心狠手辣至极。

“这么说来……”轩辕容锦慢慢接过话，“我们这次岂不是要死在这里？”

凤九卿说：“目前只能等江龙、江虎的消息，看看承阳知府那边究竟是什么情况。我现在有两个担心，第一，承阳知府与姚天寿暗中有勾结，在瘟疫的消息爆出之前，便已经连夜逃走。第二，他已经遇害，所谓的府衙，已经变成一座空宅。”

骆逍遥倒吸了一口凉气，不管凤九卿猜出的两个结果哪个是真哪个是假，承阳都逃不过被屠城的命运。

而姚天寿以及那些与周家有牵扯的官员之所以敢如此胆大妄为，必是做了置之死地而后生的准备。

周家出了事，肯定会牵扯出一大批有罪官员。

这些官员所犯的罪罗列在一起，将必死无疑。

若想保命，他们必须合起伙来将皇上和皇后用神不知鬼不觉的方法弄死在承阳。

借瘟疫来屠掉整个承阳，这是最万无一失的策略。

轩辕容锦这次出门，故意隐姓埋名，且只带了二十个贴身侍卫。

就算他想派人去搬救兵，在四道城门全部封锁的情况下也是心有余而力不足。

不得不说，姚天寿这一手，玩得还真是精彩绝伦。

约莫过了半个时辰，被派出去打听消息的江虎急匆匆从外面走了进来，一进门，就给众人带来一个最坏的消息。

凤九卿猜得没错，承阳知府昨天夜里就被人暗杀。

他家中的女眷今天早上发现知府尸体被人吊在房中的时候，吓得魂飞魄散，已经乱成了一团。

官府老爷遇害，府衙无人做主。

外加城中有瘟疫开始蔓延，那些官差顾不得替老爷寻找凶手，回家收拾行囊，就要尽快逃离这是非之地。

可四道城门全部封锁，而城外来了一支据说是受朝廷派遣的军队，严密把守四道城门，谁敢冒闯，一箭毙命。

事情发展到这个地步，已经完全超出轩辕容锦的控制范围。

江虎脸色凝重道："主子，属下干脆带几个人强行出城，看能否将城中的消息带到外面。离承阳最近的大乌山，驻守着一支三万兵马的军队，将领吴铁牛是曾经跟主子攻打过北漠的副参领。这些年他一直带兵驻守在大乌山，只要找到吴铁牛，事情很快就会得到解决。"

骆逍遥道："前提是，你们得能闯出去。"

江虎道："属下带领二十暗卫，以命相抵，应该不至于全军覆没！"

"不行！"

凤九卿想都没想便断然拒绝："不管是你，还是你麾下的那二十暗卫，一个都不能死！"

"皇后，这是属下唯一能为主子做的事情。属下宁可搭上性命，也必须保护主子顺利回京……"说完，双膝跪地，对轩辕容锦道，"求主子成全。"

轩辕容锦心里颇不是滋味。

江龙、江虎以及被他带到承阳的那二十暗卫，都是从小就与他一起长大的。

虽然名义上是主仆，对他来说，那些人却是比至亲还要重要的兄弟。

就这么让他们去送死，他如何舍得？

可是目前，这是他们能想到的唯一一个脱身的办法。

他不惧死亡，只是不能由着那些歹人躲在暗处算计自己的性命。

一旦他死了，整个黑阙恐怕也会跟着彻底沦陷。

姚天寿敢动用兵权对承阳进行屠城，想必也是做好了鱼死网破、两败俱伤的准备。

所以他必须得活着回京，才有扳回局面的机会。

“等等！”凤九卿忽然想起一件事，“江虎，你先不必急着去送死，梧桐小居的地牢里不是还关着周家那一家三口吗？你现在马上去一趟地牢，将周国安给我带来。”

轩辕容锦问：“带他做什么？”

凤九卿颇有深意地一笑：“或许，我们可以利用周国安来挽回被困的局面。”

很快，在牢里被关了十多天的周国安，就被江龙、江虎像拎死狗一样从地牢中拎了出来。虽然轩辕容锦答应饶周国安不死，但这只老狐狸在交代情况的时候总是偷奸耍滑，有所保留。

为了让他交代出全部实情，负责审问的侍卫，没少让他受皮肉之苦。

因此，当周国安被人从地牢中带出来时，已经不再有往日的神采。

眼神呆滞，脸色灰败，看到人的时候，还有些畏畏缩缩，显然这几天的牢狱之灾把他吓得肝颤。

江虎非常不客气地将周国安踹跪在地上，并对轩辕容锦道：“那位周小姐一直在牢里叫嚷，要求见主子一面。希望主子尽快兑现当初的承诺，放他们一家三口离开这里。”

轩辕容锦哼道：“该放的时候，自然会放。不该放的时候，他们也休想离开。九卿，这个姓周的已经被带了过来，你想问他什么？”

凤九卿缓步踱到趴跪在地的周国安面前，居高临下地问：“你知不知道城中现在发生了何事？”

领教过这些人厉害的周国安，现在是真的对这些人打心底发怵。

他一连给凤九卿磕了好几个响头，哭丧着脸道：“草民已经将所有知道的事情如实相告，皇上，娘娘，求你们大人大量，饶草民一条性命吧。”

说完，又继续磕头，摆出一副疯傻的模样，像是根本就没听到凤九卿刚刚的问题。

面对周国安的不肯配合，凤九卿冷笑一声：“你是不是以为装傻就能解决问题？”

“草民不敢！草民不敢！”

“不敢？这天底下还有什么是你周国安不敢做的事情？本来还以为你是个老实人，现在仔细回想，才知道我们大家都被你给骗了。我就奇怪，一天就可以全部交代完毕的事情，你为什么要拖上十余天。现在才明白，你之所以故意拖延，是想借这段时间给你所谓的救星姚天寿创造设局的机会。”

凤九卿的话，吓得周国安嘴巴一下子张得老大：“草……草民冤枉……”

凤九卿一把揪住周国安的衣领，冷着脸道：“到了这种时候你居然还敢喊冤？没想到你和姚天寿配合得还真是天衣无缝，就连我都差一点儿被你给骗了。”

“九卿……”

一头雾水的骆逍遥忍不住插嘴："究竟怎么回事？"

凤九卿哼笑了一声："我也是直到现在才想明白事情的来龙去脉。我就奇怪，上次咱们在月阳楼一脚将周宝贵从三楼踹下去，摔断一条腿后，周家为什么迟迟没有采取行动？既然他们是承阳一霸，武力解决不了的情况下，肯定会去官府报官。可从我住进梧桐小居直到现在，并没有见过官府的人过来找碴儿，这说明什么？"

她看向轩辕容锦和骆逍遥。

"这说明，从那时起，他已经对我们的身份起了疑心，并趁我们完全不知情的时候，将承阳这边的情况汇报到京城姚天寿的耳朵里。姚天寿那只老狐狸怕是早在他被我们秘密抓捕的当天就已经猜到会有今天的结果。所以，他才用置之死地而后生的方法，一不做二不休，对整个承阳除之后快。而周国安之前肯老实交代他的全部罪行，并愿意奉献出全部财产，目的只有一个，饶他不死。因为他已经设计好了逃亡之路。只要成功逃出承阳，所有被他贡献出去的东西，到头来还是会原封不动地回到他的手里。因为……"

凤九卿牙根一咬："他逃出之日，便是我们死亡那天！"

这下，轩辕容锦和骆逍遥总算搞明白这里面的弯弯绕绕。

真没看出来，一副窝囊样的周国安，竟然可以将三个聪明无比的人给算计得毫无反击之力。

骆逍遥气不打一处来，对着周国安的胸口一脚踹了下去。

"你这个老不死的，真是吃了熊心豹子胆，连爷爷的性命都敢算计，爷爷今儿就要了你的命。"骂完，抬起脚，就要踹向周国安的咽喉，被凤九卿一把拦住。

"等等。"她转而看向周国安，用坚定不移的语气道，"现在整个承阳已经被封了城，相信不久的将来，就会有人借朝廷名义来屠城。俗话说得好，狡兔有三窟。当你胆大妄为地做出这些伤天害理之事时，就会猜到有这么一天。那么，你的逃生之路在哪里？"

凤九卿之所以会让江龙、江虎将周国安从地牢拎到这里，为的就是从他口中问出逃生之路。周国安做梦也没想到，被他精心掩饰的一切，有朝一日居然会被人一眼看穿。

事到如今，已经由不得他再狡辩，只能乖乖向众人妥协，将藏在周府后花园假山深处的一处通往承阳城外的密道乖乖呈上。

经江龙、江虎前去打探，周国安这次没有说谎，暗道是真的。

众人没有再耽搁，迅速离开梧桐小居，顺着周府的密道直接出城。

至于周国安一家三口，本以为在供出密道的位置之后可以逃生，却被不甘心被戏耍了这么多天的骆逍遥直接赐了全尸。

离开承阳的第一件事，就是去大乌山找吴铁牛前来支援。

听说皇上驾临承阳，吴铁牛片刻不敢耽误地来见驾。

得知姚天寿假拟圣旨，私自派兵，以承阳有瘟疫为名要进行屠城，吴铁牛这位威风凛凛的大将军顿时就怒了。当即便点齐手中两万兵马，拿着真正的圣旨，以及代表帝王身份的九龙令，将围守在承阳城外的军队全部调遣归位，命他们立即撤离。

进一步调查之后才知道，那六个所谓被染上瘟疫的病人，以及给他们看病的大夫，都是被人收买，假扮而成的。

承阳根本就没闹什么瘟疫，由始至终，都是一场被人在幕后精心策划出来的阴谋。

事情发展到了这个地步，轩辕容锦肯定不能在承阳多留。他必须尽快赶回京城，将胆敢谋害皇帝的姚天寿绳之以法。

至于凤九卿的毒，由于鬼见愁一直没有现身，也没有人知道他的真正去处，轩辕容锦将两个心腹暂时留在阳河镇，只要鬼见愁一现身，就立刻将他带去京城。

事到如今，凤九卿没再继续坚持自己的想法。

她的毒迫在眉捷，江山大业也同样得尽全力守住。

天下无不散之筵席，终于到了分别的时刻，凤九卿问骆逍遥：“你真的不跟我们去京城？”

此时，众人骑着马，停留在承阳的一条岔路口。一条通往京城，一条通往陈州。

骆逍遥拽着马缰，向凤九卿投去一记和煦的笑容：“对我来说，京城就是一块是非之地，我对那里实在无爱，你还是放过我吧。而且天下这么大，我想随处走走，万一不小心在旅途中遇到鬼见愁，我还能将他带去京城，帮你治病，何乐而不为？”

凤九卿有些失望：“天大地大，终要有一处归根之所……”

骆逍遥笑了笑：“等我觉得该停下来的时候，定会找一处山清水秀之地隐居起来，你尽管放心就是。”

轩辕容锦对骆逍遥的“知情识趣”非常满意：“好了，时间不早了，九卿，我们尽快动身，早些回去吧！”临走前，又对骆逍遥道，“今日一别，但求今生永不见面，祝你好运！”

骆逍遥哼了一声：“不要忘了，你还欠我整整十万两。等我哪天穷得活不下去时，可是会进京向你讨债的。各位，再会了！”

说完，不给众人回话的机会，他骑着马，头也不回地扬长而去。

——第五卷完——

意林品牌书系推荐

意林女生文学·《小小姐》品牌书系 中国女生文学第一品牌，纯正、阳光、向上，优质女孩必选文学读物

萌灵小说系列

《悠莉宠物店Ⅰ》	18.80
《悠莉宠物店Ⅱ》	18.80
《悠莉宠物店Ⅲ》	19.90
《悠莉宠物店Ⅳ》	19.90
《悠莉宠物店Ⅴ》	19.90
《封印之书·九尾狐》	19.80
《封印之书·独角兽》	19.80
《玛丽晴异闻录》	19.90
《薇妮天使旅行》	19.90
《苍岛有风①·人鱼过境》	19.90

冒险励志系列

《迷藏·海之迷雾》	18.80
《迷藏Ⅱ·月影迷踪》	19.90
《花与梦旅人Ⅰ》	19.80
《花与梦旅人Ⅱ》	19.90
《花与守梦人①·大公的苏醒》	19.90
《花与守梦人②·占星师的眼泪》	19.90
《萌侦探纪事Ⅰ》	18.80
《萌侦探纪事Ⅱ》	19.80
《萌侦探纪事Ⅲ》	19.90
《萌侦探纪事Ⅳ（大结局）》	19.90
《迷宫街物语》	19.80
《艾蜜儿宇航日记》	19.90

幸福蔷薇系列

《蔷薇少女馆Ⅰ》	18.80
《蔷薇少女馆Ⅱ》	18.80
《蔷薇少女馆Ⅲ》	19.80
《蔷薇少女馆Ⅳ》	19.90
《蔷薇少女馆Ⅴ》	19.90

浪漫古风系列

《七寻记Ⅰ》	18.80
《七寻记Ⅱ》	19.90
《七寻记Ⅲ》	19.90

果绿年华系列

《蝴蝶飞过旧时光》	19.80
《第一女执政官》	19.90
《风之少女琪琪格》	19.90
《霓裳小千金》	19.90
《两生花开时》	22.00

月舞流光系列

《前方江湖请绕行》	19.90
《三色堇骑士之歌》	19.90
《守望彼岸星海》	19.90

萌淑女驾到系列

《萌淑女驾到之美女训练营》	19.80
《萌淑女驾到之天使候补生》	19.80
《萌淑女驾到之人鱼的信奉》	19.90
《萌淑女驾到之天鹅公主成人礼》	19.90

星愿大陆系列

《星愿大陆①：天命巫女》	19.90
《星愿大陆②：白银蔷薇》	19.90
《星愿大陆③：幻月手杖》	19.90
《星愿大陆④：永恒星钻》	19.90
《星愿大陆⑤：夜之王子》	19.90

浪漫星语系列

《处女座：完美年华初相见》	20.90
《天蝎座：假面黑桃Q》	20.90
《双子座：闯进你的孤单星球》	20.90
《巨蟹座：追梦的水晶鞋》	20.90
《天秤座：优雅走过下雨天》	20.90
《白羊座：裙摆是花开的地方》	20.90
《摩羯座：寄给青春一座城》	20.90

淑女风尚馆·气质养成系列

《我要我的淑女范儿》	18.80
《优雅女孩的秘密》	18.80
《清新森女在路上》	18.80
《俏女孩的甜美主义》	18.80

小MM迷你爱藏本

《蝴蝶停在十六岁》	18.80
《焦糖玛奇朵天使咒》	18.80
《那一年，花开半夏》	18.80
《雨季微凉时》	18.80
《只穿一天公主裙》	18.80
《月色银蔷薇》	18.80
《傲娇公主的美丽回旋》	18.80
《花田明月照年少》	18.80

重磅作家系列

《薄荷香女孩》	19.80
《不说再见好吗（上）》	17.90
《不说再见好吗（下）》	17.90
《风走过树林》	17.90
《忆棠的夏天》	17.90

唯美新漫画系列

《钢琴小淑女（第一季）》	17.90
《钢琴小淑女（第二季）》	17.90
《钢琴小淑女（第三季）》	17.90
《钢琴小淑女（第四季）》	17.90
《最佳女主角（第一季）》	18.80
《七寻记·鎏金龙纹镯（漫画版）》	15.00
《七寻记·夔龙黄玉佩（漫画版）》	15.00
《天鹅座·鹅黄》	18.80
《天鹅座·柳青》	18.80
《天鹅座·冰蓝》	18.80
《天鹅座·禧红》	18.80

绘色缤纷系列

《淑女绘·花的学校》	22.00
《淑女绘·童话诗人》	22.00

《淑女绘·雪花的快乐》 22.00

日光倾城系列

《巧克力色微凉青春Ⅰ》 20.90

《巧克力色微凉青春Ⅱ》 20.90

《浅蓝色时光舞步Ⅰ》 20.90

纯美小说系列

《少女果味杂志书①：甜心草莓号》 14.80

《少女果味杂志书②：蜜桃慕斯号》 14.80

《少女果味杂志书③：焦糖布丁号》 16.80

《少女果味杂志书④：香草海绵号》 16.80

《少女果味杂志书⑤：可可森林号》 18.80

《少女果味杂志书⑥：果果米苏号》 18.80

《少女果味杂志书⑦：香橙泡芙号》 18.80

《少女果味杂志书⑧：樱桃芝士号》 18.80

《少女果味杂志书⑨：蓝莓布朗号》 18.80

《少女果味杂志书⑩：薄荷方糖号》 18.80

《少女果味杂志书⑪：樱花紫苏号》 18.80

《少女果味杂志书⑫：柠檬红茶号》 18.80

蝴蝶蓝系列

《蝴蝶蓝（第一季）·千面桃花姬》 19.90

《蝴蝶蓝（第二季）·紫莲山庄》 19.90

班花朵朵系列

《班花朵朵①·我是艺术生》 20.90

《班花朵朵②·电影初体验》 20.90

《班花朵朵③·偶像保卫战》 20.90

小 MM 四周年主题书

《现在是女生时代！》 28.80

《现在是女生时代！②·我们闺蜜吧》 28.80

《现在是女生时代！③·女生都是小怪物》 28.80

欢乐联萌系列

《养只萌呆镇镇宅①》 19.90

《养只萌呆镇镇宅②》 19.90

《养只萌呆镇镇宅③》 19.90

《养只萌呆镇镇宅④》 19.90

《养只萌呆镇镇宅⑤》 19.90

《萌师上线，顽徒请签收①》 19.90

天使在身边系列

《路过心上的哈士奇》 20.90

《当心！浣熊出没》 20.90

《萌动之森①·雪地精灵伶鼬》 20.90

公主天下系列

《清河公主·洙宛传》 22.80

《意林·轻小说》·轻文库品牌书系　引领校园小说阅读新潮流

绘梦古风系列

《公主驾到》 23.80

《花颜错》 23.80

《山寨世家》 23.80

《倾世迷迭书》 23.80

《凤九卿（一）》 23.80

《凤九卿（二）》 23.80

《凤九卿（三）》 23.80

《凤九卿（四）》 23.80

《美人千千泪西楼》 23.80

《郡主驾到·壹》 24.00

《郡主驾到·贰》 24.00

《木兰帝（上）》 23.80

《木兰帝（下）》 23.80

《俏娇小仙闹皇宫》 23.80

《连城赋（上）》 23.80

恋之水晶系列

《致淡玫瑰色的你》 22.80

《宁负流年不负君》 22.80

《世界第一的假面殿下》 25.00

《脱线萌星易容记》 25.00

《指尖花凉忆成殇》 22.00

《欢歌犹在意微醺》 22.00

《见习保镖呆呆兽》 25.00

《可可少女梦想纪》 25.00

《后天男神Ⅰ》 25.00

《后天男神Ⅱ》 25.00

《后天男神Ⅲ》 26.80

《世界第一的公主殿下Ⅰ》 23.80

《世界第一的公主殿下Ⅱ》 23.80

《挥手告别小时光》 23.80

《少年站在云之彼岸》 23.80

《我的青春，以你为名①偶像来了！》 23.80

奇幻仙境系列

《彼渡少年与妖怪契约》 23.80

《神典·末夜公主》 23.80

《御灵骑士团·诺茵与彩狸》 23.80

《逆世界之瞳》 23.80

《玫瑰帝国·荆棘鸟之冠》 25.80

《玫瑰帝国·黑羽蝶之翼》 25.00

《玫瑰帝国·白蔷薇之祭》 26.80

暗影迷踪系列

《终极推理事件簿》 22.80

《超级学园探案密码》 22.00

新炫武侠系列

《邻家武圣》 23.80

星光璀璨系列

《轻星球·仙女星云号》 19.80

灵气少女系列

《星有灵犀遇见你》 20.80

《萌熊改造计划》 20.80

《守护极速甜心》 20.80

《元气星女倾城记》 20.80

《公主病》 20.80

轻舞飞扬系列	
《毛毛熊的浪漫樱花雨》	19.80
《发梢轻绾茉莉香》	19.80
《迷迭香在青春里绽放》	19.80

私人定制少女馆	
《恋恋星煌十二宫》	25.00
《守护十二生辰石》	25.00

《意林·小文学》品牌书系　阳光阅读·快乐写作

成长物语系列	
《艾丽鲨半成年》	19.90
《换双翅膀飞翔》	19.90
《琥珀青春》	19.80
魅力悦读系列	
《程家兄妹·永不毕业的少年》	19.90
幻之星球系列	
《地球假日①：寻找洛神》	19.90

爆笑学园系列	
《鬼马女神捕①：绝密卧底（上）》	14.80
《鬼马女神捕①：绝密卧底（下）》	14.80
《鬼马女神捕②：绝命预言（上）》	14.80
《鬼马女神捕②：绝命预言（下）》	14.80
《天神学院·魔女见习生》	19.90
动物奇缘系列	
《萌兽报到，请多关照》	19.90

意林青少年国际大奖小说系列（少年励志正能量丛书）　总统的选书标准，世界级童书大奖获奖作品

国际大奖小说系列	
《鲸武士》	22.90
《囧男孩日记》	19.90
《阿萨的心事》	14.90
《冬天的小木屋》	12.90
《河豚少年》	12.90
《林克的流浪之旅》	13.90
《墓地低语》	16.90
《铅十字架的秘密》	19.90
《少女骑士变身记》	22.90
《雪橇犬之歌》	14.90

《沼泽女孩》	25.90
一生必读的经典名著系列	
《80天环游地球》	19.90
《海蒂》	16.90
《吉卜林动物故事集》	16.90
《木偶奇遇记》	15.90
《青鸟》	15.90
《森林王子》	12.90
《所罗门王的宝藏》	16.90
《汤姆·索亚历险记》	15.90
《小飞侠彼得潘》	16.90

意林集团重磅推出励志唯美大剧——

《青柠时代Ⅰ、Ⅱ》

“致青春”系列

少年时代最值得收藏的跌宕青春读本

《青柠时代Ⅰ》

一宗人为制造的车祸，让沈冬晴只能寄人篱下；

一次奋不顾身的维护，让楚君尧的眼中留下那个人的身影；

一场抗争得来的初恋，让毕夏开始了患得患失的生活……

《青柠时代Ⅱ》

黎允儿生日宴会意外摔倒，揭开了隐藏已久的秘密，尴尬难堪，多年姐妹反目成仇；

大学的保送名额，让毕夏陷入情义两难全的痛苦境地，两个人争吵不断，冷战连连；

寄人篱下惨遭羞辱，沈冬晴奋发向上，车祸真相，让她如鲠在喉……